ZUISHOU XIAOXUESHENG XIAI DE
WEIXINGXIAOSHUO QUANJI

总主编◎侯德云　　主编◎邱　敏

最受小学生喜爱的
微型小说全集

天津教育出版社

TIANJIN EDUCATION PRESS

图书在版编目（CIP）数据

最受小学生喜爱的微型小说全集 / 邱敏主编 .
-- 天津：天津教育出版社，2011.1
（"最悦读"小学生典藏书系 / 侯德云总主编）
ISBN 978-7-5309-6232-9

Ⅰ．①最…Ⅱ．①邱…Ⅲ．①儿童文学－小小说－作品集－世界 Ⅳ．① I18

中国版本图书馆 CIP 数据核字（2010）第 215154 号

最受小学生喜爱的微型小说全集
邱 敏 / 主编

出 版 人	胡振泰	
责任编辑	王艳超	
特约编辑	邓敏娜	
版式设计	陈 倩	
封面设计	纸衣裳书装　孙希前	
出版发行	天津教育出版社	
	天津市和平区西康路 35 号　邮政编码 300051	
	http：// www. tjeph. com. cn	
经　　销	新华书店	
印　　刷	唐山天意印刷有限责任公司	
版　　次	2011 年 1 月第 1 版	
印　　次	2011 年 1 月第 1 次印刷	
规　　格	16 开（787×1092 毫米）	
字　　数	269 千字	
印　　张	20	
定　　价	36.80 元	

目录

第一辑　为学生开迷你演唱会

孤岛上的暗战／张春风　　　　　　　　　　2

石头剪子布／周海亮　　　　　　　　　　　4

隔窗相望／贺点松　　　　　　　　　　　　8

为雕塑打伞／刘国芳　　　　　　　　　　　11

窗外／李均　　　　　　　　　　　　　　　13

紫桑葚／高军　　　　　　　　　　　　　　15

数学课堂里的作文竞赛／曾利华　　　　　　18

招聘爸爸／祁军平　　　　　　　　　　　　21

老余的教师节／马德　　　　　　　　　　　22

北大的门票／刘建国　　　　　　　　　　　24

谁助我奔跑／童树梅　　　　　　　　　　　27

为学生开迷你演唱会／陈振林　　　　　　　29

你找梁羽生算账去／墨村　　　　　　　　　31

瓷葫芦／王雪涛　　　　　　　　　　　　　34

变重的母亲／凤凰　　　　　　　　　　　　37

第二辑　最伟大的造陆运动

谁偷了曹操同学的手机／魏金树　　　　　　40

指挥家／王琼华　　　　　　　　　　　　　43

天籁之声／赵守玉　　　　　　　　　　　　46

最伟大的造陆运动 / 李丹崖   48

乞讨位出租 / 一　冰   49

一块玻璃值多少钱 / 陈振林   51

球迷王子 / 吕　寻   53

爱是一座静候的小站 / 涂立新   55

一路阳光 / 周海亮   58

富翁无聊的一天 / 沈岳明   60

目见不如耳闻 / 桂剑雄   62

继母的生日 / 陈慧君   64

拾荒的母亲 / 王树军   66

小树的遭遇 / 林振宇   68

换了两头山羊 / 董益新   70

喜中有惑 / 尹玉生   72

第三辑　我在马路边捡到一毛钱

老校长的阴谋 / 童树梅   76

上大学去 / 范子平   78

刮奖券 / 程应峰   81

99 只千纸鹤 / 王世虎   83

天使穿了我的衣裳 / 朱成玉   85

越狱 / 马敬福   88

这次没落下东西 / 林华玉   91

目录

母亲的作业 / 贺点松   92

心锁 / 侯发山   94

爱书的孩子 / 童树梅   96

回家 / 韩昌元   98

我在马路边捡到一毛钱 / 闫玲月   99

天才 / 刘万里   101

哥伦布发现"旧大陆" / 张小失   103

鸟鸣 / 樊碧贞   105

一袋红樱桃 / 刘奔海   107

第四辑　谁知长大了干什么

今日王婆 / 曾纪鑫   112

守门员 / 张国平   114

武松打狗 / 钱欣葆   117

黄纱巾 / 薛涛   118

那件事不可饶恕 / 陈力娇   120

谁知长大了干什么 / 乔迁   122

凿碑 / 黄学友   125

谁去开家长会 / 乔迁   127

迟到的善果 / 张鸣跃   129

捡来的红包 / 海棠依旧   132

警察与小偷 / 王常青   134

那一年的踩生 / 古保祥　　　　137

遭遇名酒 / 邵宝健　　　　139

两个人的豪门 / 孙 逗　　　　142

局长的吻 / 汤礼春　　　　145

启蒙教育 / 崔 立　　　　147

小林偷车 / 刘国芳　　　　149

谁敢误人子弟 / 乔 迁　　　　151

第五辑　太阳开花是什么颜色

我替老爸上大学 / 海棠依旧　　　　156

海马爸爸 / 姜钦峰　　　　159

三代日记 / 侯发山　　　　161

红草莓 / 马金章　　　　164

回家的羊 / 涂树建　　　　166

棋圣 / 韦延才　　　　169

女孩的金秋 / 闫耀明　　　　172

播种快乐 / 李荷卿　　　　174

玩笑人生 / 方冠晴　　　　177

飞翔的纸蝴蝶 / 郭震海　　　　180

最后的期望 / 侯建臣　　　　182

方格情韵 / 邵宝健　　　　185

铁皮屋 / 临川柴子　　　　187

站起来的孩子 / 秦德龙　　　　　　　190

太阳开花是什么颜色 / 韦延才　　　193

年夜饭 / 闲　月　　　　　　　　　195

第六辑　家长会后的消化过程

心是热的 / 尤秀玲　　　　　　　　200

风起时云没有走开 / 金　薇　　　　203

惩罚 / 天　水　　　　　　　　　　205

冰雪人民币 / 余　途　　　　　　　207

胡子老师 / 陈正举　　　　　　　　208

垃圾王和垃圾小子 / 孙道荣　　　　210

飞起来的爸爸 / 邵昌玺　　　　　　212

用我的身体烘干你的衣服 / 厉剑童　215

财富泡泡糖 / 吴作望　　　　　　　218

总有一天用到我 / 张春风　　　　　220

学问 / 孙智慧　　　　　　　　　　222

忧伤的红薯 / 周海亮　　　　　　　224

新衣裳旧衣裳 / 杜秋平　　　　　　225

神磨 / 侯发山　　　　　　　　　　227

家长会后的消化过程 / 孙道荣　　　229

第七辑　被天使敲开的门

鹅老师粒粒／范子平　　　　　　　　234

善人李有明／赵　程　　　　　　　　238

冠军母亲的诞生／童树梅　　　　　　241

午夜的守候／刘会然　　　　　　　　243

一件军大衣／郭震海　　　　　　　　245

上帝掉了一只高跟鞋／李丹崖　　　　248

当生活把我们打哭的时候／李丹崖　　250

老鸹头／刘永飞　　　　　　　　　　252

鸽子归来的理由／周海亮　　　　　　255

给娘买台洗衣机／彭福邦　　　　　　256

猎人与狼／刘万里　　　　　　　　　258

被天使敲开的门／袁炳发　　　　　　260

捡麦穗／曹延标　　　　　　　　　　262

求职记／闫耀明　　　　　　　　　　265

壮士／周海亮　　　　　　　　　　　267

第八辑　守护摩托车的小男孩

爱像牧场上的野花一样淳朴／崔修建　272

再笨一点多好啊／刘正权　　　　　　274

爱吹牛的老石／余显斌　　　　　　　277

目录

副班长助理／董益新　　　　　　　　　280

豆豆和他的南瓜／仲维柯　　　　　　　282

一朵花儿的绽放／刘黎莹　　　　　　　284

苦涩的寻找／汤礼春　　　　　　　　　287

完美童年／陈力娇　　　　　　　　　　289

守护摩托车的小男孩／陈国凡　　　　　292

春天在哪里／唐丽妮　　　　　　　　　295

茶道／林华玉　　　　　　　　　　　　297

父亲的收音机没有关／仲维柯　　　　　299

臂力／陈兴铮　　　　　　　　　　　　301

当保安的二涛／赵明宇　　　　　　　　303

老娘泪／李远　　　　　　　　　　　　305

母亲的奶油情劫／姚讲　　　　　　　　307

第一辑　为学生开迷你演唱会

　　王龙向我提出了要求。这是一个很小的要求。我当时点头同意了。可是我就不明白了，明明自己在唱歌，为什么他自己没有感觉到呢？

孤岛上的暗战

文／张春风

　　杰克和约翰是深交多年的探险爱好者。在一次意外的漂流途中，两人被冲到了一座荒岛。在此之前，他俩的皮划艇不慎触礁，整个船体被撞得粉碎，唯一幸存的是一罐不足一升的清水。

　　小岛气候恶劣，白天炎热难当，到了晚上，又有无数的黑蚂蚁吸食着他们的鲜血。杰克望着那片广阔的海面发呆。这座小岛，离最近的陆地也有 15 英里远。倘若体力充沛，他们还可能游过去。可是，在这片深邃的海洋里，隐藏着无数凶恶的鲨鱼。到时，他们还未游出多远，便成了鲨鱼的美餐。

　　约翰年长几岁，经验颇丰。他一遍遍地叮嘱杰克，要珍惜那罐清水。不到万不得已，绝对不能喝海水。因为，那会让他们的肾脏衰竭。小岛寸草不生，唯一的食物是逃到沙滩上的海蟹。可是，那样的机会少之又少。整整三天，两人才用石头捕获一只海蟹。狼吞虎咽之后，仍是饥饿。所幸还有清水，有了这罐清水，生命便有了希望。

　　一开始，两人觉得那只是一场考验。他们举着破烂的衣衫，朝着大海的远方不停地挥舞，闲暇开些幽默的玩笑。这的确能扫除内心的阴霾，可是，也只是一瞬间。很快，两人被无尽的绝望包围。曾经有一次，一架喷气式飞机在 3 万英尺的高空飞翔。它看起来离小岛那么近，两人爬到岩石高处，撕心裂肺地呐喊，可是，毫不奏效。飞机远去了，两人这才真正害怕起来。

杰克已经在打那罐清水的主意了：倘若没有约翰，他起码还能生存十来天。杰克的腰间藏着把匕首，自打滋生了那个念头，杰克便一次次握紧了匕首。杰克曾想，也许，趁晚上约翰睡着的时候可以动手？可是，杰克失算了。他无意中瞥见，约翰的腰间，也藏着一把匕首。看刀鞘的长度，似乎比自己的还锋利。纵然在睡觉的时候，约翰仍十分警觉。一旦杰克有什么动静，约翰便翻过身来，询问他有什么事？杰克的心中满是绝望，他依稀觉得，约翰也已经采取了同样的防备。

罐子里的清水只剩下半升了。杰克决定，事不宜迟，马上就动手。他不能再等了，等得时间越长，自己生存的机会就越小。

那晚，杰克将匕首藏在身下。他强迫自己冷静，焦急地等待良机。不曾想，约翰仿佛完全洞悉他的想法。他躺下来的同时，便明目张胆地将匕首握在了手里。杰克的额头开始出汗，半夜，他三次回头，每次都与约翰警惕的眼神尴尬地对视。那一晚，两人彻夜无眠。

令人振奋的是，朝阳升起的时候，远处出现了一只皮划艇。那真的是一只皮划艇，与之前他们所认为的鹈鹕不同。10分钟后，他俩得救了。在船上，杰克与约翰尽情分享了那半升清水。

末了，约翰从腰间解下那把匕首，扬手抛向了大海："嗯，现在用不着它了！"杰克阴着脸问："难道，之前你想过用到它么？"约翰拍了拍他的肩膀："我知道，你的想法跟我一样，可是，我比你年长，所以要做在你前面。我们是心意相通的伙伴，我不能让你去死。倘若，今天再没有船来，我会横刀自尽。那样你便有足够的肉，还有那半升清水……"杰克深情地与约翰拥抱，他的眼中噙着泪。

石头剪子布

文／周海亮

　　无论相貌还是身材，兄弟俩都长得一模一样。哥哥比弟弟早出生十几分钟，所以他成了哥哥。

　　小时候家里穷，常常两个人才能分到一块糖、一个酥饼、一枝铅笔、一个作业本。分享是一种办法，石头剪子布是另一种办法。一、二、三！胜负马上见分晓。当然大多时候，只要有可能，获胜一方仍然会与落败一方一起分享胜利果实，不过这样一来，落败一方就有了接受馈赠的感觉。这感觉别别扭扭，不那么令人舒服。

　　落败的一方，永远是哥哥。——他总是固执地出石头，从来不肯改变。有时弟弟问他，你故意的吧？哥哥回答说，只我一个人故意有用吗？——不过我相信你不会永远出布，所以下一次，我肯定赢你。真到了下次，他仍然出石头，弟弟仍然出布。漫长的童年记忆里，弟弟是永远的赢家。赢他的方式也永远固定不变——布，赢下了石头。

　　到了上学的年龄，兄弟俩一起就读村里的小学。所有仅此一件不能够分享的东西，都被他们用石头剪子布的简单方法顺利解决。弟弟总是出布，哥哥总是出石头。有时哥哥也急了，他说你就不能让我赢一次？弟弟说这个简单，下次我还出布，你看着办。到下次，弟弟果真出布，哥哥的手却仍然攥紧成拳头。

　　兄弟俩一起初中毕业，却不能够一起升到高中。那天父亲把两个人叫到一起，跟他们谈了很久。父亲说不是我不想让你们继续读书，而是我实在没有能力同时供你们两个人读到高中毕业。说完父亲就哭了。那是无声的哭泣。他尴尬地笑着，泪水却从眼角奔涌而出。兄弟俩向父亲点点头，一同起了身，走出屋子，来到院子，面对面站好。哥哥说我学习成绩一向比你好。弟弟说可是我是弟弟。说完两个人都轻轻地笑了。哥哥问弟弟，这次你出什么？弟弟说，布。一、二、三，弟弟果然出布，哥哥出的仍然是石头。哥哥站在原地，一种心愿轰然坍塌。弟弟走上前拍拍他的肩膀，发现他早已经泪水滂沱。

退学后的哥哥在村子里待了三年。白天他和父母一起下地干活，晚上就抱着弟弟的高中课本看。他最喜欢的是语文，因为那上面有许多他以前不知道的故事。有时弟弟会带回来他的试卷，哥哥看了，连连嘲笑弟弟的愚笨。怎么连这个题目都会答错？哥哥不满地说，这样子还怎么考大学？

弟弟的成绩的确不理想。并非他不努力，他的资质本就如此。临近毕业的时候，父亲在村子里盖起三间新瓦房，那是父亲一生中最庞大最艰辛的工程，不仅倾尽所有，并且债台高筑。他仍然把两个儿子叫到身边，然后尴尬地笑。他说暂时只能先盖三间了。三间，只能保证你们其中一个人娶媳妇。以后有了钱，我保证，再盖三间……哥哥看看弟弟，弟弟看看哥哥，都不说话。谁都知道三间瓦房在贫穷的乡下意味着什么，谁都怀疑父亲或者自己在今后 10 年之内还有没有盖起这样三间瓦房的能力。他们再一次来到院子，再一次玩起那个游戏。哥哥问这次还是布？弟弟说当然。哥哥说这一次你可千万不要后悔。一、二、三，弟弟再一次赢下了哥哥。哥哥转身往屋子里走，弟弟追上前去，与他并肩。弟弟说你完全可以换一下的……你为什么不出剪子？哥哥表情僵硬地笑笑说，你为什么总出布呢？一连好几天，两个人再也没有说一句话。

哥哥在几天以后踏上去城里的打工路，弟弟在半个月以后迎来了高考。哥哥在城市里流浪很久才找到一份工作，弟弟在考场上使出浑身解数仍然名落孙山。那时考上大学并不容易，那时高考落榜回村务农几乎是唯一的选择。回到村子的弟弟一直没有搬进父亲为他准备的三间新房，他突然产生出一种非常奇怪的感觉。他想假如自己搬进去，那么，或许他这一辈子，都会被困在这个山村，被困在这片贫瘠且毫无生机的土地。并且，似乎，那并不是他的房子，那房子本属于他的哥哥。

一年以后他也坐上了通往城市的长途汽车。城市里有他的梦想，城市里还有他的哥哥。

城市与乡村最大的区别，就是看不到日出和日落。鳞次栉比的高楼大厦和五光十色的霓虹灯让人分不清什么时间是白天什么时间是黑夜。可是对他来说，那时的城市根本没有白天。他已经流浪了一个多月，他疲惫不堪，垂头丧气。

他只好找到哥哥，并住进哥哥的宿舍。第二天哥哥带他去找厂长，请求厂长给他弟弟一份工作。厂长思忖片刻说，那就先试用3个月吧！如果干得好，就留下。哥哥对厂长百般感谢，腼腆的弟弟却只知站在一边傻笑。

3个月很快过去，弟弟留在了城市。虽然工作并不理想，可那毕竟是一处暂时的安身之所。不久以后他从临时工转为合同工，正式成为工厂的一员。

他和哥哥经常坐在一起聊天。他们从不谈以前的事，从不谈他小时候赢到的铅笔、硬糖、酥饼、苹果、铅笔盒、就读高中的机会、一栋三间大瓦房……他知道哥哥仍然记得这些事，他不知道哥哥是否恨他。他常常想，假如把读高中的机会让给哥哥，那么，哥哥会不会考上大学？或者，当时还在读着高中的他，是否真的需要那三间瓦房？如果不需要，为什么还要赢下那时已经是标准农民并且急需一栋房子的哥哥？假如将那些结果对调，那么现在，他们无疑会有着完全不同的命运。只是似乎，哥哥的前景会很乐观，而他充其量会在乡下务农或者在城里的某个工厂打工。他认为自己愧对了哥哥，因为他赢得了一个机会，却没有利用这个机会跳出农门。可是假如有一天，假如他们再一次面对一个机会，他真会让哥哥赢下自己吗？或者，即使自己想输，就能够输掉吗？

他和哥哥都没有想到，这一天竟会来得如此之快。

是一天晚上，两个人正睡着觉，外面突然传来嘈杂的叫喊声。兄弟俩忙爬起来，发现车间里已经火光冲天。失火的车间有一个大锅炉，那锅炉一旦爆炸，等于同时燃放了几百吨烈性炸药。所有人都在慌乱地奔跑，却是和车间完全相反的方向。哥哥对弟弟大喊一声，冲！两个人就同时冲向车间，冲向大火。火光中他们看到了厂长，他向他们疯狂地喊叫。

由于他和哥哥为消防队员争取了时间，大火被扑灭时，锅炉仍然安然无恙。可是两个人都受了伤，需要住院休息。他们住在同一间病房，两张病床挤在一起，排成一排。弟弟的病床，有阳光。

为表示感谢，厂长决定奖给他们一套商品房。那是寸土寸金的市区，那套房子值很大一笔钱。厂长拿着鲜花去看他们，他对他们说，现在工厂的资金有些紧张，加上大火造成了不少损失，所以暂时只能先奖你们其中一个人一套，等以后工厂好过些，再想办法奖另一个人一套……这是一套可以带户口的房子，住进去，就等于变成了城里人……

哥哥和弟弟，相视而笑。——有些事，像是命中注定，想避都避不开。

厂长接着说，当然你们可以将房子卖掉然后把钱分了……不过这样就失去了那个城市户口。说到这里厂长不好意思地笑了，他说我的话好像有些多余了……我忘了你们是兄弟……

厂长离开后，他们再也没有谈起过这件事。似乎两个人突然失去了石头剪子布的勇气。石头剪子布，一种最为简单的游戏，一种最为残忍的赌博。胜负刹那分明，其中一人彻底失去机会。

几天后厂长再一次来到他们的病房。他告诉他们，由于一些手续上的问题，那套房子现在必须明确一个户主。兄弟俩互相看看，然后一起问厂长能否帮他们去医院门口的超市买一袋水果。

病房里终于只剩下兄弟二人。哥哥看看弟弟，再看看弟弟的手。他说，我们开始吧。

弟弟的表情飞快地变了一下。他苦笑一下说，这次，你肯定可以

赢我。

哥哥笑了笑。他说这么多年过去，也该我赢你一次了。

一、二、三！哥哥和弟弟同时伸出手。哥哥仍然出石头。这一次，他仍然输给了弟弟。

弟弟的手僵在那里，表情长久凝固。突然他紧紧地拥抱了自己的哥哥，高喊一声哥，然后号啕大哭。

那一天，其实，他特别想输给自己的哥哥。可是他不能不赢——他的手上打着石膏，不能够弯曲。他和哥哥都知道，那一天，他只能够出布。

隔窗相望

文／贺点松

一棵梧桐树的阴影下，蹲着一个黑瘦的中年汉子。他上身穿一件皱巴巴的衬衫，下身穿一条脏兮兮的黑裤子，脚上一双"踢死牛"布鞋，没穿袜子。他不断地取下脖子上的短毛巾揩额上、面颊上大颗大颗的汗珠。他的脚旁放着一只鼓囊囊的塑料袋，塑料袋里装着一套衣服，几包方便面，还有许多鲜黄的杏子。

学校是新建的学校，梧桐树是去年才栽的，它投下的阴影勉勉强强能遮住壮年汉子。

我经过他身旁时，他正又一次用短毛巾揩脸上的汗。

"找学生吧？"我问。

他赶紧站起来，脸上堆着笑："是找学生。"

我又问："在哪一班？"

他说："二（3）班。"

"二（3）班？"

"嗯。"

"学生叫什么名字？"

"赵飞。"

我心里"咯噔"一下。

"刚才下课没找着呀？"

"来得不巧，进校门时刚打上课铃。"

我看看表，第二节课才开始5分钟。就是说，这位父亲还得在酷暑中苦熬40分钟！

我说："这儿太热，教学楼北边台阶上凉快，坐那儿去吧！"

不敢再多看这位父亲，赶紧走进教学楼。

赵飞是我班的"双差生"，学习差，态度差。作为班主任，从高一到高三，我不知做了他多少思想工作，都没有什么效果，近来，顽劣程度还有增加。我上了二楼，走到班的教室外，隔窗观察。是语文课。王老师正在动情地讲着，学生们听得入神。可是，赵飞正趴在靠窗的课桌上睡觉。赵飞此举，我已见怪不怪，而今天却让我非常恼怒，真恨不得冲进去把他揪起来狠狠地揍一顿。

我点起一支烟，猛吸一口，有了一个主意。我轻敲一下窗子，示意赵飞的同桌叫醒他，让赵飞出来。

赵飞被叫醒了，揉着眼。"跟我来！"赵飞跟着我进了办公室。大概认为我又要教训他了，摆出一副刀枪不入的架势。

我说："往里边站点儿，赵飞。"

赵飞往里边站了点儿。

我说："再往里边站点儿，站到窗户前。"

赵飞大大咧咧地站到窗前。

我说:"这节语文课,你在睡觉吧,赵飞?"

赵飞轻描淡写地说:"是。"

我说:"我想让你观察一个人。观察之前我想提醒你,今年夏天天气干旱,持续高温,今天的气温是 38℃。你要一边观察一边思考:那个人来干什么?他为什么蹲在那儿?他一生最大的愿望可能是什么——好啦,隔着你旁边的这扇窗户。那个人你抬眼就能看见。——开始吧!"赵飞抬眼一望,转身就要出去。

我用极其严厉地语气说:"站着!按我说的做!"

赵飞不敢再动。

办公室里静极了,只有吊扇转动的"呼呼"声。

赵飞的眼里有了亮晶晶的东西。

赵飞的喉头在蠕动。

赵飞的双肩剧烈地抖动着。

下课的铃声响了,赵飞终于"哇"的一声哭出来。

"老师,我……"赵飞泣不成声。

我严厉而又语重心长地打断了他的话:"什么也别说,去吧,我相信你是一个善于思考的学生,我不想听你现在怎么说,我想看你今后怎么做!"赵飞咬着嘴唇重重地点点头,向我深深鞠了一躬,转身跑出办公室。

从此,赵飞像换了一个人,期末考试,赵飞的成绩跃入了全班前列。

为雕塑打伞

文／刘国芳

　　街边有一组雕塑,是两个人在跳舞。雕塑真人大小,雕得栩栩如生。

　　一个大人,带着一个孩子走了过来。孩子一直在乡下的外婆家长大,要读书了,才被大人接进城来。孩子看见雕塑后,便指了指,然后问大人说:"他们在跳舞吗?"

　　大人说:"在跳舞。"

　　孩子说:"他们跳什么舞呀?"

　　大人说:"不知道。"

　　过了一会儿,孩子又走了回来,见两个人还在跳,孩子又问大人说:"他们还在跳舞?"

　　大人说:"还在跳。"

　　孩子说:"他们不累吗?"

　　大人说:"不累。"

　　又过了一会儿,孩子再走了回来,仍然看见两个人在跳着。这时候下雨了,孩子于是跟大人说:"下雨了,他们怎么还不走呀?"

　　孩子说着,也没等大人说话,就走开了,往雕塑跟前去。

　　大人见了,便喊住孩子,大人说:"你去哪儿?"

　　孩子说:"我去给他们撑伞。"

　　大人听了,便过去一把拉住孩子,大人说:"你傻不傻呀,那是雕塑,不是人。"

孩子听不懂雕塑这个词，但他已经在雕塑跟前，他拍了拍雕塑，发现两个跳舞的人真的不是真人。

几天后，有一个醉汉倒在雕塑上，醉汉的两只手分别挽在雕塑的两只手上，一条腿弯着，另一条腿拖得老长。这样看起来，醉汉好像也在跳舞。街上人来人往，他们看见醉汉跟前吐了一地，便知道这人喝过头了。但所有的人都无动于衷，他们看一眼醉汉，走开了。

那个孩子，又跟大人走了来，孩子也看见了醉汉。孩子这回没看错，这是个真人，孩子于是跟大人说："这人也在跳舞吗？"

大人说："像跳舞。"

孩子说："这人跳什么舞呀？"

大人说："跳醉舞。"

过了一会儿，孩子又走了回来，见那人还在那儿，孩子跟大人说："这人还在跳舞吗？"

大人说："还在跳。"

孩子说："他不累吗？"

大人说："他不知道累。"

又过了一会儿，孩子再走了回来，仍然看见醉汉挂在两个雕塑之间。这时候下雨了，孩子于是跟大人说："下雨了，这人怎么还不走呀？"

孩子说着，又往雕塑跟前去。

大人见了，喊住孩子，大人说："你去哪儿？"

孩子说："我去给他撑伞。"

孩子说着，把伞撑在醉汉头上了。大人见了，要拉开孩子，但孩子不走，孩子说："他不是雕塑，淋了雨会生病的。"

大人听了，不拉孩子了，站孩子跟前。

街上也有人不走了，停下来，看着孩子，一个人还开口说："打120吧。"

大人便拿出手机，拨过号后，大人说："120吗，这里有个醉汉，估计喝得太多了，不能动，你们快过来。"

很快，醉汉被120抬走了。

窗 外

文/李 均

在语文阅读课上，班主任王老师给学生们讲岳飞小时候的故事："在宋朝的时候呀，有一个叫岳飞的孩子，他的家境很贫寒，念不起书。每当周围的小朋友背着书包去学堂上学时，小岳飞就跟在后面，等学生们都进了教室之后，他就一个人站在教室窗户的外面听老师讲课。有一次，他在外面听课的时候不小心被老师发现了。老师问明情况后，被他这股爱学习的劲头打动了，便破例免了他的学费，允许他进教室里面听课……"

孩子们都津津有味地听着，仿佛入迷了一般。故事讲完后好半天，教室内仍静悄悄的，鸦雀无声。

看学生们都被故事打动了，王老师顿了顿，微笑着问："同学们，听了这个故事，你们都有什么感想，请举手发言。"

学生甲说："条件那么艰苦，岳飞还坚持不懈地学习，他是我们学习的好榜样。"

学生乙说："岳飞交不起学费，本可以整天玩的。但他没有，反而努力学习，他确实是个爱学习的好孩子。"

学生丙说："岳飞后来当上了大元帅，这和他小时候的努力是分不开的。我们也要像他那样刻苦学习，长大后报效祖国。"

其他的孩子也都争先恐后地举起小手踊跃发言，教室里的气氛十分活跃。王老师不住地点头微笑："嗯，不错。"

这时，教室后排靠窗的地方出现了一阵小小的骚动，一个学生向老师报告："老师，你看窗外。"

王老师循着声音望去，发现在教室后门靠窗的外面，露着一个扎着羊角辫子的小脑袋。王老师抿了一下嘴唇，似乎有些不悦，他用手示意大家安静，然后走了出去。

小女孩面色黝黑，年龄和教室内的孩子们都差不多，大约七八岁的样子。她穿着一件洗得发白的牛仔外套，但整体看上去还是比较干净的。小女孩看到王老师出来了，有些害怕，水汪汪的大眼睛和王老师的眼神对视了一下，便移开了。她低下头，手足无措地摆弄着衣角。

王老师声音有些严厉地说："你怎么又来了，你这样老是站在教室外面，影响很不好的，别人还以为我在体罚学生呢。"

小女孩低着头，单薄的身子随着王老师音调的高低不住地哆嗦着，她一句话也不说，仍是来回搓着衣角。

王老师看孩子可怜兮兮的样子，有些不忍，便尽量使声调缓和下来："你们这些农民工子女的处境我是很同情的，但我不是领导，我也无能为力呀。我上次不是跟你说了嘛，你回去让你的父母去找找关系，会有学校接收你的。"

小女孩仍是低着头，半天才小声喃喃道："校长对俺爹说，俺应该归那个学校，那个学校说俺应该来这里……"

"哦，是这样呀。"王老师若有所悟地点了点头。他抬腕看了看表，离下课还有十分钟，便有些着急，课还没上完呢。于是，他对小女孩说："你还是先回去吧，看，他们还都等着上课呢，你站在这里会影响我们上课的。我知道，你是个懂事的孩子。"

小女孩的身子动了动，终于抬起了头。她眨着乌黑的大眼睛不舍地朝教室望了一眼，然后，拉了拉肩头上破旧的书包，漫无目的地走开了。

王老师稳了稳情绪，面容平静地走进教室，请学生们沿着刚才的话题继续发言。

一个男孩子站起来说："老师，刚才我突然想到了一个问题，有点想不通。"

"什么问题，讲出来，大家一起探讨。"王老师鼓励道。

男孩子看了看刚才小女孩站的地方，说："为什么岳飞就可以被破例允许进教室学习，而刚才那个女生就不行呢？岳飞如果生活在现在，他是不是就没有机会上学了？"说着，他再次看了看窗外。

王老师听了，面色凝重，嘴角动了动："这个……"

看老师没表态，学生乙说道："这有什么想不通的，因为岳飞是个男的呗，而她却是个女的。"

学生甲反驳道："不对，不对，是因为她没有岳飞穷，老师不是说，岳飞连个书包都没有嘛，她起码就有一个。"

另一个学生站起来，模棱两可地说："是不是因为时代不一样了，毕竟那是在宋朝。"

"胡扯！"王老师发怒了。他似乎想说些什么，但这时，下课铃声响了，"铃铃铃……"

王老师环视了一下教室，把已到嘴边的话咽了回去，他只说了两个字："下课。"然后，突然想到了些什么似的，便大步朝校长办公室走去。

紫桑葚

文／高 军

"小鬼，怎么好像不太对头啊？"他四下里扫了一眼，问警卫员。

警卫员扭头向西面的山峰看一下——每个山头都硝烟滚滚，枪声炮声此起彼伏——就把两脚"啪"地一并："报告首长，老乡都躲了，

门没顾上锁。"

"哦,打仗嘛。"他若有所思地点点头,"咱们就在这里落脚吧,老乡的东西,我们要照管好啊。"

紧张忙碌过后,抽点空隙,他走出房门,两手举过头顶,伸了个懒腰,然后看看田野里的青草和绿树,感到舒坦了一些,正想转回身去,钻进耳朵里的枪炮声中,似乎夹杂着一种若有若无的"咝咝"的声音。他仔细听了一阵,就来到西屋门口。警卫员立即跟了过来。他先敲了敲门,没动静,就慢慢推开虚掩着的秫秸扎的门。迎门是一个蚕箔,里面养着已长到一寸左右的蚕宝宝。一条条蚕虫,在蠕动着,叠压着,有的还把头抬起来,来回扭动几下。他笑了笑,慢慢退出来,又轻轻地把门关上。

回到正房的指挥所,他问了一下25、26、27师所在的具体位置,命令道:"不许从任何人手下漏掉一个敌人!"

他端起茶杯,举到嘴边,还没碰到嘴唇,又猛地放下,桌面被碰得响了一声,人们都抬起了头。他谁也没看,大声叫道:"警卫员!"

"到!"两个警卫员跑到他跟前,举手敬礼。

他严肃地看了他俩一眼:"我命令你俩,马上去给我采一筐桑树叶子来,要干净,要肥实。"

警卫员稍一愣神,随即大声应道:"是!"看着警卫员跑步出了院子,他的脸上露出一丝微笑。然后,又大步走到地图前,看了看部队目前所在的位置,轻轻地舒了一口气。

一个多小时过去了,两个警卫员还没回来。他默默地站起来,又慢慢地走到西屋门前。手刚伸到门上,又猛地缩回来。他自嘲地笑了笑,走到大门口:

"这两个小鬼,怎么搞的?"

又过了一会儿,门口传来怯怯的声音:"报告首长!我俩没看到桑叶。"

他看了他俩一眼,见他们还喘着粗气,一副疲劳的样子,就把心里腾起的火强压下去,指指他俩,冷冷地问:"怎么回事?"

警卫员回答："在方圆两公里之内我们找了一圈儿，没有桑树，所以……"

另一警卫员说："西边倒是有三棵桑树，但被炮火打得光秃秃的了，树上一片树叶也没有了。"

他锁着眉头，没吭声。过了半天，才又轻声说道："你俩再去一趟，要扩大搜索的范围。"他把手使劲儿往下一按，声音略大了一点儿："但必须采到桑叶。"

"保证完成任务！"两人的眼角有点儿湿，敬礼后拿着筐又跑了出去。

四下里的炮火仍很激烈。他的心里有点儿为自己的警卫员担心，两个小鬼可要小心哟。他不敢分散自己的精力，又马上把注意力转回到对战事的考虑上。

太阳已经过午，当他再次抬眼往大门外看时，两个警卫员终于走进了视野。

两人抬着一大筐碧绿的桑叶回来了，脸上显露着兴奋的神情。

他走出来，高兴地说："给我给我，你俩快去喝口水。"

但警卫员并没有走，与他一起抬着桑叶来到西屋。

他瞅着一个个蚕宝宝，嘿嘿地笑着，慢慢抓起一把桑叶，反过来顺过去地看了看，没有杂质，只是叶柄上带着几个紫色的桑葚。他把桑葚摘下来，塞到警卫员的嘴里。

警卫员没防备，只好吃了："首长？"

他笑了："慰劳你俩一下。"

说着，他小心地把桑叶撒到蚕箔里。蚕宝宝快速地蠕动起来。唰唰唰，绿油油的桑叶一会儿就被咬出一个个大豁口。他又抓起一把桑叶，摘下桑葚，放到旁边的一只小凳子上，再把桑叶撒给蚕宝宝。

警卫员看到首长非常投入，就咂咂嘴，小声说："首长，桑葚真好吃，您尝尝吧。"

他摇摇头："不，给房东的孩子留着吧。"

炮火越来越猛了……

不久以后，被写入战史的孟良崮战役胜利结束。

躲出去的房主人回来了，他发现自己养的蚕吃得很饱，旁边一只筐里还有小半筐桑叶。在一堆紫色的桑葚边，还压着一张纸条：

打搅了，感谢给我们留门。

许世友

1947. 5. 16

看到这里，老乡的眼睛湿润了。蒙眬中，他发现那堆紫桑葚更鲜亮了。

数学课堂里的作文竞赛

文／曾利华

那时的他，家里穷得揭不开锅，每期的学费都是父母东拼西凑才筹足的。

因为穷，他比常人更懂得珍惜与节省，虽然远在十里之外的小镇上学，但从未向父母开口索要过一分零花钱。寄宿在校，他吃的是母亲腌制的咸菜，夏天是酸豆角，冬天便是酸萝卜。

全班五十多个学生，只有他没有文具盒，更不用说一些必备的学习用品。唯一让他引以为豪的是，他有一支英雄牌的自来水笔。这在当时，的确算得上一件光鲜的事情。但事实上，这支自来水笔也是父亲多年前用过的。

寒冬漫入校园的时候，就要学几何知识了。新来的数学老师要求每个学生都必须备齐三角板、量角器、直尺和圆规这"四件套"，同时宣布一周后将进行检查。

三天过后，他就发现，不少同学都购买了各式各样的"四件套"。看到一些同学用"四件套"绘出的那些美丽而神奇的几何图案时，他的眼里闪过如流星一般的羡慕。为了掩饰自己的感情，他很快转过头向窗外望去。透过玻璃，他看到了一片淡黄的树叶从高高的树梢悄然飘落，心底淡淡的失落感油然而生。

的确如此，他很想拥有自己的"四件套"，他渴望用"四件套"绘出自己心中美丽的图案。但这种渴望对于他来说却是奢侈的。有时，他也曾萌生借用他人的"四件套"的念头。然而，因为自己心底那貌似自尊的自卑，他一次又一次放弃了这个念头。

上课的铃声响了，很快就到了数学老师检查同学们"四件套"的时间。他把头深深地埋进书里，却一个字也未看进去。他甚至希望数学老师不要靠近他的课桌。

但数学老师检查得相当仔细，似乎要做到一个不漏。果然，数学老师稳健的步伐很快就在他身旁停了下来。数学老师弯下腰来，附在他耳旁，轻轻地询问："你，忘了买吗？"

他的脸倏地红了，脱口而出，声音却细若游丝："我没……可是……"

他吞吞吐吐，无法完整地表达自己的意思，他也不想告诉数学老师，因为近段时间母亲患了风寒，入院治疗都困难不已，自己根本就不曾向父母说过要购置学习用具的事情。

数学老师也不再深究原由，只是轻轻地"噢"了声，便径自离开了他的座位。但他的心却无法平静下来，他合上书，心里一直在猜测，自己没有买几何学习用品，数学老师会在班上宣布吗？

出人意料的是，检查过后，数学老师微笑着对全班同学购置"四件套"的积极性给予了充分肯定，只字未提他的事。这让忐忑不安的他放下了悬着的心。他翻开书，正要准备听课，数学老师却宣布："在学习圆的知识之前，我们搞一次'绘图·作文'竞赛活动，要求用自己的圆规绘一个圆，然后用词语描绘圆，优胜者可是有奖的呵！"

这是一道富有吸引力也颇有难度的作文题，因为圆的知识尚未学习，但却要用丰富的想象和美丽的词语来描绘圆。

同学们都用圆规画出了美丽的圆，然后开始绞尽脑汁作文。没有圆规的他，悄悄地揭下墨水瓶盖，用笔沿着瓶盖边缘，画了一个并不完美的圆，那线条如锯齿一般，凸凹不平。看着这有点像齿轮的圆，他写下了：圆是开放在几何图形中最美的花朵，圆的世界是丰盈的，没有缺陷，但闭塞的圆，也是无奈和孤寂的！

他很快就忘了这次竞赛，令他不曾想到的是，仅仅几天时间，数学老师便公布了竞赛结果，而他居然获得了第二名。更让他高兴的是，奖品也似乎专门为他而设计——那是他日夜渴望拥有的圆规、直尺、三角板、量角器这"四件套"。他抑制住内心的激动，从数学老师手中接过奖品，然后握住数学老师伸过来的右手，他感到数学老师那遒劲有力的大手是那样的温暖，就像冬天里的一盆炉火，瞬间温暖了他的全身……

那个学期，这"四件套"不但助他学好了几何知识，而且放飞了他心中的梦想。

后来，他上了一所大学，选择了美术系。毕业后又进入一家广告公司，专门从事图案设计，并且成了著名的广告设计师。此时的他，已经很少再用"四件套"，他的不少创意与设计，都是通过电脑直接完成的。但那已经无比陈旧的"四件套"，他一直小心而完好地保存着，他一辈子也不会忘记，在那个寒冷的冬天，有一个年轻的数学老师曾经为他举行了一次别开生面的作文竞赛。

招聘爸爸

文／祁军平

那天，我去邮局寄信。返回途中，街拐角电线杆上的一则招聘启事引起了我的兴趣。我不由得细看了起来：

因 ×× 小学要开家长会，本学生现紧急招聘临时爸爸一名。要求：本地口音，年龄 30 岁左右，气质佳，有参加过家长会经验者优先，待遇 30~50 元。有意者拨打 139×××××× 与本人联系。

我有一双儿女，女儿上初中，儿子念小学。我多次参加过家长会，加之我曾在全市交通系统的一次演讲大赛中荣获过一等奖，还是市作家协会的会员，而且年龄也相当，各项条件都符合要求。我想，"临时爸爸"非我莫属！我正好可以用这笔钱给儿子祁天买台复读机。

我立刻掏出手机拨打了电话。临时儿子经过一番简短的口试和查看我的作家证后，顺利聘用了我。原来，前天期中考试刚结束，我的这个"儿子"分数在全班排名倒数第一，老师要求家长在会上发言。

我和"儿子"一番试戏后，走进了 ×× 小学。我以前曾多次来这所学校参加过家长会，可今天不同一般。

我向老师和学生家长们做了深刻、诚恳且生动的检讨，毫无疑问，我发挥得异常出色，赢来了阵阵热烈的掌声。

我突然发现，我具有演戏的天赋。事后我揣起 50 元劳务费，急忙赶往儿子的班级。正当我想从后门溜进去，忽然听到老师讲："下面请祁天的爸爸代表考试不及格的同学家长上台发言。"当我正在迟疑间，突然看到儿子跟身边一位陌生中年男子小声说着什么，那男子点点头，站起身走上了讲台。

我仿佛一下子掉进了冰窖，至今不记得那天我是怎么回到家里的。

老余的教师节

文／马 德

我那时在一所偏僻的乡中教书。

学校不大，仅两排房。房后是一条公路，公路穿过山，那一面，就是山西的地界了。

学生不多，老师也很少。大多数老师是周围村庄的，放学后，基本上都各自散了。住在学校里的，除了我们两个离家远的老师，另一个人，就是老余了，他得看着学校。

老余是学校的代课教师，据说曾经教过一段时间政治。后来，归属总务处，主要负责敲钟。老余并不老，最多40岁，但罗锅，而且说话气喘，说几句话，要喘半天的。他从什么时候来学校敲钟的，我不知道。我只知道，他的钟敲得很准时，有一天，哗哗的下大雨，我们都以为下课的钟声将会省去了，时间刚到，下课的钟声便顽强地响起在飘泼的雨声中，大家看去，老余披着块塑料布，弓着腰，站在钟底下，他的姿势，像一尊雕塑。

不大的学校，一切都按部就班地进行着。

转眼到了9月，校长征求老师们的意见，教师节怎么过。大家说，就按去年的来吧，去年就挺好的。去年怎么过的呢？学校拉了一拖拉机面煤，分给了老师们。这里距山西近，一拖拉机面煤，也值不了几个钱。但一冬天的炉子里，就有的烧。校长说，就按你们的来。

没几天，一堆面煤就堆在了操场上。总务处的几个人很认真地开始分煤，一个老师一小堆，谁也不例外。校长最大度，还没分呢，他就说，你们先挑，你们挑完，剩下的那一堆就是我的。

在那样偏僻的地方，校长也是好校长。

我离家远，上百里地呢，这一小堆煤，也值不得弄回去，只好送了别人。但送给谁呢？论交情，我刚来学校不久，和谁也没有多深的交情，但总得找一个人吧，我想到了老余。在我看来，把这堆煤给了罗锅老余，比给谁都合适。

我和老余说了自己的想法。老余连连摆手，说，我怎能要你的呢，你要弄不走，先放在学校闲置的库房里，我给你看着。老余很认真，一边喘着，一边和我说。我好说歹说，老余就是不要，说，你还是给家里拉回去吧，这东西，谁家里都需要。

他还挺固执的。

接下来，老师们开始往家里拉煤。一般都是手推车，也有套着牲口车来拉的。气喘的老余手推不了，他央求他的侄子套着牲口车来帮他拉，但始终不来。我们几个年轻老师一商量，决定帮着老余把煤推回去。我们找了一辆板车，分几次把老余的煤送到了他家，其中，也包括我的那一堆。尽管他一再阻拦，但他气喘，哪里阻拦得了我们。

就是那一次，我才知道，老余的家里，除了一个老母亲，还有一个没有嫁出去的同样气喘的妹妹，而老余，也一直单身到现在。一家人，就靠老余的那点单薄的工资支撑着。

那年的教师节，老余很快乐，见了谁，都热情地打招呼。虽然依旧气喘，但满脸的褶子里，多了不曾见到的光彩。

北大的门票

文／刘建国

夜静静的，听得见星星在窗外眨眼睛的声音。

十点半，方方在房间里写作业。隔壁，爸爸妈妈的谈话声隐隐约约地传过来。

妈妈说，春节放假，今天是第六天。方方做完了两本学习资料，还不包括老师布置的写作文、写日记、抄课文、抄生字。

爸爸说，我今天进城，又发现了两本书，买的人特多。叫什么《加倍》，加速努力，加倍成功。

正在写作业的方方，听到爸爸妈妈的谈话，写字的手一下子变得呆滞了。

太阳刚刚起床，方方的四位同学已经在敲方方的家门了。不是十万火急方方是不会在睡梦中把他们一个个揪起来接电话的，所以他们一大早就给方方还书来了。

早饭都没吃，方方就去了张老师家。一周前，张老师在语文课上，发现了方方课桌上一本《创新讲解》，就借去看，到现在也没还。

方方又去了数学老师家。李老师借走了方方的《素质教育超级表解》。李老师说，我天天逛书店，怎么就没发现这么好的一本书？

方方把叫做教科书的书从书包里掏出来，把叫做学习资料的书一本一本塞进书包里。

方方提着书包，找爸爸妈妈。

方方把书包"咚"地往床上一扔，方方的天空就开始下雨，淅淅沥沥的。

妈妈很诧异，好好的，这是咋了？

你看看书包里的书。

妈妈不明就里，只好急急地去书包里寻找答案。

书包里不都是书吗？妈妈说。妈妈没找到答案。

你数数多少本。方方把小手攥成拳头，不停地在脸上擦拭。不一会儿，方方的小脸就脏兮兮的。

妈妈就去数，一、二、三……一共二十八本。

妈妈明白了。

这时，一旁看书的爸爸说话了。爸爸说，我给你讲个故事吧：二十多年前，有一个穷学生，想考北京大学。于是，他拼命读书，可是命运偏偏捉弄了他，他仅以一分之差与大学失之交臂。他去煤矿打工，想着第二年卷土重来。可是，一场矿难，炸飞了他的一条腿，也炸飞了一只鸟对于蓝天的渴望。那个穷学生就是我。爸爸说，如果当年我不去打工，如果我再努力一点，一点点……

可是，我们校长说今年不给学生订学习资料，少留课外作业。方方委屈地说，我的同桌小丽每天看电视都看到"再见"，我从来就没看过电视。

你咋不跟你大林哥比，你大林哥从小学一年级到高中毕业，又看过几回电视？高考成绩全省第三！爸爸说，再说了，学校不是喊着要减轻学生负担吗？我看他们都不学了才好，免得有人再跟我女儿抢北大的门票。

方方不说话了，默默走回自己的房间。

这一晚，方方房间的灯直到十二点还默默坚持着。

爸爸半夜醒来的时候，看了一眼墙上的挂钟，凌晨三点。方方房间的灯光透过门缝的一点点间隙传过来，依然执著。

爸爸推醒一旁熟睡的妈妈，得意的样子，看看，我的一番言传身教！

妈妈一骨碌从床上爬起来，去了女儿房间。可是已经晚了，方方没有在桌旁写作业，也没有躺在床上睡觉。

方方不见了。

爸爸妈妈是在楼下找到方方的。方方从楼上跳下来，一棵冬青树拯救了她的生命。

一个月后，方方从医院回家的那个晚上，一家人坐在一起。

方方的小脸涨得通红，鼓足勇气说，你们算过吗？你们给我买的学习资料，就算我整日整夜不吃饭、不睡觉也做不完。

妈妈愣了，真的，光想着让女儿考第一，从来都没想过给女儿布置的竟是一个不可能完成的任务，从来都没想过女儿的感受是什么。

妈妈心疼了，不做了，不做了，管他什么南大、北大，谁爱上上去，不能因为上学累死俺孩儿！妈妈真心疼了，转身对爸爸说，才九岁的孩子，不过语文、数学两门课，人家一本学习资料都没有就不活了？

妈妈越想越生气，越想越替方方委屈。一把抓过方方的书包向厨房跑去。

妈，你这是干什么呀！从火炉上一本本抢起烧煳的学习资料，方方无声地哭了，你不上大学，我还想上北大呢！

谁助我奔跑

文／童树梅

　　这天学校广播播出一条消息：为了调剂同学们的身心，做到劳逸结合、张弛有度，从而取得更好的高考冲刺效果，学校决定近日举办一次高三学生长跑运动会。为了激发同学们参与的热情，学校决定只要是报名并坚持锻炼的同学，学校将为他们专开营养小灶，同时，获得名次的将给予重奖：第一名，奖金 300 元；第二名，奖金 200 元……高三（6）班的吴亮一听就兴奋起来，这真是刚想瞌睡就有人送上枕头啊！他当即就报了名。

　　学校果然说话算数，为吴亮他们开的营养小灶确实有营养，有鱼有肉，还有牛奶，吴亮他们快乐地吃喝着，几天一过，原来苍白的脸色就慢慢红润起来。

　　可光吃这营养小灶还不是吴亮的最终目的，他瞄准了让人垂涎的重奖，有了那么多现金就能够买来许多学习资料，还可以很长时间不再为生活发愁了，这么一想他就起早贪黑地锻炼起来。当然喽，他的学习没有拉下反而往上冲了，良好的营养、有规律的锻炼在支撑着他哩。

　　运动会开始了，吴亮信心百倍地跑了起来，他的身边有许多长跑高手，有些还是校田径队的，可吴亮不怕。果然跑着跑着他就领先了，不过，一些平时名不见经传的黑马却冒了出来，吴亮仔细一看，哈，认识，全是近些日跟他一起吃营养小灶、而锻炼长跑的刻苦劲一点也不逊于自己的几个同学。

快到终点了，吴亮一马当先，300元的奖金就要到手了，他心里不由得一阵阵激动。正高兴着，耳旁忽然响起一声声粗重得像拉风箱的喘息声，吴亮惊讶地回头一看，是一个叫刘威的同学。吴亮连忙加快步伐，他有足够的体力第一个冲过终点，而刘威明显体力不支了。

可刚跑了两步，吴亮的脚步就慢了下来，眼看着刘威一点一点地超过他，然后跟跟跄跄的刘威在同学们山呼海啸般的加油声中咬紧牙关冲刺，第一个撞线了！接着是吴亮……

比赛结束后校长当场发了奖金，吴亮接过200元现金高兴坏了，这可是他生平挣到的第一笔"巨款"啊！

回到办公室里，校长和几位高三班主任一起快活地大笑起来。校长说："你们提出的举办长跑运动会的点子不错啊，既让家庭贫寒缺少营养的同学们强壮了身体，又巧妙地不让他们觉得学校是在照顾他们，从而很好地保护了孩子们年少敏感的自尊心，高，实在是高啊！以后咱学校就把这一方法不露声色地固定下来，永远惠及贫困的学生们，你们说好不好？"大家听了齐声叫好。

却说吴亮正高高兴兴地往宿舍走，有个同学忽然轻声叫住了他，吴亮一看，却是刚刚长跑获得第一名的刘威。刘威说："吴亮，其实我知道刚才你明明可以获得第一名的，可你却让给了我……"

刘威有点哽咽，吴亮却憨厚地笑了。是的，刚才在他铆足劲准备冲刺的一刹那忽然想起刘威比他更需要第一名，因为他听说过刘威的家庭更困难，于是故意放慢了脚步……

吴亮用饱含深情的口吻说："刘威，其实你不用感谢我，真的，老师们的良苦用心我全知道，还有，实际上单凭我们短期的锻炼哪能跑得过那些长跑高手们，同学们在让我们啊，所以真正要感谢的人是他们，是他们在背后默默地助我们奔跑！"

为学生开迷你演唱会

文／陈振林

学生就要高考了，我的心情有些沉重。孩子们十年寒窗苦啊，再过一个月，不知道会是怎样的结果。我想，孩子们只要尽了自己的最大努力，也就没有遗憾了。这样想着，我的心也轻松起来。

忽然，一个身影一阵风似的飘了进来，是学习委员小娟。"老师，王龙上课总是唱歌，我们根本没有办法学习，您看怎么处理一下？"小娟的样子很是气愤。

"啊？"我一惊，"王龙不是很爱学习的吗？"

"我也不知道,反正这一周来他就爱唱歌,什么歌都唱。"小娟说完，回了教室。

我知道这件事不能马虎，一个学生不学习还算是小事，要是影响了全班的学习，那可不得了了，上重点的人数就少得多了，甚至可能全军覆没，孩子们的前途……那我的责任就真是大了。

我将王龙叫到了办公室："为什么上课时要唱歌？"我直截了当地问他。

"我上课唱歌了吗，老师？"王龙反问我。

"同学们反应你唱歌影响了他们的学习。"

"我没有唱，真的，老师，您可以看我明天还在唱没。我向您保证。"王龙很诚恳地说。听了这话，我就不好说什么了。

"好，我相信你。"我说。

第二天，正当我以为高枕无忧的时候，班上一下来了五个同学一齐找到我："老师，王龙上课真的太喜欢唱歌了，您管一管吧，不然，我们的高考就会打败仗的。"

这下我不得不相信王龙唱歌的事实了。等到我上课的时候，我就留心观察。还好，前半节课，王龙没有唱歌。好家伙，下半节课刚开始自习，班上就响起了歌声："你的心情，现在好吗……"我一听，声音还有点大，真是从王龙口里发出来的。

我将王龙叫到教室外面："王龙啊，这下让我给抓了现场吧，刚才不是你在唱歌？"

王龙一惊："老师，其实我真觉得我没有唱歌。"

"但是我分明听到了你的歌声。"我说。

"距离高考不过一个月的时间了啊，王龙同学，你的基础本来不错的，不要功亏一篑。你得沉住气，才可能有最后的胜利。"我又说。

"老师，我错了。也许我真的在课堂上唱歌了。我有一个小小的请求，您能安排两个同学在上课时常常提醒我不要唱歌吗？"王龙向我提出了要求。这是一个很小的要求，我当时点头同意了。可是我不明白，明明在唱歌，为什么他自己没有感觉到呢？于是我在心里默念：王龙同学啊，千万不要再上课唱歌了。

谁知，这事才过两天，却出了更大的事。那天深夜，学生全进入了梦乡，校园里一片寂静。猛然，有歌声从学生宿舍里传出："亲爱的爸爸妈妈，你们好吗……"唱歌者当时就被寝室管理员揪了出来，正是王龙。

"为什么要唱歌？你说！"寝室管理员厉声问道。毕竟这件事闹大了。

"我要唱歌！我要唱歌！"王龙大声回答，对询问他的管理员丝毫没有畏惧感。我是班主任，当晚被请到了现场。

"为什么要唱歌，王龙？"我轻声问。

"我要唱歌。"王龙的声音仍然很大，"我想我的爸爸妈妈，他们在上个月离婚了……我要唱歌，我只想唱歌，我唱歌就可以忘掉我心中的忧伤……"

在场的人都不说话了，只听到王龙一声接一声的抽泣。

第二天上课时，我在黑板上写下"王龙演唱会"五个大字。王龙走上讲台，唱起了歌。没有话筒，他仍然一首接一首地唱。《世上只有妈妈好》《听妈妈的话》《父亲》《我想有个家》……全是和爸爸妈妈、家有关的。同学们牵起王龙的手，和他一起唱。教室的后面，我请来了男女两位嘉宾。男的，是王龙的爸爸；女的，是王龙的妈妈。

王龙上课不再唱歌。

高考结束了，王龙拿到了重点大学录取通知书。他给我打电话，大声对我说："老师，我想为你唱支歌……"

你找梁羽生算账去

文／墨 村

你别找我，你找梁羽生算账去！我爹说。

村长想不到平日木讷寡言、胆小怕事的我爹竟敢顶撞他。村长说，是你儿子打了我儿子，我咋去找梁羽生？

我爹说，这还不明白，要没有梁羽生，也就没有这个书，没有了这个书，我儿子就不会打你儿子，你说，你不找梁羽生你找谁去？

村长结巴了，我、我知道谁是梁羽生？那、那梁羽生是哪里人？

我爹说，香港么，书上写着香港梁羽生么。狗蛋糊着一脸血痂说，

是香港,就是香港梁羽生。

村长白了狗蛋一眼,对我爹说,香港,那么远的地方,你让我咋去?

我爹说,这我不管,也管不着,你是村长么,你村长去不了,咱平头百姓更去不了。

争吵声引来了村人的围观,有人小声嘀咕,狗蛋想欺负来娃,让书呆子揍了。

村长的脸白了白,愣怔半晌,便不再坚持了,他给自己找了个台阶下,好么,好么,我找着了香港梁羽生,让他赔我一大笔钱,眼气(羡慕)死你!

村长拉上狗蛋气咻咻地走了。我爹朝我挤挤眼,无声地笑了。

这是 20 年前的风景了。

20 年前,我大约 15 岁。

15 岁是个惹事的年龄。

就在那个多事之秋,城里的表哥送了我一本《七剑下天山》,我爹和我争着看……秋高气爽的季节里,我把那本书看了最少 10 遍,直看得天昏地暗路不平,满脑子都是飞沙走石惊天地、刀光剑影生死场,心里便极想做一个顶天立地的大英雄。

老师说我毁了,我爹说我迷了,村里人说我傻了,看闲书看成一个书呆子了。

我懒得和他们一般见识,整日做着我的英雄梦。

村里的狗蛋和我一般大,仗着他爹是村长,总是欺负邻居哑巴叔的闺女来娃。

来娃 13 岁,长得花一样水灵。

那天,来娃去村头麦场上揽柴,一直跟踪于后的狗蛋猛扑上去,从背后一把搂住了来娃,把来娃捺在了柴窝里。来娃又踢又咬。

我正好背着一筐猪草路过,看了个正着,身上的血液一下子就冲上了脑门。我不敢得罪村长,可又想救来娃,就在我急得团团转时,掖在裤腰里的《七剑下天山》硌了一下我的腰。我灵机一动,扔了筐,纵身一个漂亮的飞跃冲上前去,一把揪住了狗蛋的衣领,挥舞老拳砸在了他的蒜头鼻子上。

我直着眼睛说，大胆狂徒，我是大侠凌未风。

狗娃满嘴吐血，滚，关你屁事，你打我？

我继续装疯卖傻，我是大侠凌未风，我要行侠仗义除暴安良！

狗蛋说，啥球凌大侠！

我直着眼睛也不答话，一招黑虎掏心揍了他……

狗蛋憋了半天气，忽然哇地一声大哭起来，你是疯子，疯子，落荒而逃。

我目送狗蛋远去，依然摆着那个骑马蹲裆式不动，来娃拉了我一下，我才回过神来。

来娃怕我挨爹的揍，把事情经过告诉了我爹。我爹看看我，没有吭声。后来，村长拉着狗蛋来了，就和我爹发生了争吵……

这场风波虽然后来不了了之，可我爹的那句经典对白，竟在我们涅阳西南乡广为流传。人们遇上了烦心事，脱口就会精简地套用我爹的那句经典："别找我，你找梁羽生去！"

若干年后上了大学的我，甚至怀疑城市流行的那句"别理我，烦着呢"，就是我爹那句经典的翻版。我要感谢梁先生，是梁先生让木讷寡言的我爹成了幽默名人。

瓷葫芦

文／王雪涛

　　刘家湾小学在一座大山里。山很大，只有一个村；村很小，只有一所小学；学校则更小，只有一位老师。

　　老师姓尚，早已过了退休年龄，因为村里请不来老师，大城市里的老师谁也不愿意到这穷得只有石头的地方来，村长赵秋贵就又把他请了回来。尚老师不忍看着孩子们没人管，二话没说背上铺盖、提着一口掉耳朵的铁锅就住到学校里了。

　　尚老师对学生极严格，完不成作业的要用荆条抽手心。那荆条是山里特有的，柔软坚韧，能盘成圈握在手里，山里的孩子都知道它的厉害，一条抽下去，手心像烙铁烙了一样火辣辣地疼。这天，二年级的赵铁锁没有交昨天布置的作业，尚老师问："铁锁，你昨儿个放学干啥去了？"

　　"放牛。"

　　"谁让你放牛的？"

　　"俺爹。"

　　"听我的还是听你爹的？"

　　"听俺爹的。"

　　"为啥？"

　　"俺爹是村主任。"

　　"村主任也是我的学生！"尚老师一听，拍着桌子说，"伸出手！"

"偏不！"说完，铁锁猛地冲出教室，头也不回地往外跑。

"你给我回来！"尚老师一边喊一边站起身追。但还没有走出教室的门就一头栽倒在地上。学生一看不好，惊呼着涌过来，几个胆小的女生吓得哭了起来，有学生飞快地跑去找人。

一会儿工夫，村主任领着一大群人来了，大家七手八脚把尚老师抬上板车送往医院。

经诊断，尚老师患的是心脏病，已有几年的病史了，这次幸亏抢救及时。

几天后，尚老师又走上了讲台。他像往常一样环视了一圈教室，然后打开书本开始讲课。忽然像想起来什么似的说："我的药在右边的衣袋里，如果老毛病又犯了，请大家帮我服药。"说着掏出药瓶让大家看了看，是一个小小的瓷葫芦，"我可不想死这么早。"

教室里一片沉寂。大家知道，这句话随时可能成为尚老师的遗嘱。

这一节课，同学们听得最认真。

尚老师那天换了一身衣服，上课前还特别提醒说："今天我的救命葫芦在左上衣口袋里，大家一定要记准，千万别找错了地方。"

学生们就死盯着尚老师的左上衣口袋，好像那里真有能救尚老师的宝葫芦一样。

学期快结束的时候，尚老师也最忙。五年级的学生要升学，其他的学生又不能撒下不管，于是尚老师的小油灯常常亮到半夜。第二天起床，窗台上总是时不时放着一只熟鸡蛋，一把红枣，偶尔还有几朵野菊花——尚老师爱喝菊花茶。而每当问起时，同学们却说不知道。

最近一段，尚老师发现班里老是有人迟到，好几次都是快到上课时间了，几个学生才气喘吁吁地赶来，身上脏得像泥猴似的，脸上有时还挂有几道血痕。尚老师很生气，在这关键时候，居然有人敢贪玩。

一天，已上课十几分钟了，赵铁锁脖子上挂着书包才出现在校门口。尚老师停下课，问他干什么去了。铁锁低着头，背着手倚着门框一声不吭。"铁锁，伸出手，"尚老师抓起荆条，要抽铁锁手心，"你老子我都打过！"

　　同学们望着尚老师气得铁青的脸不知如何是好，一时间教室里的气氛紧张起来。

　　"尚老师，别打他了，"春妞站起来，"我们看你整天操心，又没钱给你买药，就趁放学到山上挖药材晒干卖给收购站，因为怕你知道了生气，所以没敢跟你说。铁锁为了多挖些药材，还摔伤了腿。"春妞走到铁锁身边，挽起铁锁的裤腿，露出膝盖上的伤疤。

　　铁锁松开紧攥的手，手心里是一只小小的瓷葫芦，他小心地捧着，像捧着一件稀世珍宝，眼里满是泪花。"尚老师，是我不对，不该惹您生气，您打我吧……"铁锁哽咽着。

　　"尚老师，您别生气，是我让大家挖药材的，"班长壮子站起来，"我们怕您犯病，每人都买了药随身带着。"说着伸开手，手心里捧着一只一模一样的瓷葫芦，

　　一个，两个，三个……全班同学都站了起来，像一片小树林，每人手里都捧着一只瓷葫芦，教室里传来低低的啜泣声。

　　尚老师望着学生手里的一只只瓷葫芦，嘴唇动了动，两行热泪沿着饱经风霜的脸庞无声地滑落……

变重的母亲

文／凤　凰

　　在医院的病床上，躺着奄奄一息的母亲。母亲已经住院半个月了，虽然最好的医生用了最好的药，可是她的病却一直不见好转，而且呼吸一天比一天微弱，医生说她随时都可能离开这个世界。

　　母亲的儿子和女儿守在她身边，静静地看着她，屏气凝神，一动不动，生怕打搅了睡觉的母亲。母亲已经睡了好一会儿了，他们等待着母亲再一次醒来。他们想母亲醒过来肯定会对他们说一些什么，也许会交代一些重要的事情。每一次母亲醒过来，都会对他们说些话，都会问他们一些话。许多时候，只有儿子在母亲身边，女儿不在。

　　终于，母亲醒过来了，儿子轻轻地叫着："妈！"女儿也轻轻地叫着："妈！"母亲轻轻地点点头，然后轻轻地说："你们能抱抱我吗？"儿子和女儿相互看了一眼，他们心想母亲突然要我们抱抱她，这是什么意思呢？儿子和女儿对母亲点点头说："好，我们抱抱你！"

　　女儿掀开母亲身上的被子，平平地伸出双手，然后把母亲抱了起来。母亲问女儿："我变轻了还是变重了？"女儿以前抱过母亲，就是在母亲住进医院那天，她还抱过母亲，现在她手里的母亲，明显比以前瘦多了，当然，母亲也就比以前轻多了，女儿回答说："妈，你变轻了！"母亲点点头，把脸转向儿子说："你抱抱我！"

　　于是女儿就转身将母亲交给儿子，儿子小心翼翼地伸出双手，生怕伤害到了母亲。女儿松开手，儿子突然全身一沉，他不得不把全身的力气都用在手上。母亲问儿子："我变轻了还是变重了？"儿子以前也抱过母亲，就是在母亲住进医院那天，他还抱过母亲，现在他手里的母亲，明显比以前瘦多了，可是，他感到手里的母亲却比以前重多了，他回答说："妈，你变重了！"母亲点点头，说："把我放回床上！"儿子小心地将母亲放回床上，这才松了一口气。

这时，女儿把儿子拉出了病房，她问儿子说："哥，你看妈比以前瘦多了，怎么可能变重了呢？"儿子认真地说："妈是真的变重了！"女儿说："可是刚才我抱着她的时候，明明感到她变轻了！哥，你是不是为了让妈宽心才说她变重了？"儿子说："我没骗妈，真的是妈变重了！"女儿摇了摇头，说："哥，我有事，先走了，你照顾妈，有事就给我打电话！"说完，女儿走了。

儿子一走进病房，母亲就对他说："你过来！"儿子走上前俯身问母亲："妈，你需要什么？"母亲摇了摇头，拿出一张存折塞给儿子。儿子接过一看，整整四万元，儿子吃了一惊。母亲说："不要告诉你二妹，这是我给你的！"儿子一惊："妈，为什么不给二妹？"母亲说："因为我在你手里变重了！"

儿子莫名其妙，睁大眼睛看着母亲："妈，你在我手里变重了就给我这么多钱，这是为什么呀？"母亲说："我现在比以前瘦多了，可是我在你手里却变重了，这说明什么呢？说明你比我瘦得更厉害！你为什么会比我瘦得更厉害呢？那是因为你白天黑夜都守在我身边，心里一直想着我，一直担忧着我。你说，我不把钱给你给谁？"原来昏睡的母亲心里什么都清楚。儿子拉着母亲的手，眼泪直流。

第二辑　最伟大的造陆运动

　　几个熟稔的水手被渔夫的精神打动了，他们争相揽下了渔夫的请求。每次出海，无论绕道多远，他们都要靠近、再靠近海中央一些，为的是帮助渔夫完成心愿，帮渔夫捎去对儿子的问候。

谁偷了曹操同学的手机

文／魏金树

刘备同学偷了曹操同学的手机。这件事在校园里掀起了轩然大波。在班主任刘老师的办公室里，刘备"呜呜"地哭了，哭得很伤心。

几天前的一个早晨，班长曹操同学的手机在宿舍里被盗了。曹操与刘备、孙权住在一个宿舍，当时只有刘备因病在宿舍里睡觉。大家做完早操回来，曹操的手机便不见了。

一开始刘备也不肯承认，后来刘老师发怒了，说你们若全不承认，就统统停课反思，查不出来谁也别想上课。刘老师说到做到，课，真的就停了。同学们情绪很大，对刘备也"另眼相看"了。不到两天，刘备就挺不住了，向刘老师承认自己偷了手机。可追究赃物时，刘备却说又弄丢了。

刘老师强抑怒火，心平气和地对刘备说，念你平时表现还不错，你只要将手机交出来就没事了。如若继续顽固不化，哼——你先回去想想吧。

刘备刚走，刘备的朋友诸葛亮敲门进来。刘老师，我看这事可疑，我刚才看见刘备同学很委屈的样子，料定其中必有冤情。

你有什么依据吗？

当然有！诸葛亮摇着一把扇子，不紧不慢地说，据我分析，发案现场只他一个人，按说最易成为怀疑对象，刘备若行窃岂不是太蠢了吗？何况刘备同学平时仗义疏财，上次给希望工程捐款，他连生活费都捐了，怎能做这种偷鸡摸狗之事呢？

可是，他已经承认了啊。

不错，但我想他可能另有苦衷。现在高考临近，寸阴足惜，为追查手机，你给大伙停了课，刘备同学定是为了让大伙尽快复课，才被迫选择了牺牲自己的下策。

嗯，这样解释倒也符合刘备同学的为人。可是，那谁偷了曹操同学的手机呢？

我也不敢肯定，只是，我怀疑孙权。

孙权？他连作案时间都没有，当时他在操场做操啊。

我清楚地记得，那天他请假去了一趟厕所。操场离宿舍很近啊。

啊，我想起来了。刘老师一副恍然大悟的样子，他说拉稀去厕所，而且时间还很长。对，肯定是孙权偷的。

不，不可能是孙权偷的！门一响，孙权的朋友周瑜推门进来。

周瑜同学有何高见呢？刘老师问。

孙权家中非常有钱，为人也很豪爽，他不可能去偷别人的东西。倒是刘备最为可疑，如果孙权回宿舍，刘备能毫无察觉吗？刘备虽不爱财，但可能由于打牌、谈恋爱等原因急需用钱，而他家中很穷，便只有去偷。

不！诸葛亮打断周瑜的话，谁不知道刘备胆小怕事，而曹操同学身强体壮，性情暴戾，咱班上哪个同学不畏他三分。不怕他的人只有一个，那就是副班长孙权。

周瑜望着诸葛亮微微冷笑，诸葛亮同学如此向着刘备说话，不会是得了刘备的好处吧。

那，你是得了孙权的好处？诸葛亮还以颜色。

好了，你们别争了。刘老师站起来说，这样吧，周瑜同学去调查刘备，诸葛亮同学去调查孙权。就这样吧！

二人走后，刘老师将曹操叫来，说了刚才的事情。然后问，你说谁有可能偷了你的手机呢？

曹操很大度地摆摆手，说，无论是谁偷的，都应以大局为重，我

看这事就算了吧。同学之间，别伤了和气。

不行！难得你如此宽宏大量，别人要都像你这样就好了。此事虽小，但关系到咱们三国中学的声誉，曹操同学你就别管了。

曹操还想争辩，刘老师挥挥手，曹操只好退了出去。

周瑜和诸葛亮受命后，分别对刘备和孙权展开调查，虽无进展，却搞得刘、孙二人声名狼藉。

后来学校推选唯一一名重点大学保送生时，刘老师理所当然地提名曹操了。曹操一再推辞，并力荐与他同样成绩优秀的孙权和刘备。此举再次获得同学们的由衷赞叹，唯曹操的朋友杨修在一边冷笑。

毕业了，大家收拾东西各奔前程时，性情不羁的杨修忽然站了出来，大声说，你们想知道到底是谁偷了曹操同学的手机吗？

嗯，是谁呢？人群一阵骚动。

杨修掏出自己的手机，只摁了一遍曹操手机的号码，就听曹操身上"嘀嘀嘀"地响了起来——大家都怔住了。

随后有人问杨修，你怎么知道曹操自己藏了手机呢？

杨修哈哈大笑，说，诸葛亮，是刘备的朋友；周瑜，是孙权的朋友；我，是曹操的朋友啊！言罢，扬长而去。

指 挥 家

文/王琼华

学校将筹办"金色五月"歌咏大赛。这消息一宣布，各个班就忙着选拔队员组建小合唱队。在初一（9）班教室里，班主任阿芬老师提出："我们班的目标就是要得第一名。同学们有没有信心？"

"有信心——"同学们异口同声回答道。

唯独坐在第五排的刘洪没张嘴巴。

"同时，老师打算不选拔队员，全班六十二名同学全部参加。事不宜迟，明天就开始排练。"

"噢——"

又是一阵欢呼声。刘洪却是眼睛一鼓，缓缓咧开了嘴巴。跟其他同学相比，刘洪脸上没有半点兴奋。

下课后，他走进阿芬老师办公室。阿芬一看这学生有点腼腆，就主动招呼着："刘洪同学，你是第一回进我的办公室吧。来，坐、坐。"

刘洪脸上一红。

阿芬老师笑了笑。她早已发现刘洪性格内向，平日少言寡语的。他在课堂上也很少举手发言。不过，阿芬老师对他有几分好感，觉得这位学生在使暗劲，每一回考试成绩都能进入前五六名。

"老师——"刘洪想说什么，却又把话咽了回去。阿芬老师温和地说："有事是吧？说吧，跟老师说话，随意一点。"

"老师，我不参加合唱。"

阿芬老师一愣："这是集体荣誉，要靠大家共同去争取！"

"正是因为荣誉重要，我才不想去搞破坏。"

"你参加合唱，怎么会是搞破坏呢？"

"我的嗓子不好——"刘洪翻了一下眼皮，"从念小学起，人家就说我是鸭嗓子，说话和唱歌难听得要死！"

"鸭……鸭嗓子？"

刘洪点点头。阿芬老师蓦然想起一件事，有一次她发现几个男同学围着刘洪，其中一个男同学叫道："把'小太监'的裤子脱掉。"阿芬当即批评那几个男同学："同学之间，怎么开这种玩笑？更不能取这种绰号！"这时，阿芬老师才明白了——"鸭嗓子"就是同学给刘洪取绰号叫"小太监"的原因。看来这些事对刘洪造成了心理上的伤害。

于是，阿芬老师开导着："刘洪同学，你不能自卑。这嗓子各有个性嘛，并不奇怪，再说它也代表不了什么。"

"可、可我怕唱不好。"

"不！我相信你会用自己的魅力赢得同学们的认可。"

刘洪抬头愣愣望着满脸笑意的阿芬老师。

第二天上课时，阿芬老师宣布："合唱练习往后推迟三天。"

同学们顿时有些困惑。有同学马上问："老师，其他班里昨天晚上就拉出队伍在练习呢，我们怎么还推迟呢？"

阿芬老师平静地说："先让大家做好充分的准备吧。"

三天后，阿芬老师在合唱练习前又宣布："这次合唱，老师决定让刘洪同学担任指挥！同学们，让我们以热烈的掌声欢迎刘洪同学登台指挥！"

同学们感到几分惊讶，但还是按照老师的提议拍响了巴掌。在同学们的注视下，刘洪举起手打起了拍子。练完一遍《让我们荡起双桨》后，同学们才发现刘洪的拍子打得那么熟练，那么优雅。练习结束时，男同学们围着刘洪嚷道："没想到你小子还有这手头功夫！""真像货真价实的指挥家！"

刘洪笑了。

正式比赛时，初一（9）班勇夺第一名。同时，校长在颁奖现场出人意料地宣布增设一个奖项，授予刘洪同学"最佳指挥"奖励。初一（9）班所有同学都向刘洪祝贺。刘洪热泪盈眶，跟同学们抱成一团。

多年后，刘洪被聘为省爱乐团的首席指挥家，连续夺得多个有影响力的比赛冠军，成为经常被媒体关注的音乐界名人。

有一次，刘洪与前来祝贺的老同学相聚时，有同学问他："你当初怎么会打算要当指挥家呢？"

"因为我的嗓子不好，那就干脆当指挥家吧。"刘洪笑了笑。他看到老同学有点困惑，就说："这是当年阿芬老师对我说的一句话。还记得那次'金色五月'歌咏大赛吧。当时，阿芬老师为什么突然推迟三天训练呢？其实这三天她偷偷在训练我打拍子。因为她知道我由于嗓子不好而自卑，才这样来帮助我克服心理障碍的。就这么一回打拍子，让我找到了自信，也从此爱上了音乐。至今，我仍感到老师们为了同学的前途真是用心良苦哇。我后来才知道，连那个'最佳指挥'奖项也是阿芬老师跟校长商议后有意增设的。其实，真正能称得上指挥家的应该是老师。他们是我们人生中的首席指挥家！"

老同学听了都点点头，唏嘘了好一阵。

接着，他们跟刘洪约好了：周末一起去看阿芬老师。

天籁之声

文／赵守玉

著名的金萨克斯乐团到外地举行专场音乐会。

演出之前，团长史密斯找到剧院的院长，一再表示，乐团将把新创作的《天籁之音》作为压轴曲目，这首曲子在演奏中将会有个特殊环节，因此希望能保证会场的秩序，以免演奏中受到干扰。

院长一听，二话没说，当场就拍了胸脯：放心吧，我肯定让现场保持绝对的安静，全力保证演出，特别是那个特殊环节达到最佳的艺术效果！

得到院长的保证，史密斯还是不太放心，临演出前，他专门又去观众席实地考察了一番，发现现场增派了不少保安，个个神情严肃，如临大敌，好像一有动静就马上会扑过去，史密斯这才安下心，回到后台嘱咐乐队拿出最好的状态，把最精彩的演出献给当地观众。

演出进行得很顺利，除了曲目间的掌声，现场没有出现一点点杂音。史密斯深受感动，在《天籁之音》即将开始时，他激动地走到幕前，热情洋溢地向大家介绍："请各位屏心静气，用心灵去体会那个来自天堂的声音吧！"

乐曲开始，随着乐章一个个地推进，音乐由急变缓，由浓变淡，由强变弱，最后，竟然全部消失。

音乐突然出现了长时间的空白，正听得如醉如痴的听众们一愣，刚要交头接耳，音乐声突然乍起，直冲云霄。

众人一愣，这才反应过来：这就是那个特殊环节，这才是真正的艺术效果。观众席顿时爆发出了热烈的掌声。

如此三次，每一次音乐中断，都会赢得听众雷鸣般的掌声，有几个观众还不停地赞扬：真是了不起，用长时间的停顿来表现天籁之声，太有内涵了！

演出圆满结束，院长满面笑容地走上前，准备和史密斯握手庆贺，谁知史密斯脸色发白："实在对不起，《天籁之音》我们没有演奏好，我感到很惭愧。"

院长一愣："很好呀，大家听得如痴如醉，已经达到了最佳的艺术效果。"

史密斯摇了摇头："不，那个最关键的小号声，从天际传来的小号声没有出现。乐曲中那三次中断，就是小号声该出现的地方，这是我们新乐曲中的特殊环节，也是整个乐曲的精华。可我们的那个小号手却不知道出了什么问题，竟然一次都没有吹。这实在是一场不完整、不完美的音乐会。"

"团长，我在这儿！"突然，一个人衣衫不整地从外面跑了进来，正是那个小号手。

史密斯见到他，勃然大怒："我把你安排在观众席的角落里，让你到最关键的时刻吹响小号，就是要营造出号音从天际来的艺术效果，你为什么跑到外面去了？"

那个小号手刚想回答，几个保安模样的人冲了过来，一把抓住小号手，其中一个人手里还拿着一把被砸坏的小号，一边跑一边叫："我看你往哪儿跑？"

"干什么？"院长怒吼一声。

保安一愣，看到是院长，急忙满脸堆笑："院长，按照你的安排，为了保证音乐会的秩序，在演奏中没一点杂音，我们加大了清查力度，乐队演奏中我们正好在观众席的角落里发现了这个小子，他当时拿把小号想捣乱，我们立即采取紧急措施，悄悄把他制伏并带出了会场。刚才我们没注意，让他冲了回来，不过好在演出已经结束，他已经无法影响音乐会的艺术效果了。"

最伟大的造陆运动

文／李丹崖

　　渔夫老了，决定让儿子接替他的工作，哪知道儿子第一次出海就遭遇了台风，再也没有回来。渔夫的妻子悲痛欲绝，哭了三天三夜。而渔夫却默默地收藏了一切，他在一个风平浪静的日子，独自一个人驾着船，船舱里满载着儿子的所有生活用品，然后行至海中央，把这些东西全都倒进海里。

　　妻子大为不解，儿子都不在了，怎么连点念想都不留啊？你也太决绝了吧？

　　而渔夫却不这样认为，他说，儿子在那里也需要这些东西的，出门时，我们都没有给他带一分钱，这些旧物就让儿子将就着用吧，再说了，这样用起来也顺手。没有我们在身边，儿子也不会为难。

　　妻子听了渔夫的话，满眼热泪，再也不知道说什么好。

　　不得不承认，这是一个倔强的老头，春节，哪怕天再冷，渔夫也要亲自把船划到海中央，在船舱里支一个煤油炉子，他要煮饺子给儿子吃；端午，他也会效法先人，包上几个香喷喷的粽子带到海中央，给儿子送去；到了中秋，他还会用油纸包好最圆最大的月饼，一样地丢到海中央，口中念念有词。

　　日复一日，年复一年。许多人都说渔夫疯了。渔夫却总是置若罔闻，每逢节假都坚守着自己的探望之旅。耐不住时间的考量，渔夫还是老了，老到连一只桨都拿不起来，这时候，渔夫再也无法前往海中央，他就把儿子生前喜欢吃的食物投到海边，并祈祷海浪能够带他完成自己的夙愿。

几个熟稔的水手被渔夫的精神打动了，他们争相揽下了渔夫的请求。每次出海，无论绕道多远，他们都要靠近、再靠近海中央一些，为的是帮助渔夫完成心愿，帮渔夫捎去对儿子的问候。

若干年过去了，渔夫早已经不在人世了，然而，前往海心的探望却一直没有停止过。后来，不知是出于什么原因，突然有一天，海中央逐渐浮起了一座小岛，小岛上百草丰茂，蜂蝶成群，一片生机盎然，许多游人都愿意在这里驻足，他们发觉，不管遭遇怎样的麻烦，只要一踏上这片小岛，心灵深处就又重获了力量！

再后来，热心的后人们把渔夫夫妇的坟冢迁到了这座小岛上，供人瞻仰，并给渔夫一家专门立了一块碑，碑上铭文：他们用无数个水饺、汤圆、粽子、月饼等爱的食物把海喂饱了，海给他们腾出了一块陆地！这是世界上最完美的造陆运动，这运动不是神话，就往返在我们每个人的心里！

乞讨位出租

文／一冰

有一个老乞丐，在一家商场门口乞讨已经 3 年了。他选的是一个很好的位置，行人很多，还不淋雨不吹风的，所以他的收入很丰盛。

今年的秋天，老乞丐病了。他原以为是小病，扛一扛也就会过去，所以他并没有休息，依然"工作"在"岗位"上。可一天早上，他怎么都起不了床。一连三天，他不得不在床上躺着。

老乞丐很着急，虽然他也有些钱，但大多都寄给了家里的孩子们，手头并不多；即使有钱，他也不会进那使穷人望而生畏的医院。可他现在不能动弹，连生活都不能自理了，他已经饿了三天了；他住的地方，只怕连鬼都摸不着门，再这样下去，他只能是死路一条。

第四天的早上，一个人推开了他的门。他认识，是他的"同行"——一个在街对面乞讨的小乞丐。都说同行是冤家，他们也不例外。小乞丐曾经跟他争过位置，被他赶走了。

小乞丐看他的样子，吃了一惊，又出去给他买了几片药回来。他吃了药，又吃了小乞丐买来的饭，感觉好了一些，但还是起不了床。他抚着两条没有知觉的腿伤感地说："我算完了！我算完了！"

小乞丐安慰他说："你可能是跪的时间长了，休息一段时间就会好的——这样吧，从今天起，我就在你的位置乞讨，每天讨要的钱我们对半分行不行？"

老乞丐一听，第一个反应就是认为小乞丐有点傻。他反正不能动，小乞丐占了他的位置，他又能怎么办呢？老乞丐不动声色地点点头，说："等我腿脚好了，你还得把位置还给我。"

就这样，小乞丐每天晚上"下班"后都来老乞丐的家。小乞丐把一天讨得的钱都拿出来，一五一十地点数，然后分给老乞丐一半。老乞丐虽然心存感激，但他想，怎么这么一点呢？这小鬼精灵，不定还打下了多少埋伏呢！

老乞丐安心在家里养病。都说穷人命硬，养了三个月，老乞丐愣是又站了起来。他能走后的第一个想法就是，找小乞丐要回他的位置，因为他最近分给他的钱已经越来越少了。

老乞丐走到他乞讨的地方，大吃了一惊。那地方已经成为了一片繁忙的工地，那家商场也成为一片废墟。他找人问了一下，就在他生病的第二天，这条街已经开始拆迁扩建了。

他忽然想起来：小乞丐昨天晚上还在跟他分钱，他当然没有"租"他的位置，但为什么还要分给自己钱呢？

老乞丐那久历风霜、已经结成了一颗石头般的心忽地就碎了，他那已经干涸了几十年的泪腺也涌出了晶亮的泪珠。

晚上，小乞丐仍是平静地拿出他的钱袋，他正要打开，老乞丐伸手握住了他冰凉的小手。老乞丐从贴身的地方摸出一本存折，放到小乞丐的手里，说："孩子，上学去吧……"

一块玻璃值多少钱

文／陈振林

早晨，四（2）班班主任孔老师一进教室，就被同学们叽叽喳喳地围着报告："教室后面朝外的一块窗户玻璃破了。"

"好的，我知道了。"孔老师说。孩子们便散到了座位上开始读书，像什么也没有发生一样。紧靠破窗户坐的是王小明同学，他嘟着嘴巴。

"王小明，不要紧的，快夏天了，窗户没玻璃还凉快点儿呀。"孔老师安慰王小明。

可是，在上午上最后一节课的时候，王小明却撅起了嘴巴。原来，有苍蝇从破窗户里飞了进来，歇在王小明的书本上，时而飞来飞去和他逗趣儿呢。窗外不远处，是学校的一个垃圾堆。

好不容易挨到下午放学，撅着嘴的王小明回家把这事告诉了妈妈。妈妈立刻安排爸爸的工作："你拿条烟去一趟孔老师家，让他明儿把小明的座位换一换。"

第二天第一节课，王小明和李飞换了座位。和苍蝇做一天朋友的李飞下午回家把这事又说给了爸爸听，在市财政局做局长的爸爸把电话打给了学校的张校长，张校长给孔老师下命令："把李飞的座位换一换。"

这样，第三天时，李娟坐到了破窗户旁，李娟哭哭啼啼地跑回家，心疼孙女的爷爷立刻提着两瓶酒到孔老师家拜访。

第四天，张平的妈妈买了水果去了趟孔老师家。

第五天，王丽的爸爸挟着"脑白金"上门拜访孔老师。

……

等到下周的时候，全班54名学生竟然有33名家长用不同方式找了孔老师，希望家里的孩子不要坐在那扇破窗户旁。

可是，吴一坐在那地方的时候，窗户却安上了一块亮透透的玻璃。"是谁安上去的？"孔老师问。

"是我。花1元2角划了块玻璃安上的。"吴一轻轻地说。

下午学校放学后，孔老师留下四（2）班学生召开"一块玻璃值多少钱"的主题班会。同学们不知孔老师葫芦里卖的是啥药，等到孔老师打开两个大盒子时才恍然大悟。两个大盒子里装着满满的礼品，有烟有酒有水果，每件礼品上写着一个学生的名字。

"同学们，一块玻璃价值不小哩，这些就是它的价值。"孔老师指着两个大盒子说。"换成钱的话值3 000元左右吧。另外，还要加上几个当官的家长使用权力的价值。可是它实际的价值是多少？请吴一同学说说。"

"1元2角。"一个响亮的声音。

"1元2角只是表面的。我们要知道，一个人在成长过程中很难避免会遇到破了玻璃的窗户的时候，这时，不要只是靠爸妈、靠金钱和权力来解决，更重要的是靠自己！靠自己，有时真的很简单！"孔老师又说。

孔老师按名字将礼品发还给了学生。同学们提着礼品，准备回家后和爸爸妈妈说说这一块玻璃值多少钱哩。

球迷王子

文／吕　寻

我们班的男同学个个是球迷，但最迷的还是被我们称做"球迷王子"的刘明。

刘明每天早上都起得很早，起床后就到体育场去练球，等他过足了瘾，才来上学。经常因为疲倦，早上上课趴在桌上呼呼大睡。

一天，刘明又踢累了才来上学。刚上第一节课，他就趴在桌上睡着了。他睡得正香时，物理老师忽然叫他起来回答问题。问题是：甲、乙两车做匀速直线运动，若两车在相同时间内经过的路程之比是 $2:1$，那么速度之比是多少？刘明脱口而出："$3:0$。"老师生气地说："明明是 $2:1$，怎么会是 $3:0$？"刘明睡眼惺忪地看着老师说："齐达内一人就进了两个球，还有他的队友也进了一个球，巴西队一个球也没射进，怎么比分变成了 $2:1$ 了？"刘明一说完，全班同学哄堂大笑起来。下课后他才说，他正梦见法国队跟巴西队比赛哩。

期中考试过后，政治老师发试卷时揶揄地说："大球星刘明的卷子答得十分精采。填空题中全填的是凌空射门、头球攻门、倒挂金钩等足球术语和罗纳尔多、比埃霍夫等球星的名字。问答题的第一道题，问的是交友的原则是什么？他说，不管是男同学女同学，只要迷足球、爱足球，都可以和他成为好朋友。看看，这试卷之精彩恐怕要创吉尼斯世界纪录了。"这次考试，刘明的成绩真是惨不忍睹。七科成绩没一科上30分的，写在成绩单上，就像球衣上的号码一样。名次也从全班第十名下降到了最后一名。

这一下，刘明惨了：在家里挨了爸爸一顿狠揍，好几天连短裤都不敢穿，因为他腿上尽是爸爸用竹桠枝打成的红印印。在教室的成绩榜上，独出心裁，想用倒排名次激励上进的班主任老师，又把他的大名排在了榜首，也很像是球星排名榜，基本跟迷球的程度成正比。

可是这"球迷王子"也不是等闲之辈，一个星期之后，他就在班上宣布："从今天起，我开始坚持'两手都要抓，两手都要硬'的方针，获得学习成绩和踢球技术双丰收。"

果然，在学期考试时，刘明的成绩回升到了全班第12名，而在学校举办的初二年级足球赛中，又被同学们评为本年度的足球先生。

爱是一座静候的小站

文／徐立新

自从父亲离开人世后，他就很少再回家了，尤其是近些年。偶尔，他也会想起那个独自待在家里，孤单且寂寞的继母，只是，他一直不习惯与继母独处，他不知道该和继母说些什么。

他6岁时，父亲以感情不和为由，和母亲离了婚，受到挫折的母亲很快就去世了。

而父亲又给他娶回了一个继母。继母比母亲年轻漂亮很多，且更会讨好父亲。这一切让他觉得，继母就是导致父母离婚乃至母亲死去的罪魁祸首，因此，他开始对继母充满了怨恨，尽管继母一直对他都很好。

更糟糕的是，一年多后，继母又生了一个漂亮的妹妹，他心中的怨恨就更深了。虽然，逐渐长大的妹妹总是跟在他身后，甜甜地哥哥长哥哥短地叫，但还是驱除不了他心头对继母和妹妹的怨恨与偏见，他总试图报复。

终于，有一天，妹妹在和他一起玩耍的时候，不慎掉进了一个废弃的水井里，当时只要他开口叫人，妹妹是完全可以被救出来的。但，他迟疑了，心想，就让她在井里多喝几口水吧，然后再叫人把她救上来，好泄自己心头之恨。这么一想，他就先跑到一边玩去了，这一玩就把妹妹还在井里等人救的事给忘了个精光了。等到继母问他，妹妹在哪里时，他才惊出一身冷汗。

面对妹妹紧闭的眼睛和僵硬的身体，继母只是一个劲儿地哭，全然忘了责骂他，这让他一下子内疚了起来，他在心里想，快哭吧，哭好了，就骂我一顿，或打我一顿，那样就两清了。

可是，哭后的继母，还是没有责备他的意思，这让他的内疚感更强烈了，到后来，他的这种内疚感又转化为希望继母再生一个，那样的话，他就有了将功补过的机会，他一定会好好待下一个妹妹或弟弟，但是，继母一直没有再生。

失去亲生女儿的继母，一如既往地操持着家务，只是，对他既不太冷也不太热，他对继母亦是。他和继母，只有父亲在的时候，才会偶尔彼此说上几句不冷不热的话。

日子就在这种不冷不热的气氛中进行着。后来，他考上大学，走上社会，远离了父亲和继母。见得少了，自然也就不用在情感上顾虑太多。他想，只要父亲在，他和继母就不会有太多的纠葛和情感上的变迁。

可没想到的是，父亲却突然患上了癌症，父亲咽下最后一口气时，他正在往家里赶的路上。关于父亲临终前交代了些什么，他一点都不知道。办完父亲后事，同族的一个堂叔把他拉到一边，说，你父亲死时最不放心的就是你继母，他说，自己在的时候，你看在他的面子上，待继母还可以，他这一走，就保不准……他知道父亲的意思，是要他待继母好一点。

为了让九泉下的父亲心安，他也有意地向继母示好，更何况，他对继母也有很大的愧疚。虽然很少回去，但他也会隔三差五地给继母寄些钱，一年也会打上好几次电话，虽然通话很程序化、很简单，但毕竟都做过了。要不是这次公司临时派他南下出差，火车正好要在他家附近的一个小站停靠五分钟，他可能很难会想起这么多的往事。

小站越来越近了，他的心一下子敏感了起来。以前每次回家，父亲都会带着继母早早地站在站台上等他；每次走时，父亲和继母也同样会站在站台上，朝他使劲挥手。以前，他不在乎他们接送，尤其是继母。可今天不一样了，父亲没了，继母也不可能在。

他突然很想继母。继母也是母亲呀，继母在，他就不是一个没有母亲的孩儿……火车就在他的这种复杂思绪中，在小站戛然停下，他推开窗户，想朝外看看。

这是寒冬腊月的凌晨四五点，长长的站台上，除了执勤的铁路交警，没有一个人，显得冷清而寂静，这让他更加伤感，他与故乡匆匆相遇，却又是这般的凄凉冷清。没有熟悉的亲人，也没有阳光的喧哗。

他在心里重重地叹了一口气，然后打算将视线收回，可就在这时，他突然看见前面的站台上，来了一个推着流动售货车的老妇人，她一边推着车，一边挨个敲乘客的窗口，以此来兜售车上的食品，老妇人的头被一块厚实的毛巾包裹着，显得非常孱弱。因为没有戴手套，她推车的双手被冻得通红、发肿。

买东西的人很少，因此，那老妇人很快就来到他的窗口前，就在他和老妇人对视的一刹那，他惊呆了，她居然是自己的继母！她怎么会变成这个样子？她又是何时在小站当起了小商贩？

与此同时，继母也很快认出了他，她情不自禁地说了一句，我在这卖了四年多的货，天天想看我儿，今天，今天真看到了……

还没有等他回应继母的话，火车已经开始缓缓启动了，此时的继母也一下子慌了，不再说话，而是拼命地朝他手里塞矿泉水、饼干、鸭爪、方便面，一边塞，一边推着车跟着火车跑。

可火车还是跑起来，弱小的继母很快就被甩开了，再也看不见了。就在那一刹那，他所有的矜持和自尊，轰然倒塌——他把头伸出窗外，朝继母的方向，大声地喊着："妈——妈！"

一路阳光

文／周海亮

那排双人座上坐了一位老人和一位年轻人。老人的脸上皱纹拥挤，年轻人的脸上长满粉刺。他们是一起上车的，年轻人小心地搀扶着老人，微笑着，让她坐了靠窗的座位。车子马上就要启动，老人打开窗子，把头伸到窗外张望。乘务员对年轻人说，让你妈把车窗关上吧，要开车了，那样危险。年轻人于是轻轻推推老人。老人不好意思地笑了笑，关上了窗子。她靠着椅背，很快打起了盹儿。

车子驶出车站，在土路上颠簸。车厢里很快挤满了人，车子被挤得几乎变了形状。有人提着鼓囊囊的旅行袋，有人扛着脏兮兮的蛇皮口袋，有人抱着色彩鲜艳的纸壳箱，甚至有人在手里拿了钓鱼竿和新买的拖把。车厢里也许是世界上最复杂最拥挤的空间。何况要过节了，似乎所有人都着急赶回家。

年轻人承受着拥挤，端坐不动。他的姿势有些别扭，细看，才知是因为老人。老人睡得安静而香甜，脑袋歪上年轻人的肩膀。车不停地晃，年轻人用一只胳膊支撑着坐椅，努力保持上半身的静止。看得出来，他所做的努力，只为身旁的老人能够睡得更舒服一些。后来他干脆将一只胳膊护在老人面前，以防有乘客不小心撞上老人，或者他们手里的钓鱼竿和拖把突然碰上老人的身体。年轻人做得小心翼翼，他像保护一个孩子般保护着老人。

乘务员挤过来，年轻人掏出钱，买了两张车票。乘务员看了他的样子，说："您可真是孝顺。"年轻人笑一下，不说话。他费力地将找回的零钱揣进口袋，上半身仍然静止不动。老人灰白色的头发被风吹乱，粘在了他淌着汗水的脸上。于是他冲前面的乘客轻轻地说，劳驾关一下窗子。他指指身边的老人说，她睡着了，别受凉。

车子一直往前开，车厢里的人越来越少。有那么几次，年轻人似乎想推醒身边的老人，他把手一次次抬起，又一次次放下。终于，年轻人在一个小站推醒了老人。他对她说，我们到了该下车了。

他扶着似乎仍然停留在睡梦中的老人，慢慢下了车。车子继续前行，将他们扔在小站。

老人看着离去的公共汽车，忽然想起了什么。她说："我好像还没买票吧。"年轻人笑着说："车已经开走了，您现在不用买票了。"老人说："这怎么好？刚才，我一直在睡觉吧？"年轻人微笑着点头，他说："是，您一直在睡觉。"老人说："我记得上车时，你说你在东庄站下车，你坐过了两站吧？"年轻人说："是这样。不过没关系，我再坐回程的车回去就行。或者我还可以走回去，反正也不远。"老人说："你怎么会坐过站呢？你也在睡觉？"年轻人继续着他的微笑。他点点头说："是的。刚才我也在睡觉。好在您没有坐过站。"

老人向年轻人道别，踅上一条小路。年轻人大声说："需要帮忙吗？"老人说："不用了，五分钟后我就能赶回家。"年轻人问："您是要回老家过节吗？"老人说："是啊。闺女在城里，儿子还在乡下老家呢。"老人站在阳光下，一边说一边笑。她没有办法不笑。五分钟后，她就能够见到日夜思念的儿子。

年轻人一个人站在站牌下，等待回程的公共汽车。阳光照着他生机勃勃的脸，透进他的内心。他感到温暖并且幸福。

富翁无聊的一天

文／沈岳明

富翁早上一起床便感到百无聊赖。山珍海味早就吃腻了，出国旅游的时髦富翁也玩得不想玩了。富翁感到一切都是这样的无聊。

富翁站在别墅的阳台上，看那吃力地往楼顶爬去的太阳。他感觉整个世界都是属于自己的，包括眼前的楼群和挂在楼顶上的太阳。只要他想要的就能够用钱买来。他从不怀疑金钱的力量。

他决定出去买一些快乐回来。皇冠轿车坐得烦了，他决定步行！

富翁迈动着开始退化的双腿，将山珍海味养肥的躯体载到了喧闹的大街上。车流如潮的十字街口一位穿戴整齐的交警正站在岗亭上挥动着手臂。富翁觉得那动作很潇洒。那么多车辆都随着那双有力的手臂而飞驰，多惬意！富翁突然很想上岗亭去潇洒地挥一下手。富翁艰难地穿过马路来到了岗亭前，他从名牌西装口袋里掏出一张崭新的老人头。仅仅挥一下手值不值得给100元呢？生意人的吝啬使他犹豫不决。

这时年轻的交警很礼貌地向他敬了个礼："大伯，您是要过马路吧？请将钱收好，我这就送您过去。""不、不，我是想给你钱……""大伯，我不能要您的钱，为人民服务是我们的义务！"

富翁只得快快地走了。第一个愿望就没有达到，这使富翁很沮丧。他将钱紧紧地攥在手里，攥得那张老人头吱吱地喊痛。他把满腔的不快都迁怒于这张钞票，他决定将这张令他不快的钞票送给别人。

　　马路边刚好有一个戴口罩的清洁工在往小板车里装垃圾。富翁知道清洁工的收入不高，要将这张钞票送出去完全是轻而易举的事。富翁慢慢地走到清洁工的面前径直将钱递了过去："给你！"

　　清洁工一愣，马上明白过来似的说："哦，你捡到了钱，请交给民警吧，我只负责清洁街道的工作。"说完拉着小车匆匆走了。

　　富翁觉得不可思议，他不相信这个世界上还有见钱不要的人，他忽然对这个问题产生了浓厚的兴趣。他要试探一下是否有人肯接受这张钞票。他选准了一个背着书包去上学的小男孩。富翁拉着小男孩的手不由分说地将钱塞了过去，说："给你买糖吃！"

　　小男孩很机灵地又将钱给塞了回来："我不会上你的当的，老鬼！"

　　富翁险些发怒了，他将钱狠狠地掷在地上，但马上又捡了起来。因为一个下岗工人模样的汉子闯进了他的视线。那个大约40岁的汉子正在看一则招工启事。富翁终于找准了对象。富翁没有立即将钱拿出来，他对汉子说，你需要钱吗？我可以给你……汉子的眼睛里闪着一束亮光，富翁赶紧将钱递了过去，那张崭新的百元大钞。

　　汉子惊喜地望着富翁："您需要雇用工人吗？比如说扛煤气罐、拉板车……不管多脏多累……"富翁轻轻地摇了摇头："我不需要雇用工人，我只想给你钱……"汉子泛着亮光的眼睛黯淡了下去，终于，汉子失望地走了。

　　今天真是无聊！富翁捏着钱自言自语地抱怨了一句。富翁开始诅咒这张钞票，他觉得是这张钞票带给了他无尽的烦恼。他更想诅咒那些不要钱的人们！富翁在路过天桥准备扫兴而回时，意外地发现一个盲人老太太。老太太用枯槁的手端着一只破碗，神情木然地坐在桥头。

　　富翁像发现了新大陆一样欢喜。他激动地用有些颤抖的手，将那张钞票以最快的速度抛进了那只破碗里。富翁像抛掉了一个沉重的包袱般轻松起来，他觉得所有的无聊、烦恼都随着那张钞票的离去而消失了。他很欣慰很自豪，他终于证明了钱的伟大和有钱人的伟大。

　　正当他带着一脸的满足感准备离去时，一阵风刮来，那张钞票优雅地在碗里旋了一个动人的圈，向天桥下展翅飞去。富翁一个箭步冲

上前，肥胖的身子差点栽下桥栏，而钱已不知去向。只有车和人依然不知疲倦地在宽阔的道路上拥挤着。富翁伸长的手好半天收不回来，他试图抓住的那些快乐也从指缝间溜了个精光。

富翁无可奈何地叹了口气说："唉，真是无聊的一天！"

目见不如耳闻

文／桂剑雄

东汉末，曲阜有个名叫孔融的孩子。他有五个哥哥，一个弟弟。

孔融四岁那年，妈妈有天买回一些梨，洗好后拿了七个放在桌上，让儿子们各自拿一个吃。孔融当时正好坐在桌旁玩耍，却率先选了一个最小的梨子，津津有味地吃了起来。

爸爸看见后，问孔融："桌上的梨，你有最先的选择权，为什么不去挑最大的，却要拿最小的呢？"

孔融回答说："我年纪小，应该拿最小的，大的留给哥哥们吃。"

爸爸接着问道："你弟弟不是比你还要小吗？照你这么说，最小的留给他吃才对呀？"

孔融说："我比弟弟大，作为哥哥，应该把大的留给弟弟吃才对。"

这件事情很快从曲阜传遍全国，孔融成了孩子们争相学习的榜样。

由于学习勤奋，善于思考，所以父亲外出拜客时，总是乐意带上孔融。十岁那年，孔融随父亲到洛阳去拜见河南尹李膺。不料，却吃了闭门羹。因为李膺当时名声极大，非当世名人和通家者，一概不见。

执著的孔融很不甘心，决定背着父亲单独去见李膺。他大摇大摆地来到李府，对守门者说："我是李膺的通家子弟，请予通报。"

李膺请他进来后，却实在想不起这个小孩和自己的家庭究竟有什么关系，于是问道："小公子，你说我们两家是世交，可我怎么想不起来你是谁啊？"

孔融微笑着说："五百年前先祖孔子曾经问礼于老子，孔子姓孔，老子姓李，说明孔、李两家五百年就有师生之谊。你我是李、孔的后人，我们两家不是累世的通家吗？"

李膺见他语出惊人，不禁暗暗称奇。经过交谈，方才知道，眼前的这个小孩，正是当年那个因让梨而名扬天下并让广大父母在教育子女时津津乐道的孔融。于是忙把他请入内室，让夫人招待他。

李夫人见了孔融后，非常高兴，当即将四岁的小女儿叫出来，告诉她说，面前的这个哥哥，就是那个多次给她讲的、主动让梨的孔融。介绍完后，便去拿吃的东西款待小客人。

小女孩很喜欢孔融，遂缠着他问这问那。过了一会儿，李夫人进来了，手里拿着一个托盘，托盘的上面放着三个梨。

李夫人将托盘首先递到孔融面前，让他先挑一个。孔融没有客气，便拿起一个最小的吃了起来。然而，接下来发生的一幕，却不禁让他瞪大双眼，以至张大着嘴巴忘记了吃梨。

原来小女孩歪着脑袋端详着两个梨，摸一下这个，看一下那个，过了好一会儿才拿起那个稍大一点的梨，啃了一口后，又马上放下，接着又去拿另一个梨，可刚刚啃了一口，又马上放下，转而又去拿那个最先选的大梨吃！

孔融正想指责小女孩自私，这时小女孩的妈妈问道："你为什么不向哥哥学习，反而要把本属于我的梨子也咬去一口呢？"

小女孩一脸认真地指着托盘里的梨子说："妈妈，你知道为什么要将这个留给你吗？因为它最甜，我刚才尝过了，它比我现在吃的，要甜很多很多哩！"

听了女儿的话后，李夫人脸上漾起了幸福的笑容。一旁的孔融听了，却羞愧得赶忙低下头去，不好意思地吃起梨来。

继母的生日

文／陈慧君

忙了一天，刚刚躺下，电话丁零零的响了起来，父亲打来电话说，让我动员姐姐明天一块儿到家里给继母过生日。我问，继母的生日不是后天吗？父亲说弄错了，你继母的身份证上的出生日期是 8 月 6 日，但你继母是 8 月 5 日出生的，办身份证时弄错了。去年，为了不扫你的兴，你继母不让我告诉你，实际上去年你给你继母过错了生日。

我听后痛快地答应了。

去年，继母刚刚改嫁过来，姐姐和继母的子女坚决不同意这门婚事，一直阻挠设绊，可他们没有得逞，父亲依然在我的支持下，与继母走上了红地毯。可姐姐不与继母来往，只是趁继母不在家的时候回娘家。继母的子女也是抽父亲不在家的时候来探望母亲。继母和父亲挺伤心。去年 8 月 6 日，我自己给继母过的生日。

放下电话，我就给姐姐打电话，跟姐姐商量明天回家给继母过生日，姐姐态度很强硬：

"我没有母亲，母亲早死了！"

我说："你是嫁出去的人了，如同泼出去的水，家里就由着父亲吧，你家离父亲家又远，再孝顺也是跑在路上；我又在外面工作，家里都顾不上，父亲找个伴，吃上个热乎饭，有个精神依靠，咱俩不是都放心？！"

"父亲早不找，60岁了才找，也不怕人家笑话，咱父亲不嫌丢人，我还嫌丢人呢。"姐姐哽咽着说。

"年轻的时候，父亲怕咱俩落在后娘的手里，担心咱俩受委屈，如今咱相继都有了自己的家，父亲无牵无挂了，才找个老伴，父亲不容易啊！"

"……"姐姐没有说话。

"父亲不喜欢串门，一个人在家，没有跟他说话的，整天闷闷不乐，郁郁寡欢，孤得慌啊！姐姐，父亲找老伴是父亲的福气，也是你我的福气，也是你我的孝心啊。去年你没有回家给继母过生日，父亲把我叫到里屋，老泪纵横地说，他有了老伴没了女儿，心里难受啊！"

姐姐没有说话。

"再说，继母顶着压力来到咱家，她也是没有了儿女啊，听继母的大儿子说，今年他们也到咱家给母亲过生日。这是我们互相了解，共同建设和谐家园的好机会啊。"

最后，姐姐在我苦口婆心的劝说下，答应明天跟我一起回家。

第二天一大早，我和姐姐提着生日蛋糕回到老家，继母和父亲看后，不住地用衣袖抹眼泪。

简单的寒暄过后，我们一起做饭，准备迎接继母的儿女，大伙一块儿给母亲过个快乐的生日。

然而一直等到下午1点，继母的儿女一直没有来，我和姐姐也不方便催问，继母的脸色很难看，也很尴尬。最后，我和姐姐给继母过了生日。

听父亲说，我们走后的第二天，继母的儿女们都来了，来给母亲过生日。原来，他们听说去年我是在8月6日给继母过的生日，今年也故意在 8 月 6 日来给母亲过生日——他们知道这不是母亲真正的生日，是想和我们姐弟俩一块给母亲过生日呀，可见继母的儿女们也是用心良苦啊。

拾荒的母亲

文／王树军

当那枚渐黄的落叶由窗外的某棵大树漫不经心地从眼前飘过的瞬间，临子突然感受到季节在这座城市里已经完成了交替。这个时候，临子又有了出去走走的想法。于是，他默默地走出了家门。

这是一条通往他老家的路，临子心情不好的时候就喜欢到这里走走。一年前，他骑着自行车带着娘就是从这条路来到城里的。那时，他是多么地意气风发。可带着娘来到城里一年多了，日子始终过得捉襟见肘。

临子的家在离县城几十千米路远的农村，他爹在世的时候，一家人其乐融融。他爹是个买卖人，一年四季赶集卖小商品。虽然赚不了大钱，家境还算殷实。可天有不测风云，他爹和他娘在赶集的途中出了车祸，他爹当场去世，他娘失去了一条腿。

那时，临子刚刚大学毕业，就把娘从农村接了出来。刚开始，日子还是一帆风顺的，他在一家网络公司上班，收入很稳定。可好景不长，公司老总因为投资房地产失败了，把网络公司也赔了进去，临子只好下岗了。他在人才市场转悠了几个星期都没有找到合适的工作，为了生计便只好给一家广告公司拉业务。对于他这种没有业务经验的人来说，这是一项没有任何保障的工作。因为没有底薪，他的收入就不稳定，常常忙活一个月一分钱都赚不到。起初，靠着以前有些积蓄还能维持生活，可渐渐地就入不敷出了。临子望着拄着拐杖的娘，感到了从未有过的压力。本来是让娘来城里享福的，没想到赚钱竟这么难！可为了不让娘操心，他每天还是要装出一副阳光灿烂的样子。

今天，临子想起这些往事，他明白，他就是一株生长在贫瘠土地上的树苗，他的未来也只能靠自己。所以，他要加倍地努力，哪怕从最底层做起。想到这里，不远处的那个建筑垃圾堆引起了他的注意，里面有很多废弃的钢筋头、铁丝以及钉子，这正好可以让他增加收入。于是，他随手找寻了起来。

不一会儿，临子就找了有十多斤。他放在地上理顺了，用一些铁丝仔细地捆了起来。他估摸了一下，能卖几块钱，这让他很是兴奋。同时也做好了打算，以后就白天跑业务，晚上来这里捡这些东西，虽然辛苦一些，只要赚钱就行。

渐渐的，临子有了经验，他把一块磁铁绑在木棍上，像电视上搜寻地雷的士兵一样，把磁铁往建筑垃圾上一放，那些铁东西就会自动吸附在上面。这样省时省力，收获自然也就越来越多。收入增加了，临子对生活也就更加充满了信心。

一天，临子在跑业务的时候看到一堆更大的建筑垃圾，有小山一样高。他很兴奋，就围着垃圾堆转悠起来。让他没有想到的是，当他走到垃圾堆后面的时候，他娘竟然在那里用磁铁吸着那些物品。临子喊了声"娘"，快步走过去，扑通一下就跪在了娘的跟前。他娘移动了一下拐，说，孩子快起来，你这是干什么？临子没动，哽咽着说，谁让你来捡这个的？你儿缺你吃了？他娘说，你虽然不说，我早就知道你晚上来捡这些东西了。我知道你自尊心强，也就没有点破。我在家闲着难受，出来也是为了散心。临子说，你想散心就去公园，以后坚决不能来这里了。儿子把你从农村带出来，只能让你吃好，喝好，怎能让你吃苦？他娘说，这怎么算吃苦，我在农村见了柴火还捡回家呢，这些废铁扔在这里也实在可惜。你快起来。临子说，不管怎么说，你以后不能再来了，你要不答应，我就不起来。他娘只好说，我答应，以后不来了。临子这才站起来，走过去拍了拍他娘身上的尘土，然后一只手提了他娘捡的那些物品，一只手搀着他娘往回走了。

路上来来往往的人很多，临子害怕遇到熟人，提着那些物品，总是不停地东张西望。他娘说，是不是有些不好意思。临子说，是啊，我为什么晚上出来捡，就是怕碰到熟人。他娘说，记住这种经历，会激励着你去开创自己的事业，你是大学生，只要肯动脑筋肯吃苦一定能有出息的。临子使劲地点了点头。

小树的遭遇

文 / 林振宇

从前，有户人家的园子里栽了一棵小树。

一次，主人不经意地把一个废弃的自行车座丢在了园子里，正巧丢在小树旁，紧挨着小树的根部，还被埋进了泥土里。在旁人看来，也许无所谓，但是，对于一棵有生命的树来说，那可是它生长的最大障碍。

随着岁月的流逝，小树渐渐地长大、长粗，而那个被它认为是"怪物"的破车座子愈来愈明显地威胁着它的生存，无论小树怎么使劲，也不能把它移动，成了小树的一块心病。

一只小鸟飞来，落在了小树的枝头上，欢快地歌唱。可小树怎么也高兴不起来，那"怪物"一点点儿地弄伤了它的身体，伤口还流着血，痛得它发出阵阵的呻吟，但是，没有人听得到。

小树站在那里，默默地忍受着身体的伤痛，它不甘心放弃生的希望。它用自己的坚韧与"怪物"抗争。它太累了，沉睡过去，它做了许多梦，那是关于春花和秋月的梦，关于阳光和彩虹的梦，还有关于明天的梦……

在梦里，它得到了安慰，得到了力量和勇气，得到了关于生的可贵。

它一觉醒来，突然明白了，既然无法排除它，那么就包容它。

奇迹出现了，那"怪物"竟然长进了小树的身体里，被小树所包容，而不感觉到痛。

若干年后，园子的主人在一次施工中惊奇地发现，一个锈迹斑斑的废自行车座子竟然融进树根里，成为一个"怪异"的组合。这一消息不胫而走。

有位根雕艺术家闻讯赶来，像找到宝贝似的欣喜若狂。他把树根带走后，树根在他的手里竟然变成一件根雕艺术品。

这就是一棵小树的遭遇。

换了两头山羊

文／董益新

早上一起床，何士良就让文书通知石塘村的王村长，说今天上午汤市长要来给关老头送机顶盒。

关老头是石塘村的低保户，一辈子没结过婚，无儿无女，孤老头一个。上个月，市里为了让低保户都能收看到北京奥运会比赛的盛况，专门发动企业，开展了彩虹扶贫活动，给全市低保户都送去了一台大彩电，电视台的技术人员当场上门安装有线电视，并免去了所有的收视费用。

何士良清楚地记得，那天也是他陪汤市长一起去的。关老头看到大彩电，那高兴劲就甭提了，一个劲地拉着汤市长的手，不停地说："谢谢领导，谢谢政府，谢谢共产党！"关老头这么一谢，汤市长也高兴得不得了。汤市长轻轻拍着关老头那双又黑又瘦的手说："老人家，这是我们应该做的！"当天晚上，市电视台的几档新闻节目里也都反复播出了这个感人的镜头。

昨天晚上，汤市长的秘书打来电话，说现在市里正在创建数字电视市，汤市长要亲自给镇里的低保户送机顶盒。何士良一听，马上便想到了石塘村的关老头。

上午九点半，何士良陪着汤市长来到了石塘村，王村长早等在了村口。王村长见过汤市长，便领着一行人往关老头家里走。关老头正坐在自家门前的石墩上"吧嗒、吧嗒"地抽着旱烟，见村长陪着一行人浩浩荡荡地走过来，连忙磕了烟灰站起来。王村长介绍说："这是市里的汤市长，这是镇里的何镇长，今天专门给你送机顶盒来了！"关老头笑着说："俺知道哩！上次市长给俺送来了大彩电，这次又给俺送鸡，俺怎么感谢哩！"

大家一听，都"哄"地笑了起来。汤市长说："老人家，这叫机顶盒。这可是个宝贝，比鸡贵多了。有了它，你以后就可以看很多的电视频道。你想看戏就看戏，想看电影就看电影，很清楚的。"汤市长说罢，就把机顶盒递给了关老头。电视台的技术人员赶紧给关老头安装调试，不一会就调出了戏剧频道，里面正热热闹闹地播着京剧。

"好看哩！这个'鸡'好！"关老头说。大家听了，又是一阵开心的笑。

听说市长要走，关老头又是千恩万谢，一直送到了村口。市长的脚步很轻盈，何士良也暗暗地高兴。

吃罢午饭，送走了市长，何士良突然要司机折回石塘村。

何士良再次见到关老头时，关老头正蹲在门口的石墩上，就着咸菜吃泡饭。一见何士良，便像触电了一样，怔怔地待在那里。何士良也不理他，径直往他那间黑糊糊的小屋里走。果然不出何士良所料，桌上的那台大彩电不见了。

何士良转过身来，瞪着眼问道："你那台大彩电呢？"

"刚刚给别人借走了！"

"谁借走了？"何士良的声音大了起来，"你以为我不知道！我们送的是长虹，而你今天摆在这里的是索尼！"

关老头见何士良识破机关，更慌了，说话也变得结结巴巴："是村长……一大早……从他自己家里抬来的……"

"那你的电视机呢？"何士良紧追不舍。

"换了。"关老头的声音轻得像蚊子叫一样。

"换了？"何士良怀疑自己的耳朵听错了，"换东西吃了？还是拿去赌了？"何士良几乎要破口大骂起来。

"换了两头山羊。"关老头嗫嚅着说，"羊倌家前年才买了几头山羊，

现在都上百头了……"关老头见何士良一脸疑惑，便带他往屋后走。屋后果然有一间新垒的羊舍，两头山羊一见到关老头，欢快地叫了起来："咩……咩……"

关老头也像是见到了撒欢的孩子，满脸的皱纹里都荡漾着笑意。关老头赶紧从羊舍边抓了一把青草，一边喂，一边问："又饿了？"

何士良忽然觉得脸上火辣辣的，便悄悄转身往回走。何士良的心里有些沉，两腿像灌了铅，何士良的身后不时传来两头山羊的欢叫声。

喜中有惑

编译／尹玉生

这些天，旅行社老板塞缪尔一直都处在兴奋和快乐之中。在这个假期，旅行社的生意出奇的好，让塞缪尔赚得钵圆盆满。这天上午，塞缪尔正悠然自得地在办公室听着音乐。透过窗户，他发现，在旅行社的橱窗前，一位老先生和一位老夫人正入神地观看旅行社近期才换上的大幅海报。对这张海报，塞缪尔再熟悉不过了，那是今年才与他的旅行社开展业务往来的意大利一家五星级宾馆的宣传海报。海报上美丽的海滩、豪华的套间着实吸引了不少游客，使得旅行社的房间预订业务逐日上升。

窗外两位老人灰白的头发、失望的神情触动了塞缪尔的恻隐之心。一个念头闪现在他的脑海，他决定慷慨一次，帮助这对年逾花甲的夫妇实现他们的旅行梦想。塞缪尔来到门外，热情地将两位老人邀请到他的办公室，为他们倒上水，并请他们在沙发上入座。

"今天是你们两位的幸运日！"塞缪尔对满脸疑惑的两位老人说道，"我从你们的表情上就能清楚地看到你们对意大利海滩非常向往。我知道，你们微薄的退休金无法让你们实现这个梦想。但是，今天，我要送给你们一份大礼——免费到意大利海滨旅游。你们刚刚看过的海报上迷人的海滩、豪华的套间很快就会变为现实。你们不需担心，所有的费用全都由我来承担！"

突如其来的大馅饼令两位老人惊讶万分，难以置信，直到塞缪尔将两张机票塞到他们的手中，他们才确定，这不是在做梦。两位老人对塞缪尔的慷慨和善良千恩万谢了一番，才蹒跚着离去。

一个月后，老夫人独自一人来到了塞缪尔的办公室。

"你好啊，老夫人，这次意大利之行非常开心吧？"塞缪尔热情地招呼道。

"我度过了一生中最难忘的一段时光。那家五星级宾馆真是富丽堂皇，我们住的那个套间既豪华又舒适。更让我惊喜的是，我们在房间里就能看到最美丽的海景。"老夫人赞叹道。

"你能这样满意，我也非常开心。"塞缪尔高兴地说道。

"只是有一件事我一直很困惑。"老夫人说道，"那个与我共享一张床的老头究竟是谁？"

第三辑　我在马路边捡到一毛钱

　　妈妈果真拿起电话，证实后出了一口长气，又告诉我以后不要再捡任何东西了，上面细菌太多，谁敢保证不会因此得传染病呢，快快把它扔了吧。

老校长的阴谋

文／童树梅

正是暑假里，这天姜沟庄小学的老校长周为根迎来了一位重要的客人，负责全乡教育的陈副乡长。

在饭店雅间里，陪陈乡长一瓶五粮液下肚，一桌螃蟹甲鱼一个也不少的酒席一扫光后两人来到破破烂烂的学校前。陈乡长满面红光，一边剔着牙一边歪斜着眼睛打着饱嗝说："老周哇，雷雨季节马上就要到了，一想到全乡中小学还有许多危房我就喝不下吃不饱，我真怕它们会倒啊！所以哩，今儿个我是忙里抽空到你这儿来，看看有什么要我帮忙解决的。对了，你这老周同志可是远近闻名的小气人，我自上任以来还是第一次喝到你的酒哩，今天怎么会舍得弄出这么一桌酒菜？是不是有阴谋？我可跟你有言在先，目前乡财政十分困难，有点钱得把紧要的先安排……"

周为根听了满面堆笑地递过一根烟，点上后说："乡长大暑天地下来视察，我小意思一下也是应该的，我哪敢耍什么阴谋噢！不过说到危房我倒跟您的想法不一致，我是怕它们在暑假里雷阵雨的冲刷下不倒，等到开学上课的时候反而倒下来，那时可就出大娄子了！"

陈乡长一撇嘴说："危言耸听，不会这么吓人吧？"

周为根还要说，忽然"啪"的一声脆响，两人冷不丁吓了一跳，掉头一看是几个小男娃在玩鞭炮。老周一见笑了起来，说："这倒有趣，且让我发下少年狂。"一边说一边立即大步跑过去，竟跟几个小男娃要过一挂小鞭来，用香烟一边点一边说："教室太烂了，我真怕哪天会砸着娃儿们啊！"然后随手一扔，小鞭恰巧从一间教室开着的窗子扔了进去。

鞭炮立即"噼里啪啦"地暴响起来，陈乡长乐得哈哈大笑，说："你这老周怎么像个老顽童了……"

突然，他的笑声顿住了，一声巨大的沉闷的响声惊得两人目瞪口呆：那间教室突然轰然倒塌，只砸得尘土飞扬！一挂小鞭竟然震倒了教室！

接着陡然响起一声戛然而止的惨叫声！两人的脸"唰"地一下全白了，教室里有人，出人命了！

闻声而至的村民们火速挖掘抢救起来，很快挖出了一具惨不忍睹的尸体——一头大肥猪给砸死了！

周为根这下神气了，跳脚大叫起来："我说这是谁家的猪啊？竟然养到学校里了！咱学校再破难道还不如个猪圈吗？不行，这猪我得没收，谁有话跟我讲！"

陈乡长依旧神魂未定，嘴里喃喃地直说："幸亏幸亏，真要是砸着人可就坏了大事了！"可不是吗？马上就要换届选举了，他心里早就瞄着那正乡长一职，要是在这节骨眼上出了大事可就功亏一篑了。

当周为根神速地叫人杀了猪并送上四条肥大的猪腿后陈乡长终于下定了决心，用力拍拍周为根的肩膀说："你就等着好消息吧，在秋天开学之前我一定还你个新学校——今天这情景也太刺激了！"

送走陈乡长后，周为根背着双手喜滋滋地回了家，谁知一跨进自家的门槛，就听到走娘家刚回来的老伴朝他没头没脸地喊了起来："我说你这个穷校长刚才干啥去了？咱猪圈里的一头大肥猪被贼娃子偷了知道不知道？"

周为根再也忍不住心中的喜悦，朝老伴莫名其妙地大笑道："哈哈，当然知道，老夫把它拴在咱学校最破的一间教室里一根最腐烂的大梁上了，贤妻，它今天可大大立了一功，我把鞭炮一扔它大惊之下就把大梁拽断了，然后教室应声而倒！"

老伴一听眼里都要喷火了，喊道："那现在猪呢？"

老周一摊手："当然砸死了，覆巢之下岂有完卵？猪腿送给了陈乡长，猪头猪肉猪下水我当酒菜钱还给饭店了，好家伙，招待陈乡长一顿花了咱家整整一头猪哩。"

"扑通"一声老伴坐地上大哭起来："死老头子，这日子没法过了，你这样做图的是什么啊？"

周为根眼都笑眯了，说："一头猪换来一所新学校，你说值不值？"

上大学去

文／范子平

我们从没有做过上大学的梦，别说我们还小，正在上着小学，就是长大，就是上高中，我想我们也不会梦想上大学，因为我们村从来就没有出过一个大学生。我们不上大学但一般都上小学，可是这小学上得又不安稳，谁的家里要用劳力马上就叫他们的孩子辍学，所以，我们一个班在一年级时有 13 个人，到了六年级，就剩下我们 5 个了，都姓王，都是本家自己人，王连喜是班长。在学校里没有我们不敢办的事，大家都说我们"捣蛋得欺天"，就连班主任也气病了，回城一看病再也没回来。过了好几个星期，学校就换了同村同族的王敬民来教我们。王敬民三十多岁，高高的个子，别看他比我们大十几岁却是我们的晚辈，论辈分我是叔叔，王连喜他们四个就是爷爷了。王敬民上课讲得很有意思，总而言之就是故事开路先吸引住你再往下讲课，这个我们真的很欢迎。可是他叫做作业我们就不高兴了，因为我们已经两年没有做过作业了。他给我们几个人都打了不及格分又在课堂上批评，我们可就恼火了。王连喜就喊：过来，过来，我是爷爷我教你。王敬民无可奈何，因为我们村就一个族，村里老人对辈分还挺重视的。我们几个就越发调皮，齐喊：现在是四个爷爷一个叔叔集体处罚，王敬民马上过来！王敬民只好过来按照我们的要求把腰弯下，我们伸出食指和拇指弯成一个圆，依次每人在他头上弹了一下。王敬民夸张地哎哟着，说："你们这些捣蛋虫！"他没说下去，我们毕竟是长辈，他没有办法。

第二天来上课，王敬民突然说，你们想不想上大学去？上大学去？是不是那天我们在他头上弹下手太重弹成了神经病？我们会有上大学的命？再说我们才上小学六年级，跟大学离得有十万八千里！我们就笑嘻嘻地说："想是想，就是太空想。"王敬民一下子摆出了晚辈人的随便来，大喊："走，咱上大学去。"不由分说拉着我们上了一辆客货两用车，朝城里飞快而去。看着两边的树木飞快朝后跑，我们可得意了，上大学不上大学，这个旅游比掏鸟窝比挖田鼠洞比捉水蛇都有意思多了。

没想到王敬民真的领我们去大学。这所大学还是全省很有名的一所大学，只是没有在市里，在距离市区有十多千米的地方。首先那个大门就气派得叫人吃惊。门岗在屋里并不出来，汽车来了电动栅栏门会缩起来让路。王敬民经过一番交涉，领我们走进了大门（王敬民交涉时，我们才知道他的高中同学在这里当副校长）。嗨，还真是从没有见过这样好的地方！绿莹莹的草地上伸着长颈灯；路边一丛一簇的鲜花沁人心脾；石板铺就的甬道上青年人三三两两拿着书本散步；高大的楼房上美丽的玻璃幕墙像是神话宫殿一样；教室里，大学生们看着大屏幕电脑听老师讲课；图书馆里，好家伙，一格格一柜柜的书本快把我们的眼睛看花了；电梯能上能下，坐在电梯上头脑有些晕乎像坐飞机一样；实验室里，瓶瓶罐罐还有不知名的仪器高高低低，酒精灯吐着蓝色火苗；还有广阔的体育场，篮球足球排球飞上飞下……大学真大呀，大学真美呀，我们的心被震撼了，小脸严肃起来，一种莫名其妙的激动，在血管里膨胀。

王敬民说："咋样？"

王连喜说："这个，这个，真是比天堂还好吧。"

我说："在这个地方让我过一天就是一辈子造化。"

王敬民说："要说，这里边出来的大学生，机关、学校、工厂、解放军都抢着要，为啥？人家有本事。像咱开后门人家也不要。比方咱村的支书，又是送礼又是说好话，儿子才被安排到县电缆厂，后来还下了岗。这个大学的毕业生，挺起胸膛做人，到处有人抢。自己饭碗铁不说，还光荣，给国家作贡献大！你像咱村里借用的县农场的自动收割机，就是这里发明的。那算是小发明，大小发明这里一年几百项！你们想在家窝窝囊囊过一辈子，还是想上大学，以后做大事、给国家作贡献、过城里人的好日子？"

我们一时忘了自己的长辈身份，一起回答：想上大学！

王敬民说："那就好，上大学就得好好学，认真听讲，往心里听，认真做作业，往心里学！得靠你们自己用心！得靠你们自己吃苦！"

当我们朗朗的读书声响彻在小村上空时，去地里劳动的好多老少拐到这里看热闹，说："王敬民真有本事，咋把这几个捣蛋泥猴制服了？"

一晃六七年过去了，我们这一班的 5 个同学，真的都考上了大学。每年过年回家的时候，我们都去看望王敬民老师。我们规规矩矩，恭恭敬敬。王敬民老师开玩笑说："别这样，你们还是长辈呢。"我们全都不好意思地笑了。但这话只能王老师说，要是别人说，那就是揭我们的疮疤，我们就该跟他急了。

刮奖券

文／程应峰

张石头那台傻瓜相机中的胶卷一张不剩了，他抽空到商场买胶卷。

商场正在搞有奖销售活动，顾客购商品满 50 元就可以领到一张刮奖券。张石头买了 3 个胶卷，领到了一张刮奖券。刮开一看，呵！运气不错，是个三等奖。

商场销售员笑着说："你真幸运，一下就摸到了一台品牌电脑……"

张石头没等销售员说完，就情不自禁地欢呼起来："什么？品牌电脑？太棒了！"

销售员看他高兴的样子，说："你听清了再高兴啊，是品牌电脑——用的光电鼠标。"说着，把一个光电鼠标递到了他的手中。

张石头唉了一声："啊——这个也不错，不过我家里还没电脑呢。"

销售员露出吃惊的神情，说："真的吗？都什么年代了，你家里还没有电脑？我不相信。"

张石头说："是没有。不过我一直想买一台电脑,只是觉得时机未到。"

销售员连连咂着嘴说："那你买啊，现在就是时机，买了电脑还有机会摸奖。再说你已经有了一个鼠标，不买电脑就浪费了，我们可以给你免掉鼠标的钱。"

张石头听她说得有道理，看了看手中的鼠标，脑子一热，说："那就看看吧。"

销售员带张石头到电脑售货处，很热情地对各种型号的电脑一一

作了介绍。张石头被她说动了，下决心买一台家用电脑。他一个电话打给老婆，让她取钱来。不一会儿，老婆将钱送到了张石头的手中。付账后，他们又拿到了一叠刮奖券。

这次，张石头主动把刮奖的重任交给老婆，老婆刮了几张，竟然刮出个二等奖：奖品是一节数码相机用的电池。

数码相机用的电池啊！张石头老婆梦寐以求想要一台数码相机呢，这一下将她的心思挑动了。她拿着电池在那儿自言自语："数码相机，数码相机……"突然回过头来对张石头说："老公，怎么样啊？"张石头一愣，说："什么怎么样啊？"老婆声音甜柔地说："买数码相机呀！"

张石头一惊，说："我们不是有一个傻瓜相机吗？再说才买了电脑的，哪还有富余的钱。"

老婆不满地说："兴你买，就不兴我买呀！你也太不在乎你老婆了。"

销售员不失时机地在一旁说："对呀，你们有了一个电池，不买数码相机的话，就浪费了。"

张石头被她们左右夹攻，抵挡不住了，只好使出杀手锏，问："钱呢？"谁知老婆早有准备，说："这你就放心吧，你的加班费不是都交给我了吗，我把它存着呢。"

买数码相机的梦想就这样实现了。老婆丢下张石头和电脑，独自拿着数码相机喜滋滋地走了。张石头手中又多了一叠奖券，他想，管它呢，刮了再说。

刮奖时，张石头的心情很平静，因为压根就没想还可以抽到什么奖。他慢条斯理一路刮下去，天，他的眼睛突然瞪得溜圆——有一张奖券明明白白告诉他——他摸到了一等奖，奖品是四条车胎，也就是说，他可以拥有小轿车的四个轮子了。

只见张石头愣了5秒钟，然后"嗷"地叫了一声，扔下奖券，撒腿就跑……

99 只千纸鹤

文 / 王世虎

女孩上三年级，扎着两个羊角辫，走起路来一蹦一跳的，就像一个快乐的小天使。

女孩上学要经过一条胡同。

胡同里有一个乞丐，蓬头垢面的，衣衫褴褛，看起来不过30岁左右——他的眼中满是忧郁与悲伤。

胡同乞丐与别的乞丐最大的不同就是他的怀里抱着一个吉他。他会弹吉他，弹得很好听。

女孩每次经过胡同时都会坐在胡同乞丐对面的石墩上，静静地听他弹吉他。

女孩喜欢听他弹吉他。女孩能感受到，他弹吉他时很用心。有时，吉他会发出铿锵有力的声音，但大多数时间，他弹的曲子很悲伤。

像其他的乞丐一样，胡同乞丐的前面也放有一个破瓷碗。

女孩看到，每次有行人路过胡同的时候，都会忍不住停下来看胡同乞丐两眼。也许路人是朝吉他声来的吧，女孩想。

因此，同样的，胡同乞丐前面的破碗里总能见到一些碎钱。

女孩也曾想给他扔一些钱。可是，钱，女孩没有。

女孩第一次上作文课的时候，老师让大家写一篇关于自己熟悉的人的文章。女孩想了想，便写了胡同乞丐。

女孩写得很认真，不时托着下巴，仔细回忆胡同乞丐的样子。

后来，女孩的作文得了高分。老师在课堂上表扬了女孩，并在班上宣读了她的作文。在这次作文里，女孩是唯一一个没有写自己亲人的人。

老师还在女孩作文的后面配上了鲜红的评语：观察细致，真实感人，但我们更应该用一颗爱心去帮助他们。

女孩很聪明，看了老师的评语，把铅笔放在嘴中咬了一会儿，便明白了。

回到家，女孩把自己平时辛辛苦苦收集的各种颜色的漂亮卡片都找了出来。

第二天，女孩从胡同过的时候，手中拿着一只粉红色的千纸鹤。女孩走到胡同乞丐的面前，恭恭敬敬地把千纸鹤放进了破碗中，笑了笑，走了。女孩看到，胡同乞丐的脸搐动了一下。

第三天，胡同乞丐的破碗中又多了一只蓝色的千纸鹤。第四天，又有一只金黄色的千纸鹤放了进去。

……

不知不觉，胡同乞丐的破碗中已经放了99只千纸鹤。那一碗女孩爱心的成果啊！看着自己的卡片越来越少，女孩却越来越高兴。女孩每天仍会坐在胡同乞丐对面的石墩上听他弹吉他，不过女孩听到了越来越欢快的曲子。

101天，女孩照例拿了一只橙色的千纸鹤去胡同。可是，在那个熟悉的地方，却没有了熟悉的人和吉他的声音。

胡同乞丐不见了！

女孩慌忙跑过去，不由惊呆了。在胡同乞丐常坐的地上，99只千纸鹤围成了一个大大的"心"，里面有一个用砖头写的遒劲有力的大字：奋！

看着手中的第100只千纸鹤，女孩的眼中流出了晶莹的泪水。

而后，女孩又笑了，笑得很甜、很甜。

天使穿了我的衣裳

文／朱成玉

那个春天，她看到所有的枝头都开满了同样的花朵：微笑。

大院里的人们热情地和她打着招呼，问她有没有好听的故事，有没有好听的歌谣，她回报给人们灿烂的笑脸，忘却了自己瘸着的腿，感觉到自己快乐的心，仿佛要飞起来。

她感觉自己仿佛刚刚降临到这个世界，一切都那么新鲜。流动着的空气，慢慢飘散的白云，耀眼的阳光，和善的脸。

她知道，这一切，都是姐姐变戏法一样变出来的。一个阳光明媚的美丽世界。

她和姐姐是孪生姐妹，长得一模一样，唯一不同的地方就是她是个瘸子。她怨恨上帝的不公平，怨恨一切：碗、杯子、花盆，所有她能触到的东西都会是她的出气筒，她的世界越来越窄小，小得容不下关爱的眼神。

由于天生的残疾，走起路来不得不很夸张地一瘸一拐。如果这张脸不美也就罢了，上帝还偏偏让她生了如花的容颜。这两根丑陋的枝条怎么也无法配得上那朵娇艳的花朵，她总是这样评价她的双腿和她的脸，所以她很少走出屋子，更不敢来到大院。每天躲在家里，惊恐地张望着外面的世界。

她给自己留了一扇窗子，可以看到外面的世界，看到健康的人，看到那些笔直的腿，看到那些漂亮的衣服，看到那些蹦蹦跳跳的快乐

的身影，他们让她的悲伤更加浓烈，无法自拔。

生日的时候，仅仅比她大几分钟的姐姐送给她一件礼物：一个会跳舞的洋娃娃。她当时就把它扔到了一边，她歇斯底里：明知道我是个瘸子，还送给我这个能跳舞的东西，你是不是刺激我啊。眼泪在姐姐的眼里打圈，可姐姐却在不停地安慰她。她知道，姐姐很无辜。

她死活不肯去学校上学，父母只好节衣缩食，为她请了家教。学习的内容和学校里的课程同步。由于她的刻苦，学习成绩一直很好，每次和姐姐做相同的试卷，她都会比姐姐高出几分。每次考完，父母都会夸赞她一番，相反把姐姐训斥一顿，嫌姐姐在学校不用功，总是贪玩。这让她心里很平衡，下决心要好好学习，一定要用广博的知识来弥补自己身上的缺陷。

那个夏天，妈妈为她买了一件很漂亮的粉色套裙。她偷偷地穿上，感觉自己像一只翩翩欲飞的蝴蝶，只是不敢走动，怕她的丑陋显露无遗。她喜欢她的粉色套裙，爱极了那种灿烂的颜色，只是，她依旧悲伤，哀叹自己是断了翅膀的蝴蝶。

所以她还是不敢走出屋子，每天对着镜子，悲伤地望着镜子中那只一动不动的蝴蝶。她用冷漠把自己制作成了标本，一只凝固了的蝴蝶。

由于身子虚弱，每天中午都必须补上一觉。可是最近，她总觉得睡不踏实，总有一种是梦非梦、恍恍惚惚的感觉。

那天中午，她在恍恍惚惚中听到有人蹑手蹑脚地进来，蒙眬中看到姐姐，偷偷拿走了她的粉色套裙。她觉得好奇，想知道姐姐到底要做什么，便装着发出鼾声。

透过窗子，她看到了姐姐穿起她的粉色套裙来到了大院。她尽力压制着心中的妒火，想看看姐姐到底在做什么把戏。她看到姐姐热情地和每个人打着招呼，让她惊讶的是，姐姐竟然学着她一瘸一拐的样子走路，简直惟妙惟肖，让她感觉到那个人就是她自己。而她自己心里清清楚楚，纵是给她加了300吨油，也是没有勇气走到大院去的。

一连很多天，姐姐都会在中午趁她午睡的时候，来偷穿她的衣服。

有好几次，她想揭穿她，但最后都强忍下去了。人都是爱美的，姐姐也不例外，况且姐姐的舞跳得那么好，应该有件好衣服来配她的，只是她不理解的是，为什么姐姐不好好走路，偏偏要学她的样子一瘸一拐的呢？

每天中午，她都会透过窗子，看着姐姐一边帮奶奶们擦玻璃一边唱着动听的歌谣，一边帮婆婆们洗菜一边讲着她听来的笑话，逗得人们哈哈大笑。她不得不承认，姐姐才是真正的蝴蝶啊，姐姐让这个沉寂的大院春意盎然了起来。

这一切，她装作什么都不知道。

忽然有一天，姐姐对她说要带她到大院去走走。其实她的心一直是渴望出去的，像小鹿对于山林的渴望，像鸟对于蓝天的向往。整天闷在家里，空气仿佛都凝固了，让人透不过气来。她犹豫不决，姐姐却执拗得很，帮她穿上粉色的套裙，硬是架着她走出了房门。

那是个多好的春天啊！

她深深地呼吸着新鲜的空气，满眼都是绚烂的颜色。人们对她微笑，把好吃的、好玩的都争着抢着给她，她不明白为什么人们对她那么好，没有一点排斥和嘲弄，没有一点让人难堪的同情和怜悯，有的只是微笑，让人心旷神怡的微笑。

人们都说，有一个穿着粉色套裙、扎着两个小辫的活泼快乐的残疾小姑娘，给他们带来了很多欢乐，她是这里的天使。

尽管她走起路来一瘸一拐的，左右摇晃，姿态滑稽而夸张，但所有的人都认为那是天使的舞蹈。

后来她知道了，姐姐学她的样子，是为了让人们能够接受她，姐姐只想让她走出那个晦暗发霉的屋子。所有人都把姐姐当成了她。

后来她知道了，那件粉色套裙是父母给姐姐买的，准备让她穿着去省里参加舞蹈大赛。可是姐姐说，让妹妹穿吧，到时候管妹妹借就行了。

后来她还知道了，每一次她们同时做试卷的时候，姐姐总是故意做错几道题，总是让她的分数比姐姐高，姐姐说那样妹妹会高兴。

"人们只当那个天使是我，其实不是，天使只是穿了我的衣服。"她在日记里写道，"感谢上帝，赏赐一个天使来做我的姐姐。"

越　狱

文／马敬福

　　汤姆和约翰因犯盗窃罪被判四年监禁。于是，他们被一辆闷罐车送到了一所监狱里。因为闷罐车封闭得很严，所以一路上的环境他们全然不知。

　　监狱里的生活简直是糟透了，狱警成天提着皮鞭让他们干这干那，一点自由也没有。汤姆和约翰受不了，他们决定找个机会越狱逃出去。

　　机会终于来了！这天是圣诞节，晚上监狱格外开恩，给犯人备了很多好吃的，还有酒，让他们喝个痛快！狱警们也不例外，一个个喝得东倒西歪。汤姆和约翰一看：现在不走，更待何时？于是，他们找了一个大包，偷了许多吃的喝的，悄悄来到了监狱的东北角。

　　事先，他们早就探好了道儿，这里最高，既没有电网，也没有卫兵把守，从楼梯爬到楼顶，跳下去就是自由世界了！

　　汤姆首先跳了下去，虽然摔得浑身生疼，但还是感到抑制不住的快乐，示意约翰快跳。约翰看看确实没人注意他，就一纵身跳了下去。

　　到了下面，两个人紧紧拥抱，小声高呼："上帝，我们自由了！"

然后，他们背起袋子，疾步如飞撒腿就跑。刚跑不远，就听前面有人大喝一声："站住！"汤姆和约翰吓了一跳，怎么？这里还有警察？抬头一看，不是警察，是两个手持尖刀的彪形大汉。汤姆和约翰定了定神："你们是干什么的？"两个大汉笑了："我们是干什么的，你们还看不出来吗？我们是马贼，杀人、劫道！"说着，猛地蹿过来，一人一个，就把汤姆和约翰押到了一个土包下，不由分说，就把两个人绑了起来。

两个彪形大汉夺过汤姆和约翰的袋子，从里面拿出吃的喝的，把刀子往地上一插，风卷残云一般就吃了起来。这时候，汤姆开口了："哎，我们，我们身上没钱，我们是刚从监狱逃出来的，你们放我们走吧。"两个彪形大汉一愣："什么？你是说，你们刚从监狱逃出来，你们叫什么？"汤姆说："我叫汤姆，他叫约翰，是犯盗窃罪被关进去的，说起来，我们还是同行呢。"约翰也说话了："是啊，看在我们都是道上的人，你们就放我们走吧。"两个彪形大汉看了看手里的吃的，又看了看汤姆和约翰，哈哈大笑起来："放你们走？你们想得太美了！"说着，走到汤姆和约翰身边，解开了他们手上的绳子。汤姆一看，赶紧说："谢谢你们了。"可话还没说完，那两个大汉已经脱下了他们身上的囚服。约翰愣了："你们这是干什么？"两个大汉对视一眼："干什么？反正你们也是要死的人了，还穿衣服干什么？"说完，又用绳子把他们绑了起来。一个大汉说："这两个家伙没用了，宰了吧。"另一个摇摇头："先不要宰，如果咱们的办法行不通，他们的血还可以给咱们解渴，他们的肉还可以给咱们充饥呢。"那个大汉一想："也对，就先把他们绑在这儿，回来再收拾他们！"说完，两个人就大摇大摆地走了。

很快，两个彪形大汉就消失在了夜色里。汤姆和约翰一想，我们不能就在这里等死啊，赶紧趁着天黑跑吧！于是，两个人用嘴咬开了绳子，撒腿就跑。

跑了一会儿，两个人跑累了。往四外看看，伸手不见五指，眼前的道路看不清，黑糊糊一片。两个人一商量，决定先休息一夜，等天亮了再跑。天有点儿冷，两个人的衣服又被脱去了，只好找一个背风的地方，互相抱着将就着过了一夜。

天亮了，汤姆和约翰睁开眼睛，举目一看，当时就傻眼了，前面是一片茫茫的沙漠，一眼望不到边！回过头去，就是他们刚刚逃出来的那座监狱！监狱的后面是什么？他们猜想，不会是别的，还是沙漠。怎么办？要想从沙漠里逃出去，没有足够的水和食物是不行了，而他们现在没有的不但是水和食物，还有衣服。没有水，他们会渴死在大沙漠里，没有食物，他们会饿死在沙漠里；没有衣服，他们会冻死在沙漠里。看来，逃跑是死路一条了。汤姆和约翰一商量，算了，干脆还跳回监狱算了，可监狱的墙那么高，又有电网，出来容易进去难啊！又一商量，干脆就从监狱大门进去，就说是越狱潜逃出来的，哪怕加上几年刑也比死在大沙漠里强。商量完了，两个人就掉头向监狱的方向走去。

到监狱门口一看，两个监狱卫兵正抱着枪在岗楼子上打瞌睡。汤姆冲两个卫兵喊："喂，我们是越狱潜逃出来的，请让我们进去，我们愿意接受加刑处理！"卫兵一睁眼，猛地举起了枪："哪里来的混账，滚！"约翰走上去："你们不认识我们吗？我们就在四号服刑！放我们进去吧！我们真是越狱出来的。"卫兵推弹上膛："少废话，再不滚，我可就开枪了！"正在这时，头天晚上劫他们的那两个彪形大汉穿着他们的囚衣来到了监狱的大门前，冲卫兵喊："喂，我叫汤姆，他叫约翰，晚天圣诞节我们喝多了，修理电网的时候掉到了墙外头，请让我们进去！"卫兵看了看两个大汉的囚衣，马上打开大门，让他们进去了。两个大汉走进监狱的大门后，回过头来冲汤姆和约翰讥讽道："这茫茫沙漠，傻子才会越狱，想冒充犯人到里面混饭吃，哪有的事？！"汤姆和约翰一听，当时就傻了。

这次没落下东西

文／林华玉

　　杰克发现自己最近得了健忘症。第一次，他与朋友聚会，结果把花几百美元买的西装落在了酒吧，待家里人提醒回去找时，早就被人顺手牵羊了。第二次是在一次早起散步时，他累了，就在路边的椅子上休息了一会儿，结果把几千美元买的一只新手机落在了那里。

　　他的妻子玛丽对于他的病情很是担心，就去咨询了心理医生布朗，布朗说这病是因为长期压力过大引起的，不好治，服药没有什么效果。杰克急问怎么才能治疗，布朗说，一种简单可行的方法就是，每次离开一个地方，都要提醒自己仔仔细细地查看一下身边有没有东西落下，这样刺激一段时间之后，病情就会大大好转。

　　因为怕忘记，杰克就将布朗医生的话写在手上。第二天下班后，杰克洗手时看到了这句话，就仔细地查看自己的随身物品：手机，在腰上；公文包，在手上；西装，在身上；手表，在腕上。这样算来，自己的随身物品都在，杰克还是不放心，又用心清点了一下，确认没有东西落下后，才放心地去挤公交车回家了。

　　妻子玛丽看到老公回家，就问："亲爱的，你还记得布朗医生昨天的话吗？"杰克说："怎么会不记得，而且我也是这么做的，你看，手机，别在我腰上；公文包，在我手上；西装，穿在我身上，还有手表，不还是在我的腕上吗。"玛丽终于放心了。

　　杰克放下包，疲惫地对玛丽说："亲爱的，今天的工作很累，可

是偏偏公交车上人太多，连个坐的地方都没有，我想是不是咱们也买一辆私家车，这样，以后我就不用再挤公交车回家了。"玛丽闻言从沙发上一下子蹦了起来，叫道："你是说，你是挤公交车回家的？"杰克说："是呀，这有什么大惊小怪的，不是每天都是这样吗？"

玛丽狂叫道："天哪，你的病情又加重了，咱们前天才买的车，你今天是开着新车去上的班呀！"

母亲的作业

文／贺点松

驱车从千里之外的省城赶回老家，杨帆直奔县人民医院。

"我母亲得了什么病？严重吗？"他急切地问主治大夫。

大夫看看他说："胃癌晚期。老人的时间不多了……"

杨帆顿时泪如泉涌。

出了诊室，杨帆立即用手机通知副手，从今天起由他全权负责公司事务。杨帆要在母亲最后的日子里陪伴在母亲身边。

父亲早逝，为拉扯他们兄妹四个长大，母亲受尽了千辛万苦。母亲的腹痛是从两年前开始的，杨帆兄妹曾多次要带母亲到省城医院检查，每次母亲都说："不就是肚子痛吗，检查个啥，吃点药就好了，妈可没那么娇气！"母亲总是这样，生怕拖累儿女，生怕影响儿女们的工作。

　　杨帆开始守在母亲的病床边。母亲每天都要忍受病痛的折磨，杨帆就想方设法转移母亲的注意力，减轻母亲的痛苦。他跟母亲聊天儿，给母亲讲一些有趣的事情，用单放机让母亲听戏……有一天，他陪母亲闲聊时，母亲忽然笑道："你们兄妹四个都读了大学，你妹妹还到美国读了博士。可妈连自己的名字都不认得，竟然也过了一辈子。想想真是好笑……"杨帆脑海里立刻跳出一个念头，就对母亲说："妈，我现在教你认字写字吧？"妈笑了："教我认字？我都快进棺材的人了，还能学会？"

　　"你能，妈。认字写字很简单的。"

　　杨帆就找出一张报纸，教母亲认字——

　　他手指着一则新闻标题上的一个字，读："大。"

　　母亲微笑着念："大。"

　　他手指着另一个字读："小。"

　　母亲微笑着念："小。"

　　病房里所有的人都向这一对母子投来了惊讶、羡慕和赞许的目光。

　　隔了几天，杨帆还专门买了一个生字本、一枝铅笔，手把手地教母亲写字。母亲写的字歪歪斜斜，可是看起来很祥和、很温馨。当然，母亲每天最多只能学会几个最简单的字。可是母亲饶有兴趣地让杨帆教她写他们兄妹四人的名字，写那几个字时，满脸都是灿烂的笑容，不像一个身染绝症的人了。

　　一个月后的一个深夜，母亲突然走了。那个深夜，杨帆太累了，趴在母亲的床边打了个盹儿，醒来时，母亲已悄然走了。

　　母亲是面带微笑走的。母亲靠在床上，左手拿着生字本，右手握着铅笔。泪眼蒙眬的杨帆看到，母亲的生字本上歪歪斜斜地写着这样一些汉字：杨帆杨剑杨静杨玲爱你们。"爱"字前边，母亲涂了好几个黑疙瘩。

　　母亲最终没有学会写"我"字。

心 锁

文／侯发山

　　刘师傅因当年小儿麻痹留下了后遗症，走起路来不利索，一瘸一拐的，找不到别的吃饭门路，就在街口那儿摆了个修锁的摊子。随着岁月的流逝，修锁无数的他练就了一手高超的技艺，只要是锁，没有他打不开的，被人誉为"锁王"。因此，他在当地成了不大不小的名人，可以说是家喻户晓妇孺皆知，就连当地的公安部门也和他常来常往，一旦有案件上需要开锁的事儿，便请他去解决问题。刘师傅因有了这手绝活儿，被人敬重不说，吃香的喝辣的，日子十分滋润。

　　为了学到刘师傅的绝技，就有不少人动了心思，有的采取金钱开路，有的利用美色诱惑，有的进行威逼要挟……但他都一一拒绝了。时间久了，大家都知道他的这个古怪脾气，也就没人自讨没趣拜他为师了。但是，这并不影响刘师傅的声誉。他心地善良，乐善好施，若你修锁一时没钱，只管走人就是，他从不开口要，等你下次来一并付时，他却早把这事给忘了，淡淡地说有这碴事儿吗？若是听到谁家有了难事，就让人捎去三五十的。后来，他的年纪渐长，身体也一天不如一天，大家都劝他物色个徒弟：左邻右舍怕丢了钥匙进不了家门；当地的公安部门怕他的绝技失传影响案件的进展……刘师傅便动了心思，心说他这手技术还真不能后继无人，要不然会给大伙带来多少麻烦多少不便啊？于是，他经过层层筛选，初步物色了两个年轻人，一个叫大张，一个叫小李。

这是多少人梦寐以求的好事啊！因此两个年轻人乐得屁颠屁颠的，每天围着刘师傅嘘长问短，跟敬佛似的。一段时间过后，大张和小李都学到了不少东西，配个钥匙修个锁的都不成问题，但他们学的也只是皮毛，还没有得到刘师傅的真传。刘师傅呢，有他的想法，认为他的绝技只能单传，也就是说只能传给其中的一个人。大张聪明伶俐，为人热情豪爽；小李木讷老实，心地善良……两个徒弟各有千秋不分伯仲，传给哪个好呢？刘师傅为难之余，决定对他们两个进行一次测试，谁的表现好就把真经传给谁。就这样，刘师傅弄来了两个保险柜，分别放在两个房间内，然后让大张和小李去打开。

　　大张用了不到十分钟就把保险柜打开了，在场的人都为他高超的技术叫好。大张自以为胜券在握，也就掩饰不住一脸的得意。小李用了十五分钟才把保险柜打开，技术明显不如大张。小李羞着脸看了刘师傅一眼，但刘师傅并没责怪他。在场的人也都一致认为，刘师傅要淘汰的将是小李。从另一方面讲，大张是个下岗职工，妻子常年有病，日子说不出的艰难，相比之下，小李的家庭条件要优越得多。

　　刘师傅平静地问大张，你打开的保险柜里都有什么？

　　大张喜形于色，悄声告诉师傅，保险柜里有一沓百元的钞票，一个金戒指，一块手表，一挂项链。

　　刘师傅转身问小李，你打开的保险柜里都有什么？

　　小李的鼻尖上渗出了汗珠，笨嘴拙舌地说，师傅，我没看保险柜里都有什么，您只让我打开锁。

　　刘师傅赞许地对小李点了点头，说好、好、好！然后，刘师傅郑重地当场宣布，小李正式成为他的接班人。众人大惑不解，议论纷纷。大张也表示不服气，忍不住说，凭什么呀？难道小李的手艺比我好？刘师傅没有说别的，而是拍了拍大张的肩膀，说凭你的手艺和聪明，回去开个修锁的铺子还是饿不死的。大张心犹不甘，那样子似乎非让师傅解释清楚他输给小李的缘由。刘师傅叹了口气，遗憾地说，因为你打开了两把锁。大张愣愣不解，说师傅你冤枉我，我刚才只打开了一把锁啊？在场的人也都随声附和，说是啊，大张并没做错什么啊，刘师傅是不是糊涂了？刘师傅微微一笑说，我虽然老了，但心不糊涂。说罢他转向大张，语重心长地说，孩子，干我们这一行的，必须做到心中只有锁而没有其他东西，心中还必须有一把不能打开的锁，那就是欲望！

在场的人恍然大悟。大张的脸倏地红了。

爱书的孩子

文／童树梅

15岁的流流站在一排满满当当的书架前不知多长时间了，手中那本《安徒生童话》已把他完全带入了一个奇妙而温情的世界。

夕阳把窗子照得一片橙红。忽然，身后的门打开了，进来一个人。那人一见屋内有人不禁大吃一惊，脚步迟疑了一下似乎想退出，但又停下了，因为流流只是个孩子，不难对付的。

那人屈起指头轻轻叩响了门，又叩了叩，可是流流并未听见，他只急急惦念着美丽柔情的海的女儿的命运。于是那人重重拍响了门，这一下流流惊醒过来了。

流流一见屋内来了个陌生人吓得浑身一抖，手中的书"啪"的一声掉在了地上，这是什么人？他想干什么？

这时来人满脸带着询问的口气开口了："请问这是赵大年家吧？

你是他儿子？"

流流愣了一下，随即飞快地点点头，说："是的是的，请问您是？"

那人一听脸上露出了如释重负的样子，和善地微笑着说："我跟你爸以前是老同学，今天正好路过这儿，顺便来看看，啧啧啧，好多年不见，你都长成英俊的少年了。对了，你爸呢？"那人一边说一边大大咧咧地走进来，在沙发上舒舒服服地坐了下来。

流流高兴地笑了起来，说："原来是爸的老同学啊，叔叔您坐一下，我这就去叫他，他在外面跟人家下棋哩。"一边说一边向外走。

还没走到门口，忽听得身后那人叫了一声："你等一下！"

流流浑身一下子僵硬了，却听那人又说："书掉了还没拾起来哩。"

流流暗暗松了一口气，这时那人已弯腰拾起书，爱惜地掸掸书上的灰尘，递给流流，一边深有感情地说："多么好的一本书啊！孩子，我喜欢你，因为爱书的孩子一定是个好孩子！"

多年以后，一位作家回忆起自己的经历时这样写道：那时，我是个流浪儿，所以大伙都叫我'流流'。有一天我潜进了一户人家，谁知还没等我动手偷窃，一本《安徒生童话》却像一块磁铁一样深深吸引了我，要知道这可是我少年时代最向往的一本书啊！可是我一直买不起……后来一位访客的一句无意中的话像闪电一样击中了混沌黑暗中的我，他这样说：我喜欢你，因为爱书的孩子一定是个好孩子……要知道这世上还从没有人说过喜欢我哩，再往后，我就重新拾起了书和笔直至现在，那本《安徒生童话》也必将永远陪在我身旁！

同样的夕阳里，依旧在那个满是书香的书架下，一位戴着老花眼镜的老者看到这一段时微微笑了，他在想：作家先生你错了，我不是访客，而是主人。他眯起眼，那片温暖的夕阳下，一个少年痴痴看书的情形又清晰地流转到了眼前。

回 家

文／韩昌元

"娘啊，这个案子太紧了，我可能要大年三十才能回去啊？"

"不碍事的，只要你们能回来，看看我的小孙子，俺就高兴了。"

打完电话，钟成便投入了紧张的办案之中，电话的那头是老人的期待。

今年真巧？作为警察的钟成，为不能按时回家而叹息道。娘就他这么一个孩子，父亲的早逝，让钟成从小就与娘相依为命。

"从小，小三就是个孝顺的孩子。"娘经常在乡亲们的面前这样说。其实娘是可以和钟成一家一起在城里住的，那样钟成就不会为此而分担心思，一心扑在办案中。

"太闷人了！"钟成把娘接到城里没几天，娘就这样说了，城里人像用绳子捆着，还是乡下土地养人。

钟成无奈，似乎那黑土地就是娘的生命。每月给娘寄些钱，遇到节日，工作再忙，他也会抽空回家去看望娘的。自从工作后，他一直如此。

"娘啊，我可能大年三十回不去了，事关人命的案子不能没有我啊！""知道了，只要到时候儿媳妇和孙子来了一样啊，我才不要看你呢，我要看我的小孙子呢。"

放下电话钟成又匆忙地投入到了办案当中。电话的这头，是娘的几声咳嗽。

紧张的办案工作无法让钟成的步子停下来。有时，人啊，一些细节的东西就会在转瞬间即逝。

"娘啊，我是儿媳妇，大年三十我回不去了。娘家要我回去一起过。"

"没事的，娘一个人都习惯了。"

放下电话，娘老泪纵横……

正月十五，月儿格外圆。

"小三不知道现在是否还在办案子？"娘在微弱的灯光下，抚摩着钟成小时候的照片，愣着。

咚！咚咚……娘蹒跚着将门打开。

"娘啊，娘，我是小成啊！"

娘愣住了，眼里溢满了泪水，布满皱纹的脸颤抖着。钟成紧紧贴在娘的怀里，任凭娘抚摩他的脸。这一刻，钟成觉得欠娘的太多了……

我在马路边捡到一毛钱

文／闫玲月

午后的太阳毫不吝啬地发着光和热，我背着书包在马路边蹦跳着，玩耍着，一会儿捕蝴蝶，一会儿和风赛跑。前面有位叔叔掏出手机接电话，什么东西从他衣袋里掉出来，在半空中像一片叶子飘来荡去后落在我脚边，我定睛看去原来是一张枣红色的一角纸币，我弯腰捡起纸币快跑到叔叔身边，叫着叔叔您的一毛钱掉了。叔叔似乎忙着和对方通话，根本不理我，我又说了一遍，他不耐烦地挥挥手说不要了，钻进一辆出租车扬长而去。

我的手心攥着这张一毛钱，想起了《我在马路边捡到一分钱》那首歌，对呀，我就把它交到警察叔叔手里边吧。我穿过马路来到十字路口，一位警察叔叔正在指挥过往车辆，我大声喊道，警察叔叔我捡到一毛钱，交给您吧。警察叔叔一边忙着打手势一边说，小朋友别捣乱，一毛钱也来找我，没看我忙着吗？我还要说话，他已经向一辆违章驾驶的车走过去了。

我默默地走着，决心把一毛钱交给老师，或许还能得到老师的表扬呢。我加快了脚步一溜烟跑到学校。当我气喘吁吁地告诉老师我捡到钱了要交给她时，我看到了老师如花的笑脸，她拍着我的头说你真是个拾金不昧的好孩子。我把一毛钱送到老师眼前，我看到老师的笑脸在收缩，眉毛拧到了一块，她厉声喝道，搞什么鬼，拿张旧一毛钱就来找表扬吗？动机不纯，回去写个检查交上来！我低下头退出老师的办公室，还听到老师抱怨现在的学生可真难管。

下午的课我什么也没听进去，满脑子都在想着捡到的那一毛钱。我该怎么办呢？我是个诚实的孩子，我不能把这一毛钱据为己有，看来只有交给爸爸妈妈处理了。

回到家，我把一毛钱掏出来告诉妈妈这是我捡来的，妈妈惊慌地问宝贝儿子你没有撒谎吧？咱们家可从来不缺钱，你要什么妈妈就给你买什么。我眨着眼睛望着妈妈，说是我捡来的，不信你问老师。妈妈果真拿起电话，证实后出了一口长气，又告诉我以后不要再捡任何东西了，上面细菌太多，谁敢保证不会因此得传染病呢，快快把它扔了吧。我点点头，但心里却不这么想。既然他们都不要这一毛钱，我就自己决定吧。

吃过晚饭，我跑出家门，路过一个乞讨的老爷爷身旁，我把一毛钱郑重地放在他手中的盒子里。谁知道老爷爷眯起眼看了两秒把它丢了出来，嘴里叨咕着，这个世道怎么连小孩子都要耍我呢，明明是作废的钱还拿来给我。我眼睁睁看着那张一毛钱纸币飞过头顶飞过树梢飞过街道飞向蓝天，消失在暮色中。

　　我偶尔会想起那一毛钱最后的归宿。没几天，我遇到了那个掉钱的叔叔、十字路口的警察，他们和批评我的老师、怀疑我的妈妈都不约而同地问我同一个问题，那天的一毛钱到哪里去了？我说飞走了。他们先是失魂落魄，接着骂我是小傻瓜，最后大声质问我为什么不把钱交给他（她）仔细看看？听他们讲那不是普通的纸币，叫什么枣红一角，市场价值 2 000 元呢。我呆呆地望着他（她），琢磨不透大人怎么一谈到钱都成了变色龙呢？

天　才

文／刘万里

　　孩子是个考试天才。孩子的母亲是个教师，父亲是个局长。孩子还在肚子里时，父母就给他制订了宏伟的计划，上名牌大学，出国留学。为了养成孩子爱学习的习惯，从幼儿园开始，父母就实施他们的计划，不准孩子看电视、不准孩子玩游戏……孩子也争气，照着他们的计划成长着。孩子小学、初中、高中一直都是班上的第一名。

　　高考成绩出来了，孩子考得非常好，全省的高考状元。

　　记者闻讯后涌进了他的家，面对记者提问孩子不知道说啥。孩子的母亲化解了尴尬的场面："孩子这几天累了，有啥问题就问我吧，我是他的代言人。"

很快，孩子收到了北京某名牌大学的录取通知书。孩子拿着通知书傻笑了半天，然后就发呆。

母亲说："我带你出去玩。""没意思。"母亲又说："那你在家看电视。""没意思。"母亲说："那就玩游戏。"孩子还是说："没意思。"

后来孩子整天坐在那里发呆。母亲问他话，他就呆呆地望着母亲一言不发。

连续几天孩子都是这样，母亲想是不是孩子身体不舒服，就带孩子去医院，一检查啥都正常。母亲偷偷咨询了几个教育专家和心理医生，他们说孩子可能得了考试综合症，只有考试才能提起他的精神。就像一个战士，没仗可打他的内心就很寂寞。

回家后，母亲说："想吃啥？我给你做。"

孩子木然地望着母亲，无语。

母亲又重复一遍，孩子依然木然地望着母亲。

母亲毕竟是个教师，她用笔在纸上写道：你今天想吃啥？ A.包子；B.米饭；C.面条；D.稀饭。

孩子接过纸条，突然来了精神，双目炯炯有神，他在"B.米饭"后边打了一个"√"。

母亲非常高兴，看来孩子一切正常，她又在纸上写道：你今天心情如何？ A.好；B.非常好；C.一般；D.糟糕。

孩子高兴地在"C.一般"后边打了一个"√"。

吃完饭后，孩子坐在房间发呆。母亲见时间不早了，就说："孩子，睡觉去吧。"孩子木然地望着母亲，好像根本没听见母亲说啥。母亲在纸上写道：你现在的任务是：A.睡觉；B.不得不睡觉；C.一定睡觉；D.还是睡觉。

孩子陷入沉思，最后笑了笑，在"A.睡觉"的后面打了个"√"，就乖乖地睡觉去了。

开学报到的日子快到了，母亲就开始给孩子准备行李，她突然想到孩子长这么大，他从没做过家务，从没洗过衣服，也从没跟陌生人打过交道，这如何是好？

母亲失眠了。第二天，孩子把房间翻得很乱，把床都掀了起来，母亲问："孩子，你在找啥？"母亲见孩子没反应，她立即在纸上写道："问答题：你在找啥？"

孩子在纸上写道："我做了一个梦，他们都在找童年，我不知道童年是啥东西，我醒来后就找童年……"

母亲眼里有泪，她转身悄悄擦了。

哥伦布发现"旧大陆"

文／张小失

上写作课的时候，语文老师问："谁看见教室后墙黑板边贴着的那张小纸条了？"同学们一起回过头——黑板周围什么也没贴呀？

老师说："这张小纸条是我前天早上贴的，上面写了字，就是今天的作文素材。因此，这张纸条非常重要。"

同学们很惊奇，难道布置写作文需要这么故弄玄虚吗？老师解释："而且，这也是一个有趣的测试，我们不妨先谈谈这张小纸条，请问，哪位同学注意过它？"

一名同学回答："我看见过它，但是，我没在意它是什么。"另一名同学懊悔地说："昨天放学后，我们组打扫教室，我也看见了，顺手将它划拉下来，可能扫走了。"

语文老师点点头："好的，至少有两名同学发现过这张重要的纸条。那么，为了上好这节课，我们还是先寻找一下小纸条吧。"坐在后墙附近的同学们立即行动起来，有检查地面的，有察看桌底的。凡是角落，都没放过。

"哎呀，是不是这个？"一个女孩站起来，举着一张纸片。老师说："你念念上面的字。"女孩念道："哥伦布发现'旧大陆'。"老师笑了："很好！就是它！"

同学们都很意外。老师问那个女孩："怎么样？发现纸条的感觉如何？是不是很惊喜？"女孩微笑。老师又说："其实，这张小纸条在昨天就被至少两名同学发现了，但他们却没有惊喜。为什么你会觉得惊喜呢？"女孩说："因为我知道它有价值。"

"好了。"语文老师走到讲台上，"现在正式上课。哥伦布当年发现美洲大陆，被载入史册，其实，早在哥伦布之前，印第安人已经在那里世代居住了，他们比哥伦布发现美洲要早多少年？哥伦布发现的不过是一片'旧'大陆罢了，有什么了不起？"

同学们没说话。老师转身在黑板上画了一个球体，说："因为，哥伦布的这个发现证明了地球是个球体。而这一点，后来改变了整个人类的思维。"老师又举起小纸条："它其实是一个不太恰当的比喻——当你不在意它的时候，它是没意义的；而当我们需要这张纸条的时候，它的出现，会带来惊喜。"

老师转身在黑板上写：发现的意义。

"同学们，就用这个题目写作文。"

鸟 鸣

文／樊碧贞

　　清晨，院墙边那株老榕树上最是热闹。叽叽、啾啾、嘤嘤、呱呱……鸟儿们在枝间跳跃、追逐、歌唱。

　　七公在屋里就坐不住了。紧衣出门，径往树下。春天的老榕树焕发了无限生机，长得郁郁葱葱，遮住了半个院子。七公微闭双目，侧耳倾听，枝头好是热闹。这里突突，那里喳喳。七公感觉到了羽翅翔舞的声音，心里乐滋滋的，忍不住踱了方步，仰起头，一、二、三、四地数着，很快就被飞起的鸟儿打乱，又重新起头，一、二、三、四……一百零二、一百零三……七公越数心里就越高兴，抬手从枝上摘下一片碧绿的叶子，在手心里颠着，看了看叶子的正反面，点了点头，把叶子衔在唇上，春的声音便汨汨流泻出来……

　　突然，"噗"的一声闷响，树上的鸟齐扑扑地惊飞出去，声音变得尖利而怨艾。几片灰白的羽毛在空中飘浮，一只小鸟就像一块石头笔直地坠落！七公身形一动，稳稳地接住了快坠地的鸟。掌心中的鸟惊恐地望着七公，浑身战栗着，一支鸟翅软塌塌地吊着。七公的声音就高了八度：哪个家伙？给我滚出来。

　　话音刚落，门口探出一个小脑袋，又迅速地缩了回去。终于低了头，慢吞吞地走了出来，双手藏在背后，近了，一双乌溜溜的大眼睛怯怯地看七公一眼，又迅速躲开去。七公认出是村里的虎子，怒火渐消，却仍紧绷着脸，故意重重地咳了一声。

虎子今年十岁，虽是少不更事的年龄，可对七公的事情却很是上心。打小起，虎子就知道七公能说会武。大人们说七公的故事就如同他家老榕树上的树叶那般多。人们对七公甚是恭敬。今儿个落在七公的手里，好似孙猴子站在如来佛的掌心。

七公，您千万别告诉我爹，要不我就得吃笋子炒肉了。虎子偷偷瞟了七公一眼，怯怯地央求。

来，先把背后的东西拿来我瞧瞧。这弹弓做得不错嘛！七公由衷地称许。

我用柳树做的。柳树轻，枝杈又多，最适合做弹弓叉了。刮掉树皮，露出白树干，用砂纸砂光滑，绑上黄色的、弹力足的橡胶管。用软牛皮做弹弓兜，彩色塑料绳做绑线，用起来好神气哟。说起弹弓，虎子神采飞扬。

为什么打鸟呀？虎子一愣，原来只顾着说弹弓，倒是忘了自己曾打伤一只鸟，是七公喜欢的鸟。只是不知道是第一百零二只还是第一百零八只？我……我……就想弄一只来喂，它叫起来真好听。虎子脸憋得发红，话也有些结巴起来。

嗯，鸟儿叫起来是好听，有了鸟声，这春天就热闹了，就有生气了。如果大伙儿都像你这样打鸟，稍有不慎，鸟非死即伤，春天是不是就少了一种声音呢？七公不容虎子争辩，继续说了下去，看你把这只鸟伤得多重，它要很久才会飞，才会唱了。虎子开始抽噎。不哭，不哭。七公牵起衣襟，轻轻地为虎子擦去脸颊上的泪珠。来来来，先闭上眼，七公让你听听鸟叫声。

四周很静。虎子能听到自己的呼吸声。突然，叽叽，一声清脆的鸟鸣传入耳鼓。紧接着，鸟声四起，盈盈入耳。虎子觉得周围全是鸟儿，它们正舞动着彩色的翅膀，唱着自由的歌儿，在春天的树上。鸟是树的花朵。多美呀！呵呵，满树的叶子怎么变成了满树的鸟！

七公唇上衔着一片叶子，笑呵呵地望着虎子。虎子咧着嘴不好意思地笑了，他看见鸟儿成群穿越晨曦，在蔚蓝的天空自由飞翔……

四年后，省文化宫里一场民间艺术汇演火爆异常。最后一个节目上场时，整场灯光突然暗了下去。骤然，一声纤纤的鸟鸣，犹如天外来音，惊醒春日。紧接着百鸟声起，人们仿佛身在山林，林中百鸟竞翔，鸟声鼎沸……最后鸟声渐隐，灯光渐起，春天的背景里，一位名叫虎子的少年，微笑着向观众致意。他的唇上含着一片绿叶。

一袋红樱桃

文／刘容海

　　那是一个细雨飘飞的夏日午后，在父母的再三叮嘱声中，我结束了一个月的探亲度假，乘车来到西安火车站，买好了去新疆吐鲁番的车票。看表离发车还有一个多小时，我就背着行李包在车站广场闲逛。

　　不经意间，我发现离我不远的地方站着两个女孩正盯着我看。我看了看她们，觉得很陌生，也就没在意，继续走我的路。没想到那个大点的女孩慢慢地向我走来，满脸焦虑又略显胆怯地看着我。我觉得很奇怪，就问："你有事吗？"她缓和了一下紧张的情绪，向我叙述了她们的遭遇：我家在新疆哈密，我和妹妹都在西安上学，今天已买好了车票准备回家过暑假，谁知突然发现车票不见了！现在离发车只剩下一个多小时了，可再买两张车票还差二十几元钱……没等她说完，我就知道准是遇到了骗子。

　　那个姐姐忽闪着一双清澈的大眼睛，期待地望着我，也一再表示

让我留下地址，回家以后一定把钱寄还给我并感激我的相助之恩；妹妹则低着头像是要哭的样子。我认真地看了看姐妹俩，内心顿生怜悯之情。一个人流落异乡为钱所困的经历我也是有过的，人们常说"一分钱难倒英雄汉"！何况还是两个女孩！然而想帮她们的念头只一闪而过，我的耳旁立即回响起亲朋好友告诫我的话：如今在外，遇到什么引诱切勿动心，碰到什么闲事也少管最佳。何况现在还是在一个人员混杂的车站广场。我又想起父亲曾给我讲过的几次被骗的经历，心里立刻紧张起来，想这两个女孩一定是想用花言巧语和这种可怜相来欺骗我这样的老实人，说不定后面还有什么险恶的用心！于是，我带着无能为力的表情说："对不起，我身上也没带多余的钱，你们还是另找别人吧。"说完便头也不敢回地走开了。然而，我总觉得姐妹俩无助地站在那儿，失望的眼神紧随着我，刺着我那颗冰冷自私的心。

火车快要启动了，我匆忙找到自己的座位，放好行李，踏实地坐好。想着刚才发生的一幕，心中又有一丝不安。然而，谁料到这一切只是个开始，我刚放下的心又提到了嗓子眼，因为我忽然发现那两个熟悉的身影又在眼前晃动，原来那姐妹俩又和我坐同列火车、同节车厢！我自叹：真是冤家路窄啊。姐妹俩从我眼前走过的时候，又深深地看了我一眼，眼里有了一丝笑意。那一刻，我觉得很尴尬，便把头低了下去。就这样，在火车的颠簸中，我也逐渐进入了梦乡。

第二天早上醒来，睁开眼睛一看，令我大吃一惊：对面座位上的乘客已经下车了，而那姐妹俩不知什么时候竟坐在了我的对面！我心中有了一丝恼怒，这两个女孩难道跟踪我？但转念一想，不就两个女孩嘛，我一个男子汉怕啥？！那个姐姐开口问我早上好，我没好气地"哼"了一声，等我洗漱完毕却看见她从包里掏出一袋红艳欲滴的樱桃，放在我面前请我吃。那一颗颗诱人的红樱桃就像一张张童真的脸在向我灿烂地笑，我立刻想到它的甘甜。但是我抿了抿干裂的嘴唇，默默地警告自己：她们为什么要让我吃樱桃？也许有什么其他的用心，我可千万不能因小失大！于是，我微微一笑，把它推了过去，说我不想吃。接下来的时间，姐妹俩再没和我说过话，我也只是看看书，更多的时候把头扭向窗外，看着窗外越来越荒凉的景色。

又是一个夜晚到来了，我开始提高警惕，生怕我一睡着便会发生什么意外，出现什么闪失。但是渐渐地我越来越困，看着那两个女孩也偎依在一起，昏昏欲睡，我的神经就松弛了下来，不久就呼呼地睡着了。

清晨，我被车厢广播里悠扬的晨曲惊醒，发现对面座位上空空的，那一对姐妹已经下车了。我慌忙检查了一下我的所有行李，不少一件，都完好地躺在那儿。这时，我注意到桌上放着的那袋红樱桃，旁边杯子下面压着一张纸，展开一看，是一张简短的字条：

大哥，我们已经下车了。前天下午，我是低价卖掉自己心爱的手表才买上车票的。你知道吗？我在西安火车站遇到你，就觉得像是遇到了我的哥哥！真的，在我的印象里，我哥就是你那个模样。三年前，哥哥为了供我和妹妹上学，不到二十岁就孤身一人去广东打工。三年中，他一直没有回过家，只是每隔一两个月就会给家里寄上点钱，让我们好好读书。我也不知道他在外到底干些什么，一个人是怎样过的……这袋红樱桃是前些天我们姐妹俩去陕西商洛山中看望一个品学兼优却又面临失学的孩童时，那个孩子爬上山坡一颗颗给我们摘的。路上口渴，吃上几颗吧……

我的心中有一丝酸楚的感觉，原来姐妹俩把我当成哥哥看待，信任我，依靠我，而我却对她们心存介意，怀疑她们，敌视她们。我注视着那袋颜色变暗，红红的汁水已经渗出，仿佛被泪水浸泡的红樱桃，满是愧疚。

第四辑　谁知长大了干什么

　　一直到我离开教师岗位，我再也没问过我的学生们长大了想干什么。我只告诉他们，好好读书，读好书，长大了干什么都行。

今日王婆

文／曾纪鑫

"王婆卖瓜——自卖自夸。"自从这一歇后语传播开来，王婆不禁名声大振，生意日渐看好。

以前的王婆，费尽心机，吹得唾沫星子四溅、天花乱坠而口干舌燥，也卖不了几个破瓜，挣的钱只能勉强糊口度日。现在可好，前来买瓜的人络绎不绝，大家皆对着她指指点点，说道："喏，看清没？那就是大名鼎鼎的王婆呀！""哦，果然名不虚传，还有几分老来俏呢。"王婆听了，禁不住得意地笑了，一笑就露出几颗缺牙来。正在这时，就有不少人按动快门抢镜头，只听得"咔嚓咔嚓"一片响。这不禁使王婆很有几分懊恼，但她一个劲地克制告诫自己，不能生气更不能发火，和和气气笑脸相迎才能生财呢。这么一想，她就笑得更厉害了。这些人，来到这里也不容易，要坐火车坐轮船坐飞机，人家为了什么？还不就是为了看一眼王婆，买几个"王婆瓜"尝尝。王婆与"王婆瓜"，如今成了此处的一片风景，而这个地区呢，则成了全国闻名的旅游胜地了。还有不少人是专门来取经的，为此，王婆举办过几次短期培训班，以传授她的卖瓜真经。

钱，是越赚越多了。但是，也涌出了不少新的问题亟待解决。王婆的"王婆瓜"，都是自家地里产的。以前半天卖不了两个，种得也少。如今，几亩责任田全部种了瓜，她一天到晚看守瓜摊，早已抽不开身去田里种瓜，就全靠儿子媳妇女儿们侍弄。可这还是供不应求，为买一个"王婆瓜"尝尝鲜，游人们有时甚至得排几里路长的队伍，这使他们牢骚满腹，抱怨之声满天飞舞。王婆不禁寻思道，咱也得改革改革才行了。于是，她决定买瓜去，买别人的瓜，贱买贵卖。

王婆说到做到。这日，瓜摊由女儿兼接班人小王婆照看，她自己则着意打扮了一番，便去买瓜。卖主的价开得很高，王婆杀价杀得毫不眨眼。卖主道："你看看这是什么货呀，我这瓜又香又甜，是从日本进口良种，请德国专家培育，由美国科学家嫁接……"不待卖主说完，王婆道："你这套话是从哪儿学来的？真是班门弄斧呀！"卖主定睛一看，认出买主乃闻名遐迩的王婆，不禁失声叫道："哎呀，是王婆呀，得罪了得罪了，俺有眼不识泰山呀！"王婆宽容道："哪里哪里。"说话间，一笔生意就成交了。

几笔生意下来，王婆家里的瓜就堆了一满屋。

小王婆卖瓜这天，生意很是冷落。王婆免不了生出一番慨叹，接班人的翅膀还嫩着呢。第二天，王婆又亲自披挂上阵了。王婆复出，人山人海，把个瓜摊都快挤垮了。

于是，王婆依旧照看瓜摊。收瓜之事就由小王婆打着王婆的招牌去办理，生意谈妥了，便由卖主送到家里。至于正宗"王婆瓜"，那是断不可绝种的，关键时刻还得靠它装点门面呢，还得督促儿子媳妇们好生侍弄才是。

财源不尽滚滚来，王婆是越来越威风了。她想，生意越做越大，越做越红火，现在该是组建王婆香瓜集团公司的时候了。

守门员

文／张国平

守门员从入口通道走进赛场时，抬头看了看毒辣辣的太阳。光线太刺眼，守门员下意识地拽了拽帽檐。顺着碧绿的草坪，守门员抬头望见看台上人山人海，几幅标语非常醒目："球可输,骨气不能输！""站直了，别趴下！""赢也爱你输也爱你，熊包不爱你！"

守门员心里一阵酸楚，看台上的人不可能知道，这场球赛完他们的球队就要解散了。无论输赢，他们的球队都铁定要降级，也许正是这个原因他才有这次上场的机会。守门员是替补，而且是第二替补，作为3号守门员的他平时很少出场。

从队友迷茫的眼神和沉重的脚步，不难看出他们的心情。在这个节骨眼上谁也不愿意出场，对方只要净胜两个球就稳入甲A，对方的实力又远在他们队之上。输是肯定的，而且可能会输得很难堪。这必然影响队员日后的身价，与其很难堪地输掉，还不如不出场。

守门员就是在这种背景下被告之出场的，他也不想出场，一个赛季都没有出场机会的他，在这种情况下无疑是替罪羊。他倒不是担心自己的前途，像他这样的处境，这样的年龄，在转会市场上是很难被摘牌的。这场比赛后他也许将永远挂靴退役。他为自己短暂暗淡的运动生涯而悲哀。

但他却欣然接受了教练的安排，因为事先有人悄悄给他打过电话，如果净放对方两个球，他将得到一笔天文数字的收入。他太需要这笔钱了，因为年迈的父亲患严重肾病，正需要钱去医治。因为家境窘迫，父亲已延误了很久，姐姐打电话告诉他，医生一再叮嘱必须马上手术，不然后果不堪设想。他的球队成绩不佳，俱乐部实力不强，何况他又是替补，他没有积攒下多少钱。是父亲把他带到足球场，让他走向运动生涯的。父亲烟瘾很大，当年为了能让他穿上舒适的球鞋，毅然戒了烟。他尽了最大的努力，但还只是个替补。他常常为此而感到深深的内疚。

这是唯一的机会，他不能眼看父亲因没钱医治而离他远去。他想了一夜，咬着牙对自己说："放水"。

看到对方球员趾高气扬志在必得的表情，守门员的心里在流血。守门员还是在门柱上磕了磕鞋跟，他要给全场观众一个姿态：我在努力守门。

开场的哨声鸣起，对方在几乎毫无设防的情况下长驱直入，对方的前锋顷刻间就出现在他的面前，前锋飞起一脚，来了个凌空抽射。他象征性地做了侧扑，黑白相间的皮球利箭般地应声入网。1：0！比赛开始才仅仅一分多钟。

难道我们的后卫也接到过同样的电话？守门员弯腰去拣球时，暗问自己。

好长一段时间，比赛双方都只在中圈一带拼抢，场面很惨烈，人仰马翻，但守门员心里却清楚，那只不过是在作秀，掩人耳目而已。

中场比赛即将结束，对方后卫一脚长传，对方前锋箭一样插入禁区，起脚垫射，皮球画过一道漂亮的弧线飞入网底。2：0，上半场对方已奠定了胜局。看到对方前锋在绿荫场上狂奔祝贺，守门员一阵心酸。

休息室里死一般沉默，教练员根本没布置什么战术，只是一味地抽闷烟。缭绕的烟雾里，教练的脸一片通红。教练那布满沟壑的脸，突然让守门员想起了老父亲，他的心又被什么东西咬疼了。

当守门员再次走出休息室时，看台上风云突变，吆喝声谩骂声不绝于耳。守门员看见一瓶纯净水"噗"地摔在场边的跑道上，屈辱感迅即淹没了他的心。

也许是受到了刺激，守门员的队友在场上奔跑的速度明显加快有力了许多。在一阵阵呐喊声中，守门员看到队友居然冲进了对方的禁区。进球了！看台上的辱骂声被震耳欲聋的呐喊声取代。对方对这种情况始料不及，一阵自乱阵脚，攻守毫无章法。一次次反扑都被守门员队友顽强阻击住。

眼看比赛即将结束，对方前卫一脚妙传，前锋斜插直奔禁区。前锋的体力也消耗殆尽，踢过来的皮球少气无力。扑还是不扑？守门员面前晃动的是父亲那沧桑的脸。守门员犹豫间，皮球缓缓滚进网窝。

看台上顿时又骂声四起。守门员耷拉着脸对自己说："结束了，终于结束了。"这时看台上一阵混乱，守门员不知道发生了什么。

守门员退场时，头上重重地挨了一下。他隐约听见仿佛有球迷跌下了看台。

守门员在休息室正抚摩着头上的伤口，手机突然嘀嘀地响个不停。姐姐在那头急切切地喊："爸不行了，马上来医院！"

守门员飞奔到医院时，父亲正被医生推出急救室，头上却蒙着白尸单。"爸！"守门员泣不成声。"还有脸哭？不是你，爸会这样吗？"姐姐哭着嚎。"我、我……"守门员嗫嚅着。姐姐说："爸听说你有比赛，执意让我扶他去看，可你、可你……让爸一气之下跌下看台。"姐姐哽咽了。

"爸！"守门员声嘶力竭一声嚎，双膝"扑通"跪在地上。

武 松 打 狗

文／钱欣葆

武松在景阳冈打死吊睛白额虎后，在阳谷县衙门当上了步兵都头。他白天在衙门上班，下班后到哥哥武大郎处吃晚饭，并住在那里。没想到潘金莲见武松长得英俊魁伟，动了邪念，多次挑逗他。武松怕潘金莲纠缠不清，搬到县衙宿舍住下。县衙食堂的伙食很差，大家都吃厌了。一日，武松和部下抓到两个偷牛贼，得了一些奖金，一起高高兴兴来到"阳谷酒店"喝酒。

武松和部下喝酒聊天，好不欢喜。突然，门口发疯似的冲进来一只白狗和一只黑狗，它们又叫又打，乱成一团。一个小孩子躲闪不及，被咬了一口，鲜血直淌。

店老板愤愤不平地说："这两只该死的恶狗，天天来店内乱窜，把我的客人都吓跑了。"

武松见恶狗伤人，牙齿咬得咯咯直响。部下都劝武松只管喝酒，别管闲事。武松哪里听得进去，他以迅雷不及掩耳之势，一把抓住白狗的头颈，把狗头摁在地上，只一拳就结果了白狗性命。武松挥拳向缩在墙角边的黑狗打去，黑狗也一命呜呼了。

店里的人都长吁了一口气，店老板却惊恐地说："不得了啦，你闯大祸啦！"

武松疑惑不解地问："刚才你不是还恨这两只恶狗，打死了却又说我闯了大祸？"

店老板哭丧着脸说："你景阳冈打死的老虎是没有主的，这两只狗可是东门布店王老板家的啊！"

武松喝了一口酒，说："布店老板怕他什么！"

老板娘压低声音说："布店老板的小老婆可是你顶头上司知府的老相好啊，她闹到知府那里，可不得了。今天的事大家都看见了，这两只狗是武都头打死的，与本店无关。"

武松看了一眼老板娘，将一大碗酒"咕咚咕咚"喝个干净，招呼部下动身。店老板一把拉住武松，非要他在纸上写上"打死两狗者武松也"才肯让他走。武松既好气又好笑，连连摇头。

可能施耐庵认为"武松打狗"一事和水浒故事主线关系不大，所以《水浒全传》中没有写入。但此事现在看来，颇让人寻味。

黄纱巾

文／薛　涛

女孩放学要经过一个小小的服装市场。

女孩看见并喜欢上了一条黄纱巾。

女孩停住不走了，呆呆地看。

卖货的是一个中年人。

"买下吧，孩子。就剩这一条了，只卖 10 元钱。"

女孩无奈地摇摇头。钱，女孩没有。

"可以向家里要嘛，我给你留着。看得出你很喜欢它。"

女孩恋恋不舍地离开它。

整个晚上，女孩都下定向家里要钱的决心。

最终，女孩也没提要买黄纱巾的事，并发誓永远不提这件事。

家里不富裕，女孩知道。

女孩再走过小市场时，老远就看见黄纱巾还在那儿飘舞着，像一只黄蝴蝶。女孩远远看了一会儿，才慢慢走近。

"带钱来了吧？"

女孩摇摇头。

中年人抚摸着这条黄纱巾又看看女孩，并想象了一下。觉得女孩与黄纱巾搭配在一起是很绝巧的组合，就很替女孩惋惜。

"你喜欢它，没错？"

"嗯。"女孩认真地点点头。

女孩准备离开了。注定买不下它，不如早点儿走开好。

女孩刚走开，中年人已摘下黄纱巾，并追上女孩。

"孩子，送给你吧，收下。你围上它肯定好看。"

女孩一愣。

"不，我不能白收人家的东西。"女孩毫不犹豫地说。

"收下，是我愿意送的。我自愿的。"

"不能！那样我会很难受，比得不到它还难受。"

女孩跑开了。

女孩又回头说，反正站在楼上也能看见它。能看见它，就很好了。

中年人立在那儿。

从此，女孩不再从那里经过。注定买不下，绕开它不是更好吗？女孩写作业累了就往楼下看看，看看那条在微风中舞动的黄纱巾。

许多天过去了，那条黄纱巾仍旧挂在那里。它为什么一直挂在那儿没人买？那条黄纱巾，装饰了女孩的梦。

其实很简单，中年人挂了个标签在旁边。标签上写着：永不出售。

那件事不可饶恕

文／陈力娇

　　我9岁的时候做了一件很出格儿的事，你别猜它是什么，一猜准想法很多。

　　丁老师是位男老师，男老师也有感情很丰富的，丁老师就是。他教我没多长时间，只短短的一年就给我们这群叽叽喳喳的孩子留下了深刻的印象。他个子很高，脸上有疙瘩，穿着深灰色的中山装，很年轻，却有白头发，低头趴在书桌上给我们讲题的时候，白头发更多，我们不敢看，一看就想摸一摸，那是很硬很硬的，比他的黑头发还硬的白头发。

　　丁老师教我们一年，和我们相处得很好，说话总是笑呵呵的，生气时也看不出怒气，我们也不惹他生气，只觉得和他在一起温暖，干什么都像壮了胆儿似的。比如他领我们挖野菜，挖着挖着挖出一个虫子，不管这个虫子多可怕，只要丁老师在场，我们就可以用刀片把它一割两半，否则，就是借给我们一个胆儿也是不行的，我们会一跳老远，而且会全身出汗。

　　丁老师照顾我们，爱护我们，关心我们，我们待他像亲人一样，可是在一个酷暑即将过去，新学期开学的当儿，他来到班上宣布一条消息，说他从此不教我们了，而是去远方看病。话从他口中一出，我们立即"哇"地一声哭起来，开始是不多的人，小声地哭，后来就是全班同学一起大声地哭。丁老师劝我们劝不住，索性不劝了，一件一件数着放在他讲桌里面的、平日我们拾到的各种各样的小东西。丁老师把这些东西都一一放在讲台上，然后声音很低地说，现在我把这些东西分给大家，这都是大家平日里交给我，我又没闲暇让你们认领的，你们现在认一认，看是谁的谁领回去吧。

丁老师开始一样一样地用手中的东西吸引我们的视线，他说，小刀，谁的小刀？于是我们向他手中的小刀望去，一把绿色的铅笔刀在丁老师手中来回地晃，晃了几个来回，一个叫于力力的小个子女同学说，老师，是我的。丁老师说，你拿回去吧。于力力就一边抹眼泪一边走到老师跟前，把它拿了回来。丁老师又拿出一枝油笔，一枝黄色的带有小猫头的油笔，丁老师的手又晃了几晃，刘梦君就把它领了回去。

领回东西的同学，回去之后立即就不哭了，小刀、油笔占去了他们的心思，这样循环了几个回合，丁老师讲桌上的物品几乎被别人领尽了。这时丁老师拿起一个很精美的皮球，绿色红色黄色形成满球云朵的那种，一看就让人喜欢，真不知道是谁拾到这么好的东西，舍得交给老师。奇怪的是，丁老师问了几遍，竟没有一个同学去认，但是大家都眼巴巴地望着老师的手，这情景很让我动心，一种想得到它的心思让我立即抹去迷蒙的眼泪，敛心静气观察同学的动静，怦跳的心早被那个美丽的皮球击中了。就在丁老师想把它重新放回盒子里去的时候，我突然冒出一句，老师，那是我的。为了真实起见，我是边哭边说的，9岁的我那时在演戏，并且惟妙惟肖。

老师显然是犹豫了一下，但看到我满脸的泪痕，他相信了我，由于我的坐位靠最里面，所以他把这个球亲自送到我的手里。

我得到了一个精美的皮球，却失去了一位老师。多少年后我当了作家，想把这一段故事写进小说，挖掘一个9岁孩子的心灵块垒时，却得知丁老师已不在人世。但是假如他还活着，对一件发生在30年前的事，肯定记忆犹新，他肯定掌握一个9岁孩子的心理与那个精美皮球的来历。

丁老师把那个皮球给我时，他的手抖了抖，抖过之后那只皮球就

落到了我手里，也就在这一刹那，我想起了丁老师的女儿秋秋，秋秋来我们班玩儿时，也曾玩过这样一只皮球，那是和这一只一模一样的、满球红黄绿云朵的、招人喜爱的皮球。

谁知长大了干什么

文/乔 迁

"我长大了当科学家。"

"我长大了当军官。"

"我长大了当教师。"

······

我的学生一个个小脸红扑扑的，争先恐后地说着自己的理想。

全班六十二名学生，六十一名都已经说了自己长大后干什么，只有罗小明没说。我把目光投向罗小明，他立刻低下头，脸涨得通红，还是不站起来说自己的理想。我叫他："罗小明，你的理想是什么？长大后想干什么？"

罗小明飞快地望了我一眼，又迅速地把头垂下，而且垂得更低了，几乎顶在课桌上。罗小明是全班学生中最沉默寡言的，他总是安安静静地坐着，看不到他说笑。他学习成绩还是不错的，总是名列前茅。罗小明不可能没有理想的，他为什么不说呢？我走到罗小明的跟前，用鼓舞的语气激励他："罗小明，理想不分高低贵贱，把你的理想说出来好吗？"我想罗小明的理想一定不远大，他是怕说出来遭同学们讥笑。

罗小明缓缓地站了起来，两手揉扯着衣角，蚊子嗡嗡似的说道："我不知长大了干什么！"

教室里静极了。所有的学生都屏住呼吸在等待着罗小明说出自己的理想。但他蚊子嗡嗡的说话声还是像雷声一样响在了教室里。

"轰"的一声，同学们笑了起来。

"安静！"我一声厉喝。哄笑声戛然而止。我望着罗小明更加红了的脸说："怎么可能没有理想呢？自己长大后想做什么都不知道吗，是不是不敢说出来？"

罗小明慢慢地抬起头，望着我说："老师，我真的不知长大了干什么，我没想过，我只想现在读好书。"

"读好书的目的是什么？"我耐心地启发着他。罗小明又垂下了头，小声说道："我爸说别像他一样做个民工。"

这就是罗小明的理想，是他爸爸给予他的理想，也是对他的期望，长大后不做民工。这是什么理想啊！这怎么能行呢？

我决定去罗小明家中家访一次。

我问他家的地址。他看看我，稍微犹豫了一下，告诉了我。我告诉他星期天去他家看看。罗小明立刻恳求说："老师，能晚上去吗？"

我问："为什么？"

罗小明飞快地扫了一眼同学们，低低地说道："我爸白天要去工地。"

我的心突然痛了一下，罗小明刚才说了长大后不像他爸爸一样做个民工的。罗小明真是太懂事了。这么懂事的孩子怎么能没有理想呢！怎么能不知自己长大后要干什么呢！

我轻轻拍了拍他的肩膀说："好，老师晚上去。坐下吧！"

星期天的晚上，我来到了罗小明的家。罗小明的父亲老罗早就在门口候着，看见我，远远地就跑了过来，很欢喜地冲我伸出手，可手伸出一半又猛地缩了回去，在衣服上蹭着，不好意思地说："这手抓了一天砖头瓦块，咋洗也洗不干净。"

我连忙伸手握住了他的手，他粗糙的手指硌得我手掌都疼，老罗欣喜地抓着我的手，几乎是拖着我向他的家中走去。

罗小明的家是租住的一间民房，地方很小，很狭窄，屋里连个书桌都放不下，罗小明正趴在床板上读书写字。看我进来，他慌忙站起来，冲我笑笑，很高兴的样子。罗小明的笑很让我欣慰，他对我家访不反感也不抗拒，而且还很高兴，这与许多孩子不希望老师家访不同。老罗冲罗小明摆摆手说："出去玩吧！"罗小明又冲我笑了笑，出去了。老罗从身后的窗台上拿过来一盘水果，还有一瓶矿泉水，放在凳子上，招呼我说："乔老师，您坐。这地方小了点，也不干净。"

水果还湿着，刚刚洗过，一定是为了迎接我而买的，还有那瓶矿泉水，也是特意买来给我喝的。我突然感觉酸酸的。看我坐下，老罗目光试探地望着我说："乔老师，是不是小明不好好读书？"

我笑笑，语气坚定地告诉他："罗小明没有犯错误，真的。而且成绩一直名列前茅。这孩子懂事，将来一定会有出息的。"

老罗的脸上立刻露出了欣慰的笑，说："都是老师教得好，都是老师教得好。"

我说："可这孩子不知道自己长大后要干什么……"

老罗怔了一下，随即说道："乔老师，不怨他，是我不让他想长大后干什么的，我跟他说现在就是好好读书，书读好了，读成了，再想干什么。"

我一下愣住了，怔怔地望着老罗。

老罗说："乔老师，我说句话您别生气，小时候的理想长大后有几人实现了呀！长大了才发现很多东西都改变了，包括自己的理想。倒不如现在就努力读书，长大成型了，再确定理想和目标。我小时候就想当一名老师的，可今天还不是做个民工。"

我没想到民工老罗能说出这么一番话来，我紧紧地握住老罗的手诚恳地说道："谢谢！我小时候特别恨老师，想当警察的，可没想到还当了老师呢！"

此后，一直到我离开教师岗位，我再也没问过我的学生们长大了想干什么。我只告诉他们，好好读书，读好书，长大了干什么都行。

凿　碑

文／黄学友

山狗是石匠，他的绝活是凿碑。

山狗小学上到三年级就因家庭困难辍学了，后跟本村一个老石匠学徒。

山狗学做石匠后一直忘不了上学，可想归想却不能重新进学堂。他随施工队在外地做活，一到休息时间，别人喝茶聊天，他却独坐一旁挥锤舞钎在石头上凿字。夜里睡不着觉，就用手指在肚皮上画字，不过瘾就干脆起身穿衣到院子里摸黑在石头上凿字。

山狗在石头上凿字入了迷。

一日黄昏，山狗从建筑工地归来，路过一山坡时，见一老者正在凿碑，那手锤钢钎迸发出的丁当声漫溢四野。因天色渐暗，老者把头埋得很深，两眼用力盯着石碑，抬锤落钎极是谨慎。他见山狗凑近，鄙夷地说："你会？"然后撂下家伙去一低凹背风处小便。等老者方便完回来，不见了山狗，再望碑时，上面已凿满了字，且字字透着力道，足以让他脊背透凉。从此老者再不凿碑，谁家死了人堆坟立碑，那凿碑的活就非山狗莫属。

山狗开始专门为死去的人凿碑。

山狗凿碑从不画线描影，比葫芦画瓢，而是信手落凿，以心传神，一气呵成。不管是魏碑、隶书，还是草书、楷书，他都落凿成形不留凿迹。更绝的是他夜里不点灯，不照明，摸黑凿文，如同白昼一样。

一天黄昏，山狗被人带到几十里外凿一块大碑。苍白无力的太阳斜射在山坡上。山狗的眼前是一座高高隆起的新坟，旁边横放一块巨大的石碑，比他平时凿的碑要大出五倍。他便想这碑的主人一定很不一般。带山狗来的是一个斯斯文文戴眼镜的中年人，他跟山狗说，这碑是为熊局长所立，光买它就花了两万元，你凿字时可要小心谨慎。山狗明白这是在给自己施加压力，心里有些不快。戴眼镜的中年人还说："凿好了有重赏。"然后把撰写好的碑文留下就走了。

山狗没有急于凿碑，而是坐在碑旁抽出一支烟慢慢地吸着，嘴里吐出的烟雾被轻风吹淡。这时有人路过，对着新坟指指点点地说着什么。他用心去听，知道才四十多岁的熊局长是死在酒宴上的，死因当然是酒精中毒。这些真相动摇了他凿碑的信心。

山狗眼前的地上已堆满了烟蒂。他心里想的很多，想到了为民的艰辛，他的感情变的有些复杂，行动也从来没有这样举棋不定。夜幕完全降下来的时侯，他果断地举锤凿碑。

第二天一早，戴眼镜的中年人来到碑前，没有见到山狗，惊讶地看到石碑上的字是"轻于鸿毛"。

谁去开家长会

文/乔迁

　　女儿放学回来，开门进屋，悄无声息，猫一样蹑手蹑脚的。一迈进屋，女儿目光便急速地寻找猎物一样环视了一下室内，女儿的目光立刻捕捉到了坐在客厅沙发里望着电视屏幕的父亲。女儿兀地迟疑了一下，悄悄地换上拖鞋，快速向自己的卧室走去。

　　女儿进来，尽管无声无息，但父亲是知道的，父亲从女儿没有声响进来的那一刻起，心就在下沉，看着女儿躲闪着他快速地进了卧室，父亲重重地叹息了一声。厨房的门开了，母亲从厨房里快步走出来，母亲听到了女儿父亲重重的叹息声。母亲的目光急忙扫视了一眼门口，女儿的鞋摆在门口呢。母亲的心也立时沉落下去。母亲无力地沉沉地靠在了沙发上。

　　女儿从卧室出来了。

　　女儿脸红红的，手里捏着一张纸。女儿慢慢地走到父母跟前，女儿不敢直视父母的脸，羞愧地低声说道："我没考好！"

　　父亲没动，也没说什么，眼睛还是直望着电视屏幕，好像根本没听到女儿说话一样。只是脸色冷峻得像是电视里的法官。母亲哀怨地望了一眼女儿，一声叹息，缓缓地从女儿手里接过成绩单，成绩单上的分数显然不是父母所希望和要求的，母亲抖动着成绩单痛心地说道："你太让我们失望了！"

　　女儿的眼睛里立刻盈满了羞愧的泪水。

女儿用力抿了几下嘴角，终于说道："明天开家长会。"

父亲猛然站起身来，冷冷地说了一句："我指定不去。"父亲说着，向书房走去。

母亲立刻赌气似的说道："你不去，我也不去。"

父亲站住脚步，转过脸说："那么多家长，就我是个单位领导，可我的孩子成绩不是最好的，让我的脸在那些人面前怎么放。"

母亲挺直身体，怒气满面地对父亲说："就你是个领导，就你要面子，我还是个老师呢！我净给别人开家长会了，让我以家长的身份去开这样的家长会我心里好受啊！"

女儿站在父母中间看着两人吵，泪水汹涌着流淌下来。

父亲冷冷地说："你是老师，女儿你都教不好，你不好受不正应该嘛！"父亲说完，进了书房。

母亲愣住了，望着父亲进了书房，一下子沉坐在了沙发里。母亲的眼里突然满是泪水，母亲望着女儿，无奈地哭了起来。母亲哭了一会儿，突然跳起身来，扑向书房。母亲撞进书房对女儿的父亲语气凌厉地说道："女儿不是我自己的，凭什么就得我去开家长会？"

父亲望着母亲说："那你想怎么样？"

母亲说："咱们抓阄，决定谁去开家长会。"

父亲怔了一下，随即感觉新奇地笑了笑，说："也好。公平。"

母亲就撕了两页纸，在一张纸上写了一个去字，然后把两页纸揉成团，扔在桌子上。父亲和母亲一人抓了一个，小心翼翼地打开，结果是母亲抓到了去字。父亲高兴地把纸团往母亲手里一塞，有些喜形于色地说道："怎么样，该你去就得你去。"

母亲就十分沮丧地把两个纸团扔进了垃圾筒。

父亲和母亲在饭桌旁坐下来，却不见女儿出来。母亲喊了两声，也不见女儿回声。母亲起身打开女儿的卧室，卧室空空的。母亲的心里一惊，忙呼喊女儿的父亲，父亲跑进来，他们看到女儿的床上有一页信纸和两个纸团。母亲拿起信，是女儿写给他们的。

爸爸妈妈：

　　我没有想到你们会用抓阄的方式来决定谁去开家长会！我是鼓足了勇气把成绩单拿给你们的，但我没有想到的是，你们竟然没有勇气去开家长会。床上的两个纸团是我给你们的选择，我不知道以我的学习成绩还能不能做你们的女儿。你们抓阄决定吧！

父亲和母亲呆愣地望着两个纸团，谁也不敢伸手去抓。

迟到的善果

文／张鸣跃

　　这天，老根出门拾满了一袋子饮料瓶才回家，天已经黑了。走进胡同口，听见里面有女孩哭喊救命，他折身走出胡同，绕道回家。他觉得这条胡同简直就是他的灾根，20年前就是这里面一声救命让他一头扎入了灾难！

　　回到家，老根发现儿子不在家里。早就放学了，怎么回事？等了好久。有电话打来："你是老根吗？你儿子小三受伤了，现在在医院……"老根呼地站起。

　　到了医院，进病房，儿子还在打点滴，身上缠着绷带，伤得不轻。

儿子看见他，挣扎着说："爹，你别着急，没事……"老根问医生咋回事。医生说："警察送来的。您老先回家拿住院费，先拿 5 000 元吧……"老根心里一紧，问儿子："打架？"儿子说："不是，我在胡同里碰见几个歹徒劫持一个女孩，我救了那女孩……"老根吼断儿子："那女孩呢？"儿子说："我让她跑了，是她报的警……"老根跺脚骂："你活该！老子没钱！"转身走了。

老根跑去派出所，送小三到医院的几个警察正在为此案忙着。老根进门就问："我儿子怎么了？"警察说，是一个女孩报的警，说三个歹徒行凶……他们赶到现场，歹徒已经跑了，小三受伤倒地……老根吼："他活该！我没钱！你们看着办！"说罢扭身就走。

老根回到家，坐立不安。他又悔又恨，悔的是他明明听见那胡同里有情况，却不知儿子会倒霉。如果他跑过去，也许儿子不会受伤。恨的是，儿子和他从前一样，管这种闲事不是一次了，这次是管出大痛了，还不知能不能痛醒。

第二天，老根开始借钱，家里只有 2 000 元，东借西借又借了 3 000 元，凑够 5 000 元，去了医院。

交住院费时，医生告诉他，好人有好报。记者来采访了，警察也来看小三了，歹徒早晚会落网的。小三的伤也无大碍，不会落下残疾。

老根去病房，记者在采访，儿子已经能坐起来了，还冲他笑！记者还想采访他，笑着问候他。他不理，走近儿子，一把扯开衣服，露出胸上几道伤疤，说："20 年前，也是在那胡同，爹救了一个女孩，被歹徒捅了 6 刀！那女孩跑了，连案也没报。我是被路人送到医院的，自己花钱看病，落下残疾，丢了工作，我捡饮料瓶养活你，没一个人看在我见义勇为的份上来救这个家！现在，我还没挣来你上大学的钱，这又欠债了，你就等着和爹一起捡饮料瓶吧！"儿子竟笑了："爹，原来你一直为自己的见义勇为后悔啊？我不后悔，捡饮料瓶也不后悔！"

记者全记下了，走时对老根说了一句："老人家，有这样的好儿子，也是您那善根的一种善果嘛！"

老根心里苦，儿子的事迹上报了，护士小姐拿来给老根念，老根一言不发，只叹气。

第三天，警察和院长把老根叫去办公室，给他一个小皮包，说是一个女人让交给"见义勇为小英雄的父亲"的。

老根打开皮包，吓了一跳，里面是整捆的钱，10万元！还有一封信。信上写道："老人家，我是在报上看到你儿子的事迹的，也打听到你家的难处。我给你讲个故事，20年前，我遭遇过三个歹徒的劫持。也是在那条胡同，一位大哥哥突然出现，怒吼着扑向歹徒，扭打成一团时还朝我叫，让我快跑。我一边喊人一边跑出胡同，本想打电话报警，但刚出胡同就被一辆车撞飞了，醒来时在医院。我住了3个月院，出院后我一直在打听那位大哥哥，可惜没找到。这20年，我一直在用我的方式来回报大哥哥，以匿名的方式奖励过十多位见义勇为的英雄。我想对你说的是：人间的善和恶是两个对战的阵营，在善的这一边，我们是一条根上的传承和延伸。在这条根上，每个人的投入都必有善果，我们共有的是一条善根啊！"

老根拿信的手哆嗦了好久，慢慢抬起泪脸，哭吼："老根，你是个混蛋啊！"

捡来的红包

文／海棠依旧

小区的林荫道上，缓缓停下一辆奥迪小轿车。车门开处，走出三个人：男孩、女人和男人。一看就知道这是一家三口。

男人和女人一走出车门，就忙着不停地接电话。男孩蹦蹦跳跳跑到了马路对面，他看到马路对面坐着一位衣衫褴褛的乞丐。

男孩眨巴着一双美丽的大眼睛，他听妈妈说过，这样的人叫"乞丐"，因为没钱到处乞讨。男孩好奇地问："老爷爷，您没钱是吗？"

那位乞者重重地点了点头，"嗯"了一声。

"您要买什么东西呢？"男孩又问。

"唉！快过年了，我想回去看看。有好几年没回去了。"乞者发出一声长长的叹息。

"您回去需要多少钱？"男孩似乎想要打破砂锅问到底。

"光车费就要800块。"乞者有气无力地说。

远处，女人接完电话，一下子没看到自己的孩子，她焦急地喊道："宝宝，宝宝。"

男孩听见妈妈的呼唤，清脆的童音响了起来："妈妈，我在这呢！妈妈，您过来。"

女人一眼看到蓬头垢面的乞丐，立刻尖叫着："宝宝，快过来。脏死了。"

"不嘛不嘛。妈妈，您过来看看。这位老爷爷好可怜，他没钱回家了。"

女人气急败坏地大声叫喊，见男孩没一点反应，女人嗲声嗲气地大喊："老公，把宝贝儿子带过来。臭死了！"

男人听了女人的话，走了过去，一把抱起男孩："乖，我们回家。"

"不，我不回去！爸爸，您有那么多钱，拿一些给这位老爷爷吧，他好可怜啊。"

"小孩子不懂。乖，我们快点回家，爸爸放奥特曼的动画片给你看。"男人说着，抱着男孩转身就走。

"我就不，就不。"男孩忸怩着从男人身上滑了下来。他嘟起了小嘴巴："你不给钱，我就不回去。"

"好好好，我给，我给。"男人拗不过男孩，从口袋里掏出了10元钱，扔到了乞者的面前。

男孩甜甜地笑了。

乞者非常感激，弯腰哆嗦着站了起来，右腿的裤管空空的，一阵风吹来，空的裤管上下摆动。他向男人深深地鞠了个躬。同时，他的眼睛一亮，发现地上有个亮堂堂的红包，显然是刚才男人不小心带出来的。

乞者的脸涨红了一些，喉结微微动了动，他捡起红包，手哆哆嗦嗦的。他犹豫了一下，然后下定决心似的寻找男人，发现男人已经走远。

乞者费力地站好，抓起边上的拐杖，一瘸一拐向男人追去。乞者边追边叫喊："喂，先生，请等等。"

男人显然没听见，依然迈着步伐向前走去。

乞者也加快了脚步，路上传来"嚓，嚓"拐杖敲击地面的声音。

眼看着就快追上了，乞者大着嗓门喊着："喂，先生，请等等。"声音沙哑醇厚。

男人终于听见了叫声，看着气喘吁吁赶上来的乞者，他没好气地说："什么事？钱不是给你了吗？不会还要我再施舍一次吧？真是贪得无厌！"

乞者的脸微微地抽搐着，他举起手里的红包，说："先生，您的红包掉了。"

男人明白了，今天是儿子的生日，男人在凤凰大酒店摆了宴席。席间，他的下属纷纷包了红包给男孩。肯定是刚才掏钱的时候不小心带了出来，男人想。男人一脸愕然，问乞者："你不是没钱吗？这里面装着1 000块钱，难道你就没想到要据为己有？"

乞者淡淡地说："我是乞丐，只接受别人的施舍。这是捡来的，何况我又知道是您丢的，就更不能要了。对我来说，讨和捡是不一样的。"

边上的男孩听了，扑闪着一双大眼睛，他好奇地看着男人，说："爸爸，您刚才说我们白捡了很多个红包，这些红包要不要还给那些叔叔阿姨呢？"

男人无语。

警察与小偷

文／王常青

他和她再一次的相遇，是在派出所的审讯室里。他是一名警察；而她是一名小偷。他抓住她偷东西已经4次了。看着眼前的她，他重重地吸了一口烟，额头上皱成了"川"字形，看得出他很犯愁。眼前的她看上去二十几岁，粉白细嫩的皮肤，还戴着一副近视眼镜，是一个很漂亮的女孩，让人很难把她和小偷等同起来。

她坐在前面，表现得很懊悔。她对他说，您再相信我一次吧，离婚后，我一直没找到工作，还带着一个吃奶的孩子，实在没有办法，所以我……她还没有说完，就被他打断了。他对她说，你已经骗我不止一次了，你们干这行的，哪有讲真话的，这回我一定把你移交检察院。说这话的时候，他语气非常严厉，看来他下了决心。

听到他的话，她哭了。她说，你再给我一次机会吧。要不你上我住的地方去看看，我真的没骗你。看着她的着急样，他跟她去了她住的地方。这是一个不足20平方的小平房，她打开门，一阵婴儿哭声传来，她赶紧抱起她，顾不得他在场，她把乳头塞进了孩子的口中，婴儿脸上露出了幸福的笑容。看着她，他没多言语，临走他扔给她50元钱。然后对她说，再穷也不能干这个，记住了，要走正道。

时间一晃20年过去了，他退休了。

退了休的他，没有太多的爱好，他这一生也没有太多的爱好。他不会打麻将，不会喝酒。老伴走后，他喜欢一个人待在家中。唯一的爱好是去楼下走一走，他走起路来也和别人不一样，他喜欢疾速。他不时审视着大街上来来往往的人群，好像在锁定一个个目标。

他和其他的老年人不一样，不喜欢和他们在一起侃一些不着边际的话题：什么伊拉克战争、伊朗危机、萨达姆之死……他对这些不感兴趣，他觉得这些离自己很遥远。最近这一段时间，他迷恋上了跑步，别看他60岁的人啦，跑起来，让有些年轻人也自叹不如，这一切的一切都与他的职业有着密切关系。

这几天，他的小区内接连出现了几起盗窃案，扰乱了小区的正常生活。职业的神圣责任感，又让他再一次爆发出生机，他自觉地担当起小区义务联防员，经常出入小区内的各个角落。凭他的职业感觉，他相信，一定能抓到这个狡猾的小偷，他这一生中，经他抓过的小偷他没有仔细算过，他家里的奖章，就足以说明，他是一名过硬的"好猎手"。

他已经在小区连夜作战好几天了，还迟迟未发现小偷的身影。他想，是不是自己老了，不中用了，判断有误，或者是小偷听说了风声紧，躲起来了……他脑海中不时闪过一次次以往的经历，他忽然又坚定了信心，他知道，越是最困难的时候也就是离成功最近的时候，他给自己打了一下气，要坚持住，坚持到底就是胜利。

凌晨1点，他正要打瞌睡的时候，在他的前面突然出现了一个黑影，凭感觉，从黑影的行动、打扮来看，他知道，他捕捉到了目标。在远处，他慢慢地跟着目标移动，他又有了以前的感觉，一楼、二楼、三楼……他一步步紧跟，目标在六楼停住了，他屏住了呼吸，仔细观察目标的举动，这个小偷开钥匙的动静异常的熟练，而且没有声音，看来经过专门的训练。想到这里，他把手里的电棍（这是他退休前从局里拿走的唯一一件防身武器）紧握手中，他知道欲速则不达的道理。抓人要有证据，他在外面估算着时间，该是出手的时候了，他进了屋子，与正要出门的小偷碰个正着，他用电棍照亮小偷的那一刻，他立刻怔住了，大喊了一声，小偷吓得躺在地上，他的喊声惊醒了屋子里的主人。

灯亮的一瞬间，一个他似曾相识的女性面孔出现在他面前，他在脑子里极力搜索着记忆。女主人也看着他发呆，他想起来了，女主人是他20年前抓过的她。对方也认出了他，在她的旁边，站着一位穿警服的小姑娘，年龄大约二十几岁。她对女儿说，快叫刘叔，他就是我以前常说的你刘叔，要没有你刘叔20年前的信任和帮助。说不定，你妈现在还干这个呢——她指着躺在地上的小偷说。

他没有太多的言语，对她说，快把他送派出所。说这话的时候，他眼里已盈满了泪水，因为躺在地上的小偷竟是他的儿子。

那一年的踩生

文／古保祥

　　从小，她便是个自尊心极强的女孩子。虽然生长在山区，但父母仍然把她当成是掌上明珠。她有着与大山人所不同的气质。从小，母亲便告诉她，她注定会飞到山外。

　　秉承着这个信念，她一天天长大，并且成为山村里唯一一个到县里上高中的孩子。她喜欢奋斗，喜欢将自己的梦想点缀成一点点的蓝色，然后染蓝每一片天空，也点燃自己的梦想。

　　但那一年的高考，她却跌倒在失败的阴影里。当梦想瞬间破灭后，她无法面对这个残酷的现实，在自己的蜗居里徘徊了两个星期后，她毅然决然地拒绝了父母复读的要求。为了她的学业，父母亲倾注了太多的心血，就是考上大学，也需要一大笔学费开支，对于这个贫穷的小家庭来说，无异于雪上加霜。索性，她下定决心，离开山区，到南方的大城市里施展自己的才华。

　　她将自己的想法说给父母听，父母眼里噙满了泪水，他们了解自己女儿的执著。

　　那天傍晚，母亲走进了她的房间，对她说再等两天吧，看能否有所转机。她知道这是母亲的缓兵之计，父母知道，如果没有学历和知识，单凭一双瘦弱的手，无论如何也不容易闯出一片像样的天空。

　　两天后的那个清晨，她起得早早的，收拾好自己简单的行李，准备下午离开家，离开这座生她养她的小山村。

母亲跑了过来，说上午要去地里干活，让她去张婶家借一把锄头，越快越好。

她答应着去了张婶家，刚推开院门，就听到了婴儿的哭声。她猛地回过神来，原来张婶的孙子降生了。正在此时，张婶跑了出来，说自己家刚添了个小男孩，她是第一个踏进她家门的人，非要让她给孙子起个名字。

她不知所措，张婶紧跟着说道："我们山村里有个习俗叫作踩生，如果哪家哪户生了孩子，第一个进到孩子家的那个人至关重要：他能够决定孩子的一生。你是我们山村里学问最高的人，正好让你遇见，这可是我们孩子的福气，你必须给孩子起个名字。"

此时，母亲也跑了过来，看着一脸张慌的她，母亲喜笑颜开，说："这下子有救了，你能够踩到生，说明你是个贵人，孩子也是个贵人。"

看着她们将气氛渲染得如此强烈，她眼里忽然闪现出一丝黎明的曙光。她想了想，对张婶说："我看就叫做贵生吧，借个吉言。"张婶满意地点点头，然后从屋子里拿了大枣分给她和母亲。

跟着母亲回来时，母亲一脸的喜悦之情，说这事太巧了："碰巧你今天要走；碰巧我让你去借东西；碰巧呢张婶家添孩子。这几个巧合就说明一个问题，如果你今年复读的话，明年肯定能够考上大学。"

母亲逢人就说这件事情，把整个小山村的富贵气氛渲染到了极点。正是此时，她也下定决心，放弃自己准备南下打工的计划，重新拾起课本。

父母东家西家地筹好了钱，将她送到了村外。

接下来的日子里，她拼命地学习，为了能够实现自己的梦想，为了应验那个富贵的踩生。

第二年的秋天，一张重点大学的录取通知书飞到了小山村，她实现了自己的梦想。

直到许多年后，已经身在城市的她忽然想起了关于踩生的故事。仔细想想，总觉得有一些东西在里面深藏着，她回老家时，问起父母亲关于踩生的故事。

母亲老了，但脸上的笑容却不减当年。她笑着说："其实，那个踩生的故事是我们与张婶约定好的，哪会有那么巧的事呢？张婶的胖娃子前天夜里就已经出生了，我和你爹为了稳住你的心，给张婶说了一通宵的好话，最后才有了那天的故事。人呀！不能靠天，必须靠自己才行。"

回到城市后的一天，她忽然收到了一个小男孩写来的信件，落款是一个叫做贵生的孩子，他在信中感谢她当年为自己踩生。现在想来，踩生虽然有着浓重的迷信色彩，但还是激发了他的斗志。从小，父母亲就告诉他关于踩生的故事，他们还说，邻居家有一个姑娘为自己踩了生。现在，她已经是某名牌大学的毕业生。所以，从小，他怀揣着这个梦想刻苦地学习，现在，他已经考上了大学。

她没有想到，父母与张婶编织的一个善意的谎言，却改变了两个孩子的命运，她深深地明白了父母的良苦用心。

这世上本没有宿命，如果真有的话，它大概叫作爱吧。

遭遇名酒

文／邵宝健

在风景绮丽的橙色岔路口，有一座漂亮而精巧的建筑物。谁都知道，这是山货特别检查站。那大山后面，什么样的东西都有，笋、茶、橘、胡桃、毛竹、木材，应有尽有。在此地段，对山货的流通进行必要的调度和管理，意义实在重大。

一天，荷城的一家经营公司的供销员陶君，不知通过什么渠道，居然摸到该站站长位于城中心的私邸来了。

站长姓甄，四十七八岁，慈眉善目，一副极随和的样子。甄站长笑呵呵地问："您找我？……"

陶供销员从包里拎出两瓶精装五粮液："不成敬意，请笑纳。"

甄站长的眼睛朝那两瓶酒那么一瞄，非常爽气地表态："这样吧，我很忙，马上要出去。您有什么事，明天到站里来找我，我值班。"

陶君心领神会地走了。

甄检查官出门了，在城西什么地方转了一个圈，又回私邸来了，夹肢窝还藏着一包下酒的卤菜。

是夜，甄站长眉开眼笑地把陶君赠送的酒呈现在桌上，打量了一下酒瓶，噘着嘴揭开瓶盖。

斟满一小盅。举盅，在离鼻子三厘米处停住，深呼吸。然后，呷了一口，发出啧啧的声音。

酒液铺满舌面，还未下咽，他的额门上骤增两道深深的皱纹，眼珠骨碌碌地转。

甄站长的视线正好遇上了墙上的书法条幅：廉洁奉公，谢绝敬酒！

他叹了一口气，把盅内剩酒倒入瓶里，盖之。

翌日，陶君很早就在检查站等候。

甄站长上班来了。他眯了一下眼睛，认出陶供销员。他很严肃，脸上没有笑纹，冷冰冰地招呼陶君到一小室："坐，坐。"

甄检查官狠狠地盯了一下来客，把包里的两瓶酒在桌上重重地一放。

陶供销员的心发凉了："完了！"

甄站长问："你这酒是从哪里弄来的？"

陶君答："买的。"

站长的眉一挑："买的？！在什么地方……？"

陶君连忙从袋里掏出一张发票："在省城……"

"哼！"站长的大手在空中一劈。

"？"陶君吓了一跳。

"我告诉你，这酒是冒牌货！"甄站长的脸上有了笑，"你知道什么是五粮液？我说给你听。五粮液在大曲酒中以酒味全面著称。香气扑鼻，入口柔和甘美，入喉净爽，各味谐调，饮后余香不尽。"

陶供销员愕然。

甄站长的眼眸闪亮，嘴巴喷出声来："你这酒算什么！真正的五粮液，犹如一位浓妆艳服的贵妇人，珠光宝气，雍容华贵，它的风味儿浓香馥郁……"

陶君无地自容，拎着酒狼狈撤走。

一年以后，陶供销员又路过橙色岔路口。检查站那漂亮而精巧的建筑物依然如故，却未能见到甄站长。

一打听，原来甄站长已高薪受聘于荷城天下酒厂，任专职特级品酒师了。

两个人的豪门

文/孙 道

豪门坐落在村外，离村里有十里来路。

豪门只是两间小土坯房子，坐北朝南，还垒了个小土坯院子。

豪门的主人是一对老夫妻。那是个下午，他们老夫妻把搬来的东西都归了位，坐下来休息。老妻说，亲爱的，这里简直就是当年陶渊明的世外桃源啊。老夫在摆弄着一个充好了电的自动灯，他在琢磨着把灯放在哪个位置照明效果会更好。听了老妻的话，老夫笑着说，怎么样，对我送给你的别墅还算满意了？

相当满意，一百分。老妻的脸上竟然出现了一抹少女的羞。她突然想起了什么似的说，亲爱的，你给咱们的别墅起个名字吧。

老夫感兴趣地问，那以夫人之见，叫什么呢？

老妻抿着嘴唇，少女的模样，说，记得小的时候，父母的愿望是将我嫁入豪门，过绫罗绸缎、锦衣玉食的生活。现在，我看，何不妨就叫豪门？

豪门？好，豪门！就豪门了。我们两个人的豪门。老夫竟激动地站起来，过来在老妻的脸上吻了下。说，老宝贝，你太有才了。

那天晚上，老夫坐在土坯炕的炕头上，屁股底下是一捂中度酒般的温和暖。老夫太受用这感觉了，他想起了小时候娘烧的那盘大炕，想起了全家老少三代十几口人挤在那一盘大炕上的岁月。那日子苦，但亲络人，没有缝隙，心贴心肉贴肉的亲。还暖，温暖，如小的时候冬天里穿的老棉袄般的厚实的暖。那暖是实实在在，是掏心窝子的。老妻站在炕下，老想着灶坑里的柴火，她老是去外屋猫腰往炕洞里瞧。灶坑里还隐隐约约的有枯树老枝未燃尽的火星。

傍晚做饭顺便烧了炕，柴禾不用发愁，门前屋后，一弯腰一划拉就够烧一顿饭，填一炕洞子的。

老夫睁开昏昏欲睡的眼，再次叫着老妻，说你快上炕来吧，享受享受这自然的火欲。

老妻上了炕，偎依在了老夫的肩膀上。老夫就把老妻搂在了怀里，说，我要亲自栽种花草，等花朵开了，采了送鲜花给你。

老妻眼里就湿了泪。心里说，但愿还能有花开。

充电灯一夜就燃没电了。那是从市里带来的，再充电就得去村里。老妻说，天天去村里充电，也不是个事儿啊。老夫想了想，想起了小的时候家里用的煤油灯。就拿出一听罐头打开，果肉就了酒，把空瓶子做成了一个油灯框架。没有煤油，但有带来的松子油膏，那还是朋友从国外带来送给他的。之所以带到这里来，是因为那装松子油膏的瓶子实在精美，简直就是工艺品。老妻从一件棉衣上抽出点棉花，捻成了一根灯芯。至此，煤油灯的制造彻底成功。

儿子打来电话，说他马上就从新加坡回来了，回来跟他们一起考察下他们要去的地方，再送他们过去。老夫在电话里边和儿子"好的，好的，好的"应允着，边向老妻孩子气地眨着眼睛。老妻抢过手机，说，儿子啊，你办完事情早点回来。你媳妇自己管理着公司别累着她。我们的事，你不用操心了……

老妻还要继续往下唠叨，老夫忙抢过电话，说了再见。老夫收了手机说，省点话吧，电用完了，可就彻底得关机了。

春天是新的开始。一切的开始。豪门里的老夫妻开始了一年之季在于春的行动。他们去村里的集市上买来了种子，什么种子都有，在豪门四周的土地上，开垦，播种。小土院里也不要闲着，老妻随老夫去了一趟集上，就抱回了小鸡仔、小鸭子、小鹅、小兔子。毛绒绒的小家伙们在院子里开始时提防着对方，逃避着对方，攻击着对方，但很快就相互友好了，它们建立了相互和谐的小土院社会生活圈子。

儿子还没有回来，儿媳妇开着车带着孙子来了。她给送来了一车吃的用的，一进门看见了炕桌上的那盏油灯，噙着两眼泪就要去村里找人立电线杆子拉电线，说，都什么年代了，还要过古时候信息不通的生活。我说电话总不通呢，还以为是信号不好呢，原来是没有电用。

老夫说，我们就喜欢这种返古的生活，就喜欢点油灯。咋了？我是家长，听我的。

儿媳妇说，我是总经理。

老夫说，我还是董事长呢。

儿媳妇噗嗤笑了，说，呵呵，爸，您董事长不是退休了吗？是谁说的，自退休之日起，公司里所有的事情不再参与？

老妻一边追着孙子，护着那些毛绒绒的鸡鸭鹅兔，一边给打圆场，你们这公公儿媳妇啊，到一起比亲父女还吵闹。

儿媳妇说，我们本来就是亲父女嘛，妈，您又嫉妒了？来，妈，亲个。儿媳妇跑过来搂着婆婆的肩膀，响亮地亲了下。

电线终于没有被拉进豪门来。老夫妻继续过着这份宁静安逸的生活。豪门里的油灯夜夜亮到深夜，炕洞里的枯草树枝夜夜闪着火星。鸡鸭鹅兔在长大，豪门院里院外的苗苗们也在分枝长权，茁壮成长。

其间他们的儿子带全家来过几次，用车拉来的东西，老夫妻留了够生活所需的，都要儿子走时顺便放到了乡里的孤老院。

傍晚时分，豪门屋顶的炊烟停歇，老夫妻坐在豪门院里。小院里栽种的青菜已经成了老夫妻的美味，此时它们正竞相展现着自己的葱绿和成熟。小木门开着，放眼可以看到生机勃勃的田园。有三三两两的鸡鸭回来，进了豪门又出去，又进来，又出去。它们在游戏。两只鹅在门口转悠，时不时用嘴给对方梳下羽毛，呢呢喃喃。显然，老两口成了它们的观众。老妻半依在老夫身上，声音平和，说，亲爱的，瞧我已经多活了七个月了。老夫伸手攥住了老妻的手，柔声说，我也已经多活了半年了。你瞧，事实证明，生命是可以延伸的，只要我们有信心。

加油！

对，我们加油。老夫妻紧紧相依，紧紧相握彼此的手。

夜深了，在远离尘嚣的豪门里，油灯不息地燃着，发出温馨而柔和的光。

局长的吻

文/汤礼春

胖胖虽然只有两岁，却像个小明星。他虎头虎脑的样子，嘟嘟的脸蛋，加上圆溜溜的大眼睛，很是逗人喜爱，人人见了都想亲他一口，可胖胖的妈妈却不让人亲他，说要讲卫生。当有人试图亲胖胖时，胖胖的妈便把胖胖转向一边，让想亲的人扑了一个空。

当然也有一个例外，那就是胖胖楼下住的金爷爷，金爷爷是个大局长，也长得像个弥陀佛似的，胖胖跟他长得有几分相似。也可能是这个缘故吧，金爷爷见了胖胖特别喜爱，总要上前逗一逗，逗着逗着，每次还要用那厚厚的嘴唇去亲胖胖红嘟嘟的小嘴，亲的时候还要发出"吱吱"的声响，那神情就像喝"茅台"一样过瘾。

当然，金爷爷是不会白喜欢胖胖的，常将别人送的香肠、火腿、饮料之类的东西叫佣人送到胖胖家，过年时甚至还给了胖胖二百元的压岁钱。胖胖的妈妈见了金局长总是一脸笑，会把胖胖主动递过去让金爷爷亲。

一天下午，胖胖的妈妈早早就把胖胖抱到小区的花园，她在耐心地等着金局长下班归来。她有件事想求金局长，胖胖的爸爸想揽到金局长局里的一项工程。她想：等会儿见了金局长，先把胖胖递过去，让金局长亲个痛快，再顺便提提工程的事，兴许金局长会痛痛快快答应的。

胖胖的妈眼都望酸了，总算看见了金局长乘坐的小轿车滑了过来，胖胖的妈抱着胖胖赶紧迎上前，奇怪，金局长今天就好像变了个人似的，他明明看见了胖胖就在车门不远，却像没看见胖胖似的，沉着个脸，头也不回地就钻进了楼房。

胖胖的妈一下愣住了：难道金局长能掐会算，知道自己今天要求他，而有意回避？

第二天早上，胖胖的妈妈快快地抱着胖胖下楼，在楼下正好碰见了金局长家的佣人，胖胖的妈习惯性地打了个招呼："金局长上班去了？"

那佣人却把胖胖的妈拉到一边，小声道："上个鬼班喽！被抓进去了！说他受贿！昨晚检察院还来人抄家了，抄出来的钱听说有上百万！"

胖胖的妈这才悟了过来：难怪金局长昨天下午不理胖胖哩！他大概已经听到了要抓他的风声，心神不宁，就是仙女拦道也没心思看哩！嗨！可惜了这个喜欢胖胖的局长爷爷！

隔了一天，胖胖的妈妈抱着胖胖下楼，又碰上了金局长的佣人，佣人又透露个秘密给她："金局长的太太去给金局长办保外就医了，听说他在咯血，得了肺结核哩！"

"啊！"胖胖的妈听了，不由得看了看胖胖那红红的小嘴唇，心里打了个寒战。

也巧，就在当天晚上，胖胖发烧了。胖胖的妈妈赶紧把他送进了医院。当医生检查后，说："胖胖有可能是肺部感染。"

胖胖的妈顿时气得在心里恨恨地骂道："姓金的，你这个贪官，就是你把病传染给了我的宝贝！你不得好死！"

启蒙教育

文／崔立

他从小父母双亡，吃过太多太多的苦。

他常告诉自己，一定不让孩子像自己一样吃苦。

妻怀孕期间，他就万般疼爱起孩子，每天晚上繁琐的应酬和无休止的酒宴他统统推掉，他陪着妻，陪着妻肚中的孩子。他微笑着匍匐在床上，和肚中的孩子对话着。他还放音乐，他听说过胎教的说法。

是个儿子。儿子生下时，足足八斤八两，一副虎头虎脑的样。

他万分喜欢，从护士手中接过儿子就不舍得放下，边抱边亲儿子粉嘟嘟的小脸，直亲得儿子的脸红彤彤的像个大苹果。

儿子一饿，就哭。一哭，他就忙冲奶粉，冲了一大罐，儿子喝掉一些，留了一大半。他微笑，看着儿子饱饱地朝他笑，他也笑。

儿子爱啃手指头，并且不停地吮吸着。他以为儿子又饿了，又冲奶粉，又是一大罐，儿子喝了少量，就把奶头放在嘴里玩弄起来。儿子边弄边笑，他也笑。

他看到电视里或是网上介绍给孩子吃的营养品，只要说有效的，他都买，他买了一大溜，堆在房间的一角，越堆越多，直至近乎塞满了儿子的房间。他看着越发肥硕的儿子的身体，他却笑。想自己以前瘦得像麻杆一样，胖是福相，他又笑了。

去医院例行体检时，医生很严肃地告诉他，你儿子太胖了，要减肥了，不然会影响孩子的正常发育。

　　他却不管不顾，儿子健健康康，脸蛋红润，哪有啥发育不正常的现象呢。他总想，让儿子比人家更幸福些。

　　到一周岁时，儿子该学走路了，走路自然免不了要摔跤。儿子一开始学，就总摔跤，开始是由妻扶着教儿子走路，可妻手一松，儿子还没迈开步，就一下子摔倒了。一摔，儿子就哭，哭得眼红红的，眼泪止不住地往下落。一落，他更心疼了，他推开妻，说，我来。他抱着儿子，两只手扶着儿子摇摇晃晃的身子，儿子在他的保护下走了好几步。妻说，不行，你得放开他，不然，他永远不会走路的。他瞪了妻一眼，说，你懂什么，儿子还小，总得有一个适应过程吧。妻就不作声了。

　　看着儿子在他的保护下走着，他很高兴，他又笑了。

　　儿子可以学说话了，他就教儿子。儿子小嘴嘟哝着牙牙学语。妻帮着在旁教了好多遍，儿子还是没学准音。妻急了，想打儿子。他又瞪妻一眼，孩子还小，慢慢来嘛。

　　他让妻每天教儿子10分钟，他还告诉妻，儿子学语，其实比我们教的人更辛苦。

　　几年过去，儿子要上幼儿园了。

　　他抱着儿子去幼儿园报名。幼儿园的老师先是很奇怪地看着他的儿子，说，这孩子咋长得这么胖啊，又说，你咋不让孩子自己走路呢。

　　他朝老师笑笑，就把儿子放下来，两手在儿子的两边保护并且搀扶着，儿子在他的保护下一扭一歪地走了几步。

　　老师愕然地问，难道，难道他还没学会走路？

　　他显得有些不好意思地点了点头。

　　老师跑上前，对着儿子说，小朋友，告诉阿姨，你今年几岁了啊？

　　儿子看了老师一眼，半天，突然大叫一声：妈妈……

　　老师听了顿时哈哈大笑。他却很尴尬地苦笑着。

　　经过刚才的折腾，儿子似乎饿了。饿了的儿子抓紧他的手，突然哇哇大哭起来。

　　他马上从包里掏出一大罐早已冲好的奶粉，塞进儿子的嘴里，儿子马上咕咚咕咚地喝起来。

老师显得更惊异了，说，这孩子现在还吃奶粉？

他点了点头，更尴尬了。

儿子很快就把奶粉喝完了，喝完后儿子笑了，还朝他伸出了手，意思是要他抱。

看着儿子一脸期盼的样子，又看着别的孩子自如地行走或是说着话，他却突然想哭。

小林偷车

文／刘国芳

院子里一辆摩托车被偷了，是晚上被偷走的。贼把院子铁门上的锁剪了，也把摩托车上的锁剪了。两把锁都丢在院子里，摩托车被骑走了。

院子里住了一个叫小林的人，没有正当职业。摩托车被偷，院子里的人都怀疑是他作的案。院子里的人当着小林的面都敢说："肯定是我们院子里的贼，不是内贼，哪有这么胆大？"

又一个人说："不错，就是我们院子里的人偷的。"

有一个人甚至当着小林的面说："最好还是把摩托车拿回来，一个院子里住着，抬头不见低头见的。"

小林当然知道人家是说他，但人家也没点名，他发作不得。

私下里，也就是小林不在时，大家说得更直接具体。一个人就说：

"这还用说，就是小林偷的。"

又一个人说："不错，这小林没有工作，平时交一些不三不四的朋友，也经常骑一些摩托车回来，他那些摩托车也许都是偷的。"

再一个人说："告他，让公安局来破案。"

几个人一起说："对，我们去报案。"

于是失主和院里几个人去了派出所。本来，报案只需失主一个人去就可以，但院子里的人怀疑摩托车是小林偷的，如果破不了案，那小林以后肯定会偷别的东西。多去几个人，会引起公安的重视。于是一伙人去了派出所，到了，失主跟公安说："我报案。"

公安说："报什么案？"

失主说："我的摩托车被人偷了。"

又一个人说："我们怀疑是我们院子里的小林偷的。"

公安就说："你们为什么怀疑那个小林，有证据吗？"

一个人说："直接的证据倒没有，但我们有怀疑他的理由。"

公安说："说说看。"

一个人说："小林没有工作，属于社会上的闲杂人员。"

又一个人说："小林经常跟社会上一些不三不四的人来往。"

再一个人说："小林会骑摩托车，经常会骑一些摩托车回来，我们怀疑那些摩托车也是偷的。"

这理由倒说得过去，于是第二天，公安找到了小林，公安说："说说你昨天晚上在做什么？"

公安一出现，小林就知道院里的人去告了他，小林于是破口大骂："那些王八蛋，怀疑我偷摩托。"

公安说："回答我，你昨天晚上在做什么？"

小林说："什么也没做，在家睡觉。"

公安说："有谁能证明你在家睡觉？"

小林说："我一个单身汉，没人证明。"

公安还问了一些，但明显问不出结果，小林矢口否认摩托是他偷的。

事实上摩托也不是小林偷的，但院子里的人不这样认为，大家一致断定摩托是小林偷的。于是那些天，大家见了小林不是不理不睬，就是横眉冷眼。

一个星期后案破了，是一个偷窃团伙偷的。这伙人在偷别的摩托时被捉了现场，于是审出他们共偷了摩托二十多辆，包括罗汉院子里那辆。几天后，两个贼被公安铐着到院子里来作认证。院子里的人都在，看见铐着的两个贼，大家脸红了，觉得错怪了小林。

大概半个月后，院子里又一辆摩托被偷了。这次是小林偷的，小林上一次被人怀疑，一直耿耿于怀。于是在一个夜晚，小林偷了一辆车，然后弃之荒郊。

但这次，却没人怀疑小林。

谁敢误人子弟

文/乔 迁

儿子放学回来，蹦蹦跳跳的，看上去十分高兴。进屋，儿子把书包往床上一甩，很夸张地做了个胜利的手势，喊道："耶！没留作业。"

这有点意外，读小学三年级的儿子每天回来都因作业太多而苦着一张小脸，今天怎么没有作业呢？我问儿子，儿子摆弄着他的玩具车说："我们换老师了。今天新来的老师没给我们留作业。"哦，换新老师了，要不怎么没留作业呢！新老师头一天上课，不留作业似乎也在情理之中。

没想到的是，一连几天，儿子都是蹦蹦跳跳乐乐哈哈回来，把书包一甩玩了起来——老师没留作业。我有些坐不住了，心里有点慌，把儿子从玩耍中拽起来，问道："怎么又没留作业？"

儿子眨眨眼睛说："我怎么知道？没留作业就是没留作业。"

我威严地望着儿子问道："真的？是你撒谎？老师怎么可能不留作业呢？一天两天还可能，这都三四天了，你说，是不是在撒谎？"

儿子小脖一挺，委屈地说道："没有，老师就是没留作业，不信你问老师去。"

我松开了儿子。儿子敢这么叫号想必是老师真没留作业。儿子又玩了起来，看看儿子甩在一旁冷落了好几天的书包，我的心里惴惴不安。老师不给学生留作业，怎么说得过去呀？我想给儿子的老师打个电话问问，是不是儿子在说谎，现在的孩子，主意正着呢，嘴也硬着呢。正要打电话，电话响了，接起来一听，是儿子同学的爸爸老张，我们认识的。老张急急地问我："你儿子写没写作业？"

我心里呼的就明白了老张为什么这么问，我忙说："你儿子也说老师没留作业吧！"

老张说："可不是啊，这都好几天了，放学回来一个字不写，都快把我急死了，我还以为孩子不愿写作业撒谎呢！打了好几个电话，还真是老师没留作业。你说说，这什么老师啊，连作业都不留，这孩子的学习能好吗？孩子学习不好将来怎么办哪？"

我心里咯噔一下，慌乱了，甚至有些恐慌，不用给儿子的老师打电话求证了，儿子没撒谎，老师确实没留作业。老张的话道出了我的心声啊！我最大的愿望就是儿子学习好将来考一个好大学的，可儿子现在放学回家后连作业都没有了，只顾着玩，怎么能考大学呢？

我真是生气了，放下电话后，一把抓起儿子的书包，啪地摔在儿子的面前，吼道："别玩了，学习。"

儿子怔怔地说："学什么？老师没留作业。"

我一瞪眼："没留作业就不能学了？复习学过的。"望着一脸不情愿慢腾腾打开书包的儿子，我觉得问题有些严重，我决定去学校找儿子的老师说一说。

第二天我就去了学校，找到儿子的老师自报了学生家长的名号后，我十分委婉也十分恭敬地对儿子老师说道："这小子回家疯玩，不留点作业压压他，怕是玩疯了，上课都该不注意听讲了。"

老师立刻明白了我所说的意思，笑笑说："我跟学生们讲了，只要他们上课认真听讲，听会了，自习课时好好练习，巩固了，我就不留作业，让他们放学后回家玩。学生们上课都特别认真，也都掌握巩固了，所以我才不给他们留作业的。何况，他们这个年龄，也该让他们好好玩玩的。"

"什么？好好玩玩的？"老师的这句话让我心里呼地蹿上来一团火，我有些不高兴地说："这么玩终归要影响成绩的吧！学习不好，将来怎么考大学呀！"

老师说："适当的玩耍并不影响学习，你看人家国外，孩子玩的时间比学习的时间还多呢，同样成长得很好。"

我极不满意地说："是吗？这我倒不知道。我只想让我儿子学习好，将来考上好大学，如果可能还要考外国的。我认为他现在这么玩是会影响学习的，他还是应该放学回家后就写作业的……"

老师笑着摇头，说："请你相信我……"

我怎么能够相信他呢，连作业都不留的老师怎么能够教出好学生呢？我立刻起身离开了，气呼呼地闯进校长室，我对校长大声说道："……这样下去，我的孩子就被耽误了，我请求把我的儿子转到别的班级去，如果不同意，我就把我的孩子转离你们学校……"

离开学校时，在校门口碰见了几个儿子班的学生家长，他们也是怀着与我同样的心情来找老师的。我立刻告诉他们："那个老师是铁了心了，说不通的，去找校长，让校长跟他谈。"家长们立刻斗志昂扬地向校长室跑去。

晚间，儿子放学回来，没有蹦蹦跳跳的，进屋后，立刻掏出书本写作业。我一直悬着的心这才咚地一声落在了肚子里。

第五辑　太阳开花是什么颜色

真是一个小逗儿。钱教授看着窗外，自言自语地说。这时，小妮子在她妈妈的带领下推开了病房的门。

我替老爸上大学

文／海棠依旧

　　从同学文涛家的别墅走出来，康沆的心就再也没平静过。三百多平方米的楼中楼，康沆跟着同学拾级而上。

　　到每一层房间，康沆都要停下来慢慢欣赏一番。同学家格调高雅，布置精巧，让康沆看得眼花缭乱，同时心里有一股隐忍的痛。

　　凭什么啊！同学小学没毕业，今天却有上百万家产。而他，一个本科毕业生，至今还一无所有，属于他的，只是教室里的三尺讲台。

　　夜已深了，康沆才跌跌撞撞地回到家里。他打开门，看到父亲的房间透出一丝淡淡的光芒。康沆透过门缝往里面看，只见父亲手捧着一个木箱子仔细端详着。那里面装着什么，康沆从没去关心过。从小时候，家里就一贫如洗，没什么值钱的东西，所以，对于父亲房间里面的东西，他从不去过问。

　　"你回来了。"父亲听到外面的响声，收起盒子走了出来。看到康沆醉醺醺的样子，父亲不禁责怪地说："看你醉成什么样了，下次别喝那么多了。"

　　"你，你不懂。要不是你一直要我考大学，今天，说不定今天我也成百万富翁了。"想起同学现在的样子，康沆的心就特别难受。要不是没钱，他心爱的女朋友也不会跟他分手。康沆的眼前，又浮现出小时候父亲对他严厉的样子。

　　从小学到初中，康沆的学习成绩在班里都是名列前茅。到高中以后，母亲去世了，康沅到离家十几千米的一中学习，因为离家远，康沅就在学校宿舍住了下来。同时，他也结交了班上一些不三不四的同学，在那些同学的带领下，他学会了迟到、旷课，学习成绩一落千丈。父亲知道这件事以后，连夜赶到了学校，在外面的球桌室里找到了康沅。父亲手拿一根棍棒，当着那么多同学的面，狠狠地抽打着康沅，边抽打边嘶声大喊着："叫你逃课，叫你逃课。"长这么大，康沅从没见父亲发那么大脾气，康沅被震惊了。从那以后，父亲扔下家里的农活，在学校附近租了间民房，又去找了份扫街道的工作，陪着康沅上学。父亲对康沅非常严厉，经常板着脸说："考不上大学就当没你这个儿子。"在父亲严厉的管教下，康沅终于如愿考上了大学。康沅还清清楚楚地记得，拿到录取通知单的那天，父亲买了串很长的鞭炮来放，烟花绽放出一片片彩花，听着乡亲们的赞扬，父亲的脸上露出了少有的笑容。

"就你们这些老头子认死理，非得考上大学才有出路。你没去看看文涛，才知道什么叫'百无一用是书生'。"想到以前发生的事，康沅冷冷地笑了笑，对父亲讥讽道。

"唉！阿沅，或许父亲错了，你不知道，父亲没机会上大学，所以把这份大学梦寄托在你的身上。不过，并不是每个人都那么幸运，都有机会成为百万富翁的。所有的东西都不属于你，只有你的知识，才是最大的财富。"父亲顿了顿，目视着前方，眼神悠远而宁静。

"你自己没考上，是你自己没本事，干吗非要把你的意愿强加在我身上？"康沅晚上发这么大脾气，还在于文涛要康沅到他公司上班，答应给 8 000 元月薪，但父亲就是不同意，父亲说他不适合那样的生活。想到这，他就更加来气，父亲为何什么事都要拦着呢？

"阿沅，你还记得父亲带你去参加高考的情景吗？"父亲看到康沅对他发那么大脾气，并不生气，淡淡地开了口。

怎么会不记得呢！在康沅三岁的时候，高考恢复了，父亲很早以前就念叨着要去上大学，他本来在农场上班，知道这消息以后，父亲连夜赶回来，对母亲说他要参加高考。

第二天，父亲推出自行车，车的后架载着康沅，要去县城参加高考。康沅高高兴兴地坐在后面，他看到父亲走在路上的时候，只要看到一些可以卖钱的纸皮铁屑之类的东西，父亲都会停下车，上前捡起来，并对康沅说："捡了回去卖钱。"到了县城，父亲进去考试，康沅则在外面看着自行车，直到父亲考完试带着他回到家。

这样过了几个月，一天晚上，康沅听到母亲在问父亲："对了，你去参加高考有消息吗？都这么久了。"

"呵呵，没考上。算了，去经历一次考试我就满足了，还上什么大学呢。"康沅听到父亲跟母亲说道。

从那以后，父亲再不提上大学的事。只是当夜深人静的时候，康沅几次看到父亲偷偷背着他和母亲打开一个木箱子仔细端详着……

第二天，文涛又打电话给康沅，问他要不要投奔他，要的话搭他的车一起走。康沅有点动心，但又担心父亲不答应，于是偷偷办了个停薪留职手续，跟父亲撒了个谎，说要到外面出差，跟着文涛来到了深圳。

可惜好景不长，康沅在文涛的公司才待了两个月，公司因为涉嫌非法传销被查处了，康沅正打算回老家，这时，同村的人刚好打电话过来，说他父亲去世了，要康沅赶紧回来办理丧事。

在整理父亲遗物的时候，康沅看到了那个箱子。出于好奇，康沅打开了箱子，里面有一张纸条，是父亲的笔迹，康沅拿起来一看，只见上面写着："阿沅，这里装的是我的大学录取通知书，你不知道，父亲非常想能有机会去上大学，但那时候家里没钱，你母亲又体弱多病。我想了想，对你们隐瞒了考上的事实。阿沅，父亲把自己的梦想强加在你身上，是我不对。我走后，你就可以自由了。还有，我死了后，把通知书焚烧在我的坟前，今生上不了大学，我相信，来世可以实现我这份梦想的。"看着看着，康沅的鼻子一酸，他"扑通"一声在父亲的遗像前跪了下来，声嘶力竭地大声喊着："爸……"

海马爸爸

文／姜钦峰

　　家里只有两个单身汉,他和儿子。每天早上,他先把儿子送到学校,再去公司上班。儿子总是站在校门口,冲他高高地挥起小手:"海马爸爸,再见!"不知从哪天起,儿子忽然不再叫他"爸爸",给他起了个外号"海马爸爸"。这让他感到别扭,多次警告无效,渐渐也就习惯了。小家伙才9岁,却人小鬼大,他不知儿子葫芦里卖的什么药,恐怕没安什么好心。

　　或许是因为,儿子仍不能原谅,他跟他妈妈离婚。两年前,前妻搬出去的那天,儿子站在门口,一言不发,眼眶里蓄满了晶莹的泪水。"砰"的一声,门关住了,儿子仰起小脑袋问,爸爸,妈妈什么时候回来呀?他一把抱起儿子,四目相对,竟不知该如何解释,只能无声地摇头。也许有些事情,儿子还无法明白,但他终于知道,妈妈这一走,再也不会回来了。

　　从这天起,他开始给儿子当妈妈。他首先跟儿子约法三章:不准把钥匙挂在脖子上,否则别人一看就知道家里没有大人;不许单独过马路,如果旁边没有警察,就找爷爷、奶奶带你过马路;万一你在路上走丢了,千万不能乱跑,要在原地等待,爸爸一定会回来找你的,记住没有?儿子懂事地点头,说记住了。

　　儿子挺聪明,前两条都做到了。星期天,他带儿子去公园,趁儿子不注意,他故意闪进一个角落里,偷偷地观察。没想到,儿子发现老爸不见了,在原地转了几圈,竟然自作主张,原路回家。他偷偷地

跟在后面，回家把儿子狠狠地训斥了一顿，你不说记住了爸爸的话吗，怎么才过了几天就忘了？儿子低头不语，像个等待审判的罪犯，泪水在眼眶里直打转，满脸委屈。

儿子两天没理他，也许对爸爸怀恨在心，但他确实记住了，走丢了不能乱跑。两个月后，他和同事各自带着儿子爬山，走到半路，突然发现两个孩子不见了，同事急得要命，惊惶失措。他说，别怕，丢不了，咱们顺着原路回去找，肯定能找到。十几分钟后，果然发现两个孩子正在原地等候。儿子老远看见爸爸，扑上来吊在他的脖子上，满脸兴奋，海马爸爸，我知道你会来的。

给儿子当了两年妈妈，每天除了上班，洗衣、做饭、拖地、送儿子上学、检查作业等，都成了他分内的工作。儿子越来越怕他，稚嫩的小脸上，时常写着与年龄极不相符的忧伤。他知道，自己不是个好爸爸，欠儿子太多。可是，他只能以加倍的严厉作为补偿，单亲家庭最容易出现问题少年。那天儿子放学没有准时回家，被他狠揍了一顿，儿子哇哇大哭，终于说出："你是坏爸爸！"后来儿子给他起外号，不知是不是出于报复，书上说这种年龄的孩子多半会有逆反心理。

那天下午，他刚进家门，便一头倒在床上，有气无力，像一块拧干了的抹布。儿子放学回家，见爸爸躺在床上，大吃一惊，慌忙扔掉书包，走到床前，海马爸爸，怎么了？他说，爸爸可能感冒了，有点发烧，休息一下就会好的。儿子像个大人，伸出手往爸爸脑门上一搭，却转身跑了。他心里顿时腾起一丝悲凉，臭小子，老爸都病成这样了，你怎么能扔下我不管？他突然又发现自己像个孩子，不禁哑然失笑，儿子这么小，能懂什么？厨房里传来丁丁当当的响声，估计儿子是解决自己的晚饭去了。

儿子竟端出一盘西瓜，切成小薄片，整整齐齐地码在盘子里，像等待检阅的士兵。他把盘子轻轻地放在床头柜上："海马爸爸，吃西瓜。"他的眼泪差点淌下来："好儿子，你自己吃吧，爸爸没胃口，吃不下。""不行，一定得吃！"分明是命令，儿子不管三七二十一，用牙签叉起一片西瓜，硬往他嘴里塞。直到一盘西瓜全塞进了爸爸的肚子里，儿子像完成了一项重要任务，小脸蛋上终于绽放出笑容，颇有几分得意之色。心情大好，病已去了大半，第二天，他又成了生龙活虎的"海马爸爸"。

终于忍不住好奇，他故意板起脸问儿子：老实交代，为什么给爸爸起外号，"海马爸爸"到底是什么意思？儿子却躲躲闪闪，不肯回答，这显然是他的秘密。儿子越是不肯说，越发激起了他的好奇心，上网搜索，输入"海马爸爸"四个字，答案立现："海马是一种海水鱼类。在海马家族里，抚育后代的任务并不是由海马妈妈完成，而是由海马爸爸代劳。海马爸爸腹部有个育儿袋，就像袋鼠妈妈的育儿袋一样，海马妈妈会把卵产在海马爸爸的育儿袋里，经过四到六周的辛苦怀胎之后，海马爸爸才能把宝宝孵出来。小海马和爸爸寸步不离，一旦遇到危险，又会钻回爸爸的育儿袋，直到小海马有足够的能力保护自己，才会离开爸爸的育儿袋。海马爸爸是世界上最伟大的父亲！"

他呆呆地盯着显示器，视线渐渐模糊，一滴泪，终于落在键盘上。

三代日记

文／侯发山

我到一位朋友家做客，偶然在他的书橱里发现了他们祖孙三代的日记，阅后甚觉有趣，经他本人同意，现各选一篇，以飨大家。

朋友父亲的日记是在一沓散发着潮湿味的麻纸上画着的（他的父

亲不识字，只能用图记下当时的情景，朋友看图说话，我把意思记了下来）：

1937年12月2日　大雪

　　我已经两顿没吃饭了，娘说："喝水吧，狗蛋。"我摇摇头。我不顾寒冷蹲在门口，望着飘着雪花的院子，等待爹的归来——爹早早出去要饭还没回来。娘说："狗蛋，我有办法让你不饿，你躺到炕上去。"我就乖乖地躺到炕上。娘把枕头塞到我屁股下面，又把被子叠方正垫到我双腿下面。娘苦笑着说："狗蛋，饿不饿了？""还饿。"娘说："你的头抵住炕，屁股靠墙，两腿贴着墙尽量往上伸……"哈，我倒立起来后，果然不感到肚子饿了。

朋友的日记是写在一本发黄的白纸上的：

1962年8月5日　阴

　　我和妹妹正在树下看蚂蚁搬家，冷不防爹踢了我一脚："你再耍，今儿晌午不让你喝汤。"我忙从地上爬起来摸着干瘪的肚子，说："我不耍了。"爹暖了脸："挎个篮去挖野菜。"村里大人小孩天天疯了似的挖，哪还有啊？爹说："去后山沟。"于是，我勒了勒裤带，就提了个小篮去了后山沟。

　　我一边走一边四下打量，前后左右看得很仔细，生怕漏掉一棵灰灰菜、刺角芽、毛妮棵、面条棵什么的。忽然，我发现前面的地堰上有几棵酸枣树，上面挂着嘟噜连串的红枣。我高兴坏了，忙攀上去摘了一个尝尝，嗨，酸酸甜甜的。我又吃了几个后，忙把小篮里的野菜倒了，开始手忙脚乱地摘酸枣，唯恐有人来跟我抢了。几棵树摘完，竟摘了满满一小篮，我一路小跑回到家里，等待着大人的夸奖。不料，爹看到酸枣不但没笑脸，反而扬手在我的屁股上打了一巴掌，随手把一篮酸枣全倒进了茅坑里。我哇哇大哭。

"他还是个孩子，知道啥？"娘剜了爹一眼，拉我到怀里，用衣襟给我擦了把泪，叹道："孩子，你不知道，酸枣开胃啊。"我愣愣地盯着娘，还是迷瞪不开。娘说："人吃了它，就越想吃饭……"

朋友儿子的日记是记在一本精美的日记本上：

1993年3月12日　晴

　　我正在看动画片，妈喊我吃饭。我说不饿。妈说："阳阳，你是不是又吃零食了？"我摇摇头。妈见我还坐在电视机前没动，就给我端了碗饺子，嘟囔道："整天不吃饭怎行？"我接过碗，用筷子往嘴里扒拉了一个，努力往肚子里咽："又是羊肉馅的。"我想放碗，但妈在一边监视着我吃，我灵机一动，说："妈，给我拿听饮料。"妈扭身进了厨房。趁此工夫，我忙把饺子往沙发下面扒拉了两个。妈拿来了一听雪碧。我说："把健胃消食片给我拿来。"妈不知是计，转身去取。我故伎重演又往沙发下面扒拉了几个，很快我就把一碗饺子给"吃"完了。妈出来收拾碗筷，嗔了我一眼："就这还不饿呢，一碗饺子让狗吃了？！"晚上，妈去跳舞了。我把饺子从沙发下弄出来，倒进院子里的狗槽里。看着狗吃完，我才回房间打电子游戏……

红草莓

文／马金章

烟雨迷蒙。夏霁临窗欣赏雨景。小镇古巷人影稀疏，人影稀疏的古巷一头飘出一篷洁白小伞，小伞像海中的帆。近了，小伞竟立在门前。咚咚咚，一阵叩门声。夏霁疾步下楼开门。小伞一收，女友王菁如一枝带露梨花灿然站在面前。

他们进门，落座。

夏霁沏茶回来，绿莹莹的玻璃茶几上，便卧了一包鲜红的草莓。他兴奋地拿起一颗草莓咬了一半，将另一半送到菁的嘴边。菁衔了那半边儿草莓，咀嚼的当儿，眼中莫名其妙地盈了泪水。

夏霁忙问怎么了，菁说，我讲一讲这草莓的事吧：

"我班上一个叫小亮的男生，他爸妈今年相继去世。小亮有个十四五岁的姐姐，这位小姐姐主动退了学，却怎么也不肯让弟弟退学。她要让自己稚嫩的肩膀支撑起弟弟头顶上的蓝天。昨天放学后，小姐姐找我交弟弟拖欠的学费。我看着她递过来的最大额的一张 10 元币惊讶地说：'假币。'小姐姐听了我的话脸立时吓白了。这时，我却笑了说，不是的，我逗你哩。小姐姐如释重负地告别要走，走到门口又拐回来说，我这几天卖草莓，王老师您尝尝鲜，刚摘下的草莓哩。小姐姐执意丢下草莓跑了。"

许是这个淡淡的美丽故事感染了夏霁吧，他白净的脸女孩般绽出绯红。

王菁从挎包里取出假币，夏霁接过，放到鼻前嗅了嗅，假币竟散发着一股柠檬的香味。

　　数日后，夏霁到学校找到王菁，他要出一笔钱资助小亮，并请王菁不要透露他的身份。

　　时隔不久，王菁兴致勃勃地来到夏霁家，她拿出一包东西说："猜猜我给你带来了什么？"他说："该不是草莓吧。"你鼻子真灵。不过，草莓不是我买的，是那位小姐姐特意感谢你，让我转给你的。

　　王菁拿出一封信说，真有意思，小姐姐还给我写了封信哩。夏霁接信展读：

　　王老师：

　　　　那天，我卖草莓收了张10元假币。后来我却用假币欺骗了您。这几天，对比那位隐名资助我弟弟上学的叔叔的行为，我惭愧得无地自容……

　　夏霁反复将这封信看了几遍，许久，他的目光从纸页上移开。他看着菁说，我也讲个与草莓有关的故事吧。

　　一位小伙子上街买早点，他拿出10元钱，想买个煎饼。卖煎饼的老太太看着他手中的钱说，我没零钱找。小伙子感到可笑：10元钱都找不开，做的哪份买卖嘛？他走到另一个煎饼摊儿前，卖主看着他的钱说，这钱我不能收。小伙子有点吃惊：这是假钱？你要认为是假钱，我换一张给你。卖主说，不是不收你那张钱，我这做小本生意的，一天赚不了几个，不小心行吗？小伙子心中挺生气地想，他真以为我拿假钱欺骗他哩。

　　小伙子的邻居在农业银行工作，他给邻居看那张钱，邻居验了说是假币。他听到这结论羞得无地自容地想，自己吃了亏不仅不觉得，还拿着这假币当着那么多人兜售。钱不多，亏不大，可他受不了谁对他的愚弄。要获得心理平衡，他认为只有把这张假币转换出去，但两次没花出去的情景使他感到假币出手并不容易。他将假币与真币对比了一下，发现假币薄软一些。怎么使它变硬呢？无意间他看到了桌上的一瓶摩丝发油，他灵机一动，拿起发油往假币上喷了两遍。晾干后，假币挺括了。

夏霁说到这里，喝了口水。王菁问，结果出手了吗？夏霁说，一举成功，接收假币的，是一个卖草莓的小姑娘。王菁听到此不由得"啊"的叫了一声。

假币出手了，可这位青年的内心则更不平静了……

夏霁走到书架前，从架上拿下一瓶摩丝发油。这是柠檬香型的，菁一惊，她什么都明白了。霁看着她说："菁，是你美丽的心灵照出了我灵魂的阴影……"菁急忙去捂霁的嘴："不要你说，不要你说。"她脸颊红红的，红若茶几上的草莓。

回家的羊

文／徐树建

秋风一起天就一点一点地凉了。这天一大早阳阳家来了一位客人，是村小学的李老师。李老师人可好了，平日里见着阳阳总是笑眯眯的。眼下李老师摸摸阳阳的小光头，使阳阳既舒服又害羞，然后对阳阳奶奶说："奶奶，阳阳到上学年龄了，再过几天该让他报名上学了。"

阳阳听了眼睛闪闪发光，挎上小书包和伙伴们一路来一路去是他做梦都笑醒了的美事，这时房间里响起爷爷左一声右一声撕心裂肺的咳嗽声，那声音听了真让人担心会一口气喘不上来。奶奶听了李老师的话用袖子直抹眼睛，说："他老师，话是这么说，可你看看这家里还能供得起他上学吗？他爸妈出去打工几个月了，到现在一分钱都没寄家来，说是工资要不到。他爷爷是个老药罐子，这两天气管炎又发了，可也只能硬挺着，我们实在拿不出钱来啊！"

　　阳阳眼里的光亮一下子暗了下来，他掉过头睁着一双大眼睛无助地看着李老师。李老师搓着一双青筋暴露的大手，低声说："是啊是啊，可再困难也不能误了孩子啊，要不，我再帮你们想想办法……"

　　门外有声音在叫："咩、咩……"是一只半大的羊的叫声。房间里随即响起爷爷吃力的声音："李老师，我们有手有脚不痴不呆的，要别人帮忙干啥！阳阳奶奶，你跟人家老师说啥呢？家里怎么没钱？把羊卖了不就是钱？"

　　爷爷是村里有名的犟人，一辈子要强，从不肯在人面前说软话，更不肯接受人家一丝一毫的帮助。奶奶一听就着急了："可羊卖了是要给你抓药的啊！"

　　爷爷立即拍着床沿吼了起来："是我这死不掉的身子重要还是阳阳上学重要？你这老太婆又糊涂起来了……咳咳咳……"

　　奶奶不敢再说了，阳阳却"哇"的一声大哭起来，一边哭一边说："奶奶不要卖羊，我不上学了，我要羊陪我玩……"原来这只羊是阳阳独自一人一天一天带着的，每天牵它到山坡上吃草，到小溪里洗澡，一人一羊形影不离，只差晚上搂在一块儿睡觉。现在羊跟小主人一样还没长大，阳阳哪舍得它被卖掉？

　　李老师实在看不下去了。

　　可羊还是卖了，第二天一大早当阳阳还在熟睡的时候奶奶就牵着羊到集市上卖了。阳阳醒来时面对空荡荡的羊圈大哭了一场，爷爷好不容易才哄住他。可奶奶卖羊回来后还是叹气连连的，阳阳听了奶奶跟爷爷的对话才明白，原来上学的钱还是不够。

又过了一天，当阳阳大清早眯缝着没睡醒的眼睛起床撒尿时，他禁不住把眼睛狠狠地揉了又揉，他看见了一只羊、一只雪白的羊站在羊圈里，那正是他的羊！

是做梦吧？是看花了眼吧？阳阳又要揉眼睛时有声音响了起来："咩、咩……"那分明是分别一天的羊在叫自己的小主人哩！阳阳跳进圈里一把搂住小伙伴，用自己的小脸一个劲地擦羊脖子，再也不肯松开。

爷爷奶奶也被惊动了，爷爷说这肯定是羊还恋着阳阳，偷偷一个"人"跑回家的。

等了两三天不见有人来找羊，开学的日子却就在后天了，奶奶心就动了，跟爷爷商量说要不把羊再卖一次吧？爷爷咳嗽了半天后捶着胸口难过地说："现在这是人家的羊，按理说卖不得了，可……唉，想不到我一个要死的人却把这张老脸给丢了！"

羊再次卖了，可过了一夜后早起的奶奶发现羊又回到了圈里，这羊神了！

一家人吃惊了老半天，到最后奶奶决定再卖一次，这样的话不仅阳阳的学费够了，说不定还能多出一点钱给爷爷抓药哩。阳阳在一旁眼睛忽闪忽闪的，也不知道他在想什么。

第三次卖了羊的当天夜里奶奶起了身，爷爷也起了身，爷爷用手死命捂着嘴小心不咳出声来。初秋的夜里凉气很重，老两口披着棉衣悄悄猫在门口黑漆漆的地方，一动也不动。他们这是要干什么？

夜色正深，四下里静得连秋虫的丝丝鸣叫都听得一清二楚。一会儿来了一个黑影，那黑影个子高高的，弓腰削背，看上去是很瘦的一个人。只见那黑影轻手轻脚地一步步走过来，他的手里还牵着什么，等走近一些看清楚了，那是一只羊。

黑影在阳阳的羊圈外停下来，然后打开羊圈，把羊一点一点地推进去，再关上圈门，整个过程没有发出一点声音。

原来羊是这么回来的！

微弱的星光下老两口把黑影看了个清清楚楚，可他们依旧一动也不动，像是怕惊吓了那人，只是紧握在一起的两只粗糙的手颤抖着、颤抖着……

寂静的无边的夜里忽然响起轻微的抽泣声，老两口暗吃了一惊，回头一看，是阳阳！星光下可以看到阳阳的眼里亮晶晶的。

不知什么时候有了心思的阳阳也起来了，他也看到那黑影了，是李老师……

棋圣

文／韦延才

黄小奇那次回乡，算是衣锦荣归，当时他的棋艺与离家时已是不可同日而语，头上戴着棋圣的光环。但小镇信息闭塞，黄小奇成为棋圣的事还没人知晓。

黄小奇是回家把父母接走的。这次一走，不知道什么时候才能回来，黄小奇就在小镇上多逗留了几天，拜拜亲戚，访访朋友。黄歌儒是黄小奇一定要拜访的人，他是黄小奇儿时最好的朋友和棋友。

黄歌儒在小镇上棋艺可算一流，没几人能敌得了他。故友相逢，自然少不了要切磋一番。对于黄小奇来说,黄歌儒根本不是他的对手。小时候，他们棋盘上往往不分伯仲。黄小奇十几年的走南闯北，黄歌儒知道好学的他技艺定会长进不少，故不敢掉以轻心，一开始就下得

小心翼翼。

黄小奇的心情却没放在下棋上，他只想叙叙旧，回忆回忆童年的那些美好时光。

"看你还往哪走？"黄歌儒又下了一颗棋子，说。

那天，黄小奇和黄歌儒连下三盘，各胜一盘一和棋。其实黄歌儒根本不是黄小奇的对手。过手几招黄小奇就发现黄歌儒的技艺与十几年前相比并没有多大的长进，黄小奇就不动声色地让着他。

回到家里，想着儿时最好的朋友如今生活还是如此的艰辛，黄小奇心里不是滋味，便萌生了帮他一把的念头。怎么帮他呢？直接给他银票么，那样太伤黄歌儒的自尊了，他也肯定不会接受。想来想去，黄小奇终于想出了一个办法。

第二天，黄小奇很不服气地来到黄歌儒家里，要和黄歌儒再次挑战。黄歌儒是很久没有遇到这样的对手了，马上摆上了棋子。下子前，黄小奇忽然说："今天我们要玩就玩个痛快，输一盘10个大洋。"黄歌儒以为黄小奇在开玩笑，笑着道："好啊。"

这一次，他们在棋盘上杀得昏天黑地，收盘时，黄小奇竟输掉了100个大洋。黄小奇站起来，拿出一张银票，递给黄歌儒说："这100个大洋就是你的了。"

黄歌儒连连摆手："千万要不得，哥们儿这不是说着玩玩的嘛。"

黄小奇认真道："泼出去的水还收得回么？你如果不想让我陷入不诚不义之地，就把银票收下。"

时间一晃又过了十多年，一次，黄小奇参加完一个比赛回来，途经家乡的城市，便取道回小镇一看。

回到小镇，黄小奇直去镇尾找黄歌儒。来到黄歌儒家门前，只见房门紧闭，上面结了大大小小的蜘蛛网，一派破落的景象。

是不是黄歌儒拿着他输的100个大洋在他处起家了？黄小奇一边心里生出这样的想法，一边去询问小镇上的人。

物是人非，小镇上很多人不认识黄小奇。一位中年妇女告诉黄小奇，多年前小镇上出了一个棋圣，一次，棋圣到镇上与黄歌儒对弈了一天一夜，结果棋圣败给了黄歌儒，还输给了黄歌儒100个大洋。

"那他拿这100个大洋干吗去了？"黄小奇问。

"赌输了。"中年妇女接着说，"那个棋圣走后，黄歌儒才知道被他打输的人就是号称打遍天下无敌手的棋圣。从那次的对弈中，黄歌儒看到了发财的路儿，你想想，棋圣都败在了他的手上，还有谁敌得过他呢？于是他就以一个大洋一盘棋和人下棋，起先还赢了一些。"

"后来呢？"

"后来黄歌儒遇上了高手，老是输，不说那100个大洋，连老婆也输掉了。"

"他就不知道收手么？"

"他总是不死心，因为他打败过棋圣。"

"那现在他在哪？"

"也不知到底在哪，有人说在城里看到过他和人赌棋，赌得只剩了一条裤衩。"

"哦。"黄小奇神情沮丧，默默地走出了小镇。

黄小奇从小镇回来，就把那个代表他棋艺最高荣耀的棋圣奖杯摔了个稀巴烂，从此，他就淡出了棋界，于上世纪80年代仙逝。

黄小奇的后人在整理他的遗物的时候，才意外地知道他就是那个曾经名赫一时的棋圣。

女孩的金秋

文／闫耀明

女孩的心有些慌。

女孩深深地吸了口气，挺起了胸，把目光放得长长的，在起起伏伏的山脊上扫过去。扫过去，女孩就闻到了一股秋天的气味，开始时很淡，一丝一缕地钻进鼻孔。但后来游过来一些很轻很柔的风，将那种气味泼在女孩的身上、脸上，拥得满怀。

女孩好激动，又深深地吸了口气。

可是心还是慌。

山里的秋天来得早，爹正猫着腰，一下一下地舞动着手里的弯镰，割玉米。爹的动作看上去有些变形，步子也迈得很夸张，不太像庄稼人。平时爹可不是这样的，爹是远近闻名的侍弄庄稼的好手。女孩知道，爹的心里有事。自己的心不是还慌着吗？

女孩的目光终于停在了村边那棵不知道有多大年纪的老榆树上，停在了挂在老榆树上的那块白白亮亮的铁板上。

女孩看到，在老榆树的后面，是一排崭新的瓦房，红砖白瓦在秋阳的照映下像画儿一样漂亮。

明天，就是明天，那块铁板就将发出丁丁当当的声音了。

难怪心这么慌呢。

女孩见爹把玉米快收完了，就赶紧伸手，把黄澄澄的玉米堆起来，堆在自己的脚边。

满满一袋子玉米，爹轻轻地"嘿"一声，就扛上了肩。女孩知道，爹高兴着呢。

　　不光爹高兴，女孩也高兴着呢，要不，心为什么慌呢？

　　夕阳金水一样在山坡上流淌，女孩踩着爹的影子，往山坡下走。女孩听到爹正发出很厚实的喘息声，就说："爹，歇一会儿？"

　　爹没有说话，步子迈得很有力量。

　　女孩看得出来，爹真的高兴呢。

　　老榆树一晃一晃地晃到了眼前，女孩站了下来。女孩看那块挂着的铁板。铁板很厚实，白白亮亮的。要是敲一敲，它发出的声音一定很好听，女孩想。

　　想完了，女孩就伸手摸了摸，铁板很坚硬，凉丝丝的。女孩还闻到了一种味儿，一种女孩从没有闻过的气味儿，女孩知道这是铁板的气味。她发现铁板的气味比刚才在地里闻到的秋天的气味还好闻。女孩就仰起头，伸出粉红的舌头，在铁板上舔了舔。舔了舔，女孩就激动得跺了一下脚。原来铁板的味道这么好，有点腥，又有点甜。女孩好激动，独自咯咯地笑了几声。

　　在老榆树后的瓦房山墙上，挂着一个白色的木牌，上面有四个红红的字：希望小学。明天，我就要在这里读书了，女孩想。

　　听爹说，这是山里第一次有了小学，是一位城里的伯伯出资兴建的。学校的老师也是城里来的。爹还叮嘱她要好好学习，将来长大了好做大事情。

　　难怪心慌呢，是高兴的。明天就要上学了，能不高兴么？

　　爹已经走远了，女孩又望了一眼那白色的木牌，向爹的背影追去。

　　娘已经把饭菜都做好了，但女孩并不急着吃，因为她看到娘已经把她的书包准备好了。书包是娘用各种颜色的碎布片拼成的，咋看咋漂亮。崭新的本子和一端带橡皮头的铅笔是爹让常跑县城做生意的二顺为她买来的，文具盒是爹从乡卫生院要来的装药水的硬纸盒。

　　女孩把自己的东西一样样地摆出来，抬头看爹和娘。爹和娘都默不作声，看着她。

女孩把铅笔递给爹。

爹拿起镰刀，开始削铅笔。但女孩看到爹的手一直在抖。镰刀是爹的心爱之物，爹使镰刀就像使筷子一样熟练，可今天怎么了？

爹看了女孩一眼，似乎想笑一笑，但没有笑出来。他屏住呼吸，更加用力地削铅笔。

爹削铅笔的动作很吃力，比割一车玉米还要吃力。女孩还没有看清楚，爹的手就被割出一个口子，血很快涌了出来。

女孩轻轻地"呀"一声，要上前看。

但爹制止了她，爹坚持把铅笔削完。

伤口上流出不少血，爹的手指红红的。女孩抓住爹的手，问："痛吗？"

但女孩还没等爹回答，就发现爹的眼睛里盈满了泪水。

女孩的心怦然一动，她轻轻地叫："爹。"声音颤颤的。

播种快乐

编译／李荷卿

这天晚饭后，我正在收拾餐桌，七岁的女儿突然问我："妈妈，你可不可以给我买个花盆？"

"花盆？噢，亲爱的，妈妈不大会种花，而且，妈妈也没时间照顾花。如果你想要什么花儿，妈妈可以给你买现成的，回来插在花瓶里……"我想起每天一大堆待洗的脏衣服，待收拾的杯盘碗碟，待做的室内清洁，待处理的电子邮件，待写的稿件，噢，我的头就像一个大冬瓜那么大了，哪还有时间侍弄花儿呢。

"不，我不想要什么现成的花儿，我想自己种。"女儿不满地嘟着小嘴大声说。

"噢，"我吃惊地说，"那你想种什么花呢？"我没想到女儿的反应会这么强烈。

"我想播种快乐！"女儿热切地说。

"什么？快……快乐？你说你想种什么？"我疑惑地问。

"快乐！我想播种快乐！"女儿不耐烦地重复了一遍。

"播种快乐？快乐怎么播种？"我问。我更吃惊了，女儿怎么突然说想播种快乐了呢？难道她不快乐？

我突然想到最近家里的确缺少笑声，也的确很少看见女儿笑。

"我也不知道怎么种。不过，贝蒂的妈妈会种。我每天晚上都能听到隔壁贝蒂家传来欢笑声。贝蒂每天去上学也总是笑嘻嘻的。我想学她一样笑嘻嘻的，可不一会儿就忘了笑了。今天，我去贝蒂家玩儿，和贝蒂一起在她家阳台上吹肥皂泡，她妈妈还给我们准备了小点心，我在她家玩得可开心了。我问贝蒂为什么他们家充满了快乐，怎么会有那么多快乐的事儿。贝蒂说那是因为她妈妈播种了快乐。噢，妈妈，贝蒂的妈妈种了好多花儿，他们家阳台上香喷喷的，可好闻啦。妈妈，你给我买一个花盆，我去找贝蒂的妈妈要一些快乐的种子来，让我们家也快乐起来，好不好？"女儿一口气说了这么多，真让我有些不适应了。她一向是沉默寡言的呀。

看来，我得把那些待回复的邮件、待写的稿件暂时放一放了。

"亲爱的，"我摸了摸女儿的头，说，"把播种快乐的事儿交给妈妈吧，妈妈会为你播种的。"

"真的吗，妈妈，你也会种？"女儿惊喜地问。

"嗯，妈妈会学的。"我微笑着向她保证。

第二天早上，我将女儿送到学校后，回到家，就去隔壁拜访贝蒂的妈妈。

说明来意后，贝蒂的妈妈笑着说："其实播种快乐跟播种花儿是一样的道理，只不过，播种花儿是在花盆里，而播种快乐是在人的心里罢了。

"如果我们种下希望的种子，我们就能期待奇迹。

如果我们种下热情的种子，爱就会回到我们心中。

如果我们种下决心的种子，就没有什么事情能够阻止我们成为我们想要成为的人物。如果我们足够努力，我们的收获就会像一粒小种子能开出许多花儿那样成倍增长。

"如果我们种下快乐，我们就能收获成倍的快乐！总之，我们在心里种下什么，它就会生长出什么。"贝蒂的妈妈微笑着说。

听着贝蒂妈妈的话，我想起了丈夫严肃的面孔和"去找妈妈吧，亲爱的，爸爸正在看报纸"或"爸爸正在看球赛"，以及我忙碌的身影和"自己先去玩吧，亲爱的，妈妈还有一封信没有回"或"妈妈还有一大堆衣服没有洗"，难怪女儿会觉得家里沉闷了。她才只有七岁呀，正是活泼好动的年龄。

"我明白了。你的一番话让我茅塞顿开，谢谢你！"我握着贝蒂妈妈的手，起身告辞。

"这个送给你，回去试一试吧，它会很灵验的！"她从抽屉里拿出一小纸包东西，递到我手里，还笑嘻嘻地冲我眨了眨眼睛。

那是一包花籽。许多人都会种些花儿草儿什么的，但我总是认为自己不会。我不是浇水太多就是浇水不够。不是将植物放在太阳底下晒，就是把它放在太阴凉的地方。我知道有些植物喜欢炎热和湿润，而有些则喜欢干燥和阴凉。但是我就是无法将它们对号入座。不过，这一次，我打算接受这个挑战。

我将种子种在新买来的花盆里，告诉女儿，我已经种下了快乐。我每天按时往花盆里浇水，女儿每天都要去花盆边查看。我不知道我种下的是什么种子，不过我知道，鱼尾菊的种子会长出鱼尾菊，牵牛花的种子会长出牵牛花，而快乐的种子，一定会长出快乐。

两天过去了，没有什么动静。但我继续往花盆里浇水。

到了第四天，绿色的芽儿终于破土而出了。女儿兴奋极了，高兴地跑来告诉我快乐发芽儿了。那些小芽儿让我们笑逐颜开，就连我的丈夫罗伊似乎也被我们的快乐感染了，放下了手中的报纸，笑嘻嘻地跑过来观看。

贝蒂的妈妈说得没错，它果然是灵验的。我种下了快乐，收获了更多的快乐。

那个周末，我丢开了所有的事情，罗伊也放下了心爱的报纸。我们全家一起玩耍，一起大笑。我们一起在阳台上吹肥皂泡。我们一起看电视。我们一起去动物园。我们一起去野餐。那个周末我们什么也没做，只是在我们女儿的心里种下了快乐的种子。

玩笑人生

文／方冠晴

在一次商务活动的酒宴上，有一个超市老板，还不到30岁，已在两个地级市拥有两家大型超市，资产惊人。他讲述了自己真实的经历。

我是个乡下孩子，初中是在乡村中学就读的。班上大都是穷孩子，只有一个建筑包工头的儿子，家中有钱，读初三的时候他就有了复读机。

那时复读机稀罕，看着他跟着复读机学英语的得意样，我们都眼红。偏偏那小子将那宝贝不当回事，随手乱放。

中考前两天学校开动员会，那小子拿复读机在会场占了个位置，人却跑到一边与别人说话去了。当时我和一个叫姜明的同学就在复读机的旁边，也不知出于什么心理，我们决定将那小子的复读机藏起来。

我俩拿着复读机溜出会场，回到教室，将复读机藏在图书角的书籍背后。回到会场后，那小子果然在那里焦急地找他的复读机。

一直到散会，终于有人告诉他，复读机是被我和姜明藏起来了，他便来找我们要。玩笑开到这时候也得落幕，我和姜明便去图书角拿复读机还给他，这一去，我们傻眼了，复读机不翼而飞了。"是谁把复读机拿走了？"我们问了所有的同学，却没人承认。

众目睽睽下我们拿了人家的东西，现在居然不见了，我和姜明只得硬着头皮说："过些日子，我们还给你。"

中考结束，同学们就各奔东西，那小子也没再逼我们还复读机，可我和姜明却如鲠在喉，两个人相邀着去了一趟县城，到商场一看复读机的价钱，560元！对于我和姜明来说，无异于天文数字。我俩对着那张价格牌发了半天的呆，后来还是咬着牙约定，每人280元，下学期开学前将钱凑齐，买个复读机赔给人家。

整个暑假，我都在为那280元犯愁。我不敢张口向家里要，只能自己想办法。正巧，没过几天，我们村里放电影。我发现，卖冰棒的生意非常好。于是，我从家里拿了一只装书的木箱，在里面塞上棉絮，从父亲那里借了20元钱，用自行车驮着木箱到县城里批冰棒卖。每天晚上，哪个村放电影就往哪个村跑，每晚下来总能挣到五六块钱。后来，我又捎带着卖气球，接着是玩具车、小冰袋……暑假结束，我已赚了四百多元，远远超出了280元的期望。

开学前一天，我去找姜明，他也拿出了280元。我们一起买了个复读机给那个包工头的儿子送去，哪知道那小子眼睛瞪得像灯泡似的，讶然说："谁要你们赔复读机了？其实，你们将复读机一藏起来，就有人告诉我了，我跟在你们后面去了教室，你们刚藏好，我就将复读机拿回来了，我也故意不说，跟你们开个玩笑，吓吓你们。"

我和姜明又去县城将复读机退了，我将退得的钱交给了父母，我永远忘不了母亲接过那些钱时的表情，她的手微微地抖，一遍又一遍地摸着我的头，啧着嘴，一遍又一遍地说："我娃能干！我娃真行！一个暑假挣了这么多，真出息了。"

我被母亲的话鼓励了，也被暑假的成果所鼓励，我明白了，钱对于我们家庭来说是多么重要，我也从暑假挣钱的过程中找到了成功的乐趣，所以，后来一有空闲我就考虑做小买卖挣钱，高中一毕业，就真正开始经商了。但姜明高中还没毕业，就被派出所拘留了两次，后来，我才知道，初三那个暑假，他筹到的那280元钱，是他偷人家的自行车卖得的钱。那个暑假他一共偷了8辆自行车，全部卖给了县城里的黑车摊。这以后，他从偷自行车上尝到了甜头，一发不可收，像我做生意越做越大一样，他偷东西也越偷越多，在我开办第一家超市那一年，他就被判了刑，现在，我已没有他的消息了。

听完他的故事，宴席上所有的人都沉默了，从大家的目光里，能看得到所有人的震惊。一个玩笑，却彻底改变了两个人的命运。

飞翔的纸蝴蝶

文／郭震海

欧阳嫂做梦也没有想到她的剪纸作品能一夜成名。

在黄河滩村自古就有剪纸的传统，家家户户的女人都会剪纸，年年有余、龙凤呈祥、春回大地……每年的春节，家家都会在窗玻璃上贴上象征吉祥如意的窗花。

除夕的当天，夜幕降临，皑皑白雪中，映衬着红红的窗花，还有孩子们的嬉闹声，噼里啪啦的爆竹声，在黄河滩村的大地上构成一幅有声有色、如梦如画的风景。

欧阳嫂家的窗花总是清一色的蝴蝶花，贴在窗玻璃上，每一只蝴蝶都仿佛在草丛中翩翩起舞。来求欧阳嫂剪蝴蝶的人络绎不绝，热情的欧阳嫂来者不拒，只要来者拿够了纸，欧阳嫂有的是时间。

有一天，一位民俗爱好者将欧阳嫂的蝴蝶剪纸带到了一个全国性的民间艺术展上，一举夺得大奖，欧阳嫂和她的蝴蝶剪纸一夜成名。

出名后的欧阳嫂变得很忙碌，来自全国各地的民俗爱好者纷纷找上门来请她剪纸，而且每一次都会付上数额不等的酬劳。刚开始欧阳嫂不好意思收，来者说："收下，为什么不收下，这是你应该得到的！"后来欧阳嫂才知道这叫什么版权费。是的，活了半辈子，从小就跟着母亲学剪纸的她从来不知道什么叫版权，也是第一次听说，更不理解"版权"这两个字的意思，但她明白她剪的蝴蝶现在已经不是一幅简单的剪纸，而是钱，每动一下剪刀都是钱。

有了"钱"这个概念，在黄河滩村的窗户上就很少再见到欧阳嫂剪的蝴蝶了。欧阳嫂惜剪如命，后来明码标价，一幅蝴蝶剪纸 300 块，出钱就剪，不出不剪。靠土地和打工为生的乡亲们并没有多余的钱用来装饰窗玻璃，春节贴窗花只不过是图个吉利。300 块钱贴一幅蝴蝶窗花，除非是疯了！欧阳嫂出名了，然而找他的乡亲却没有了。短暂的红火之后，外面拿钱让欧阳嫂剪纸的民俗爱好者也没有了，似乎把她遗忘，欧阳嫂家的小院开始变得冷清了。

　　有一对中年夫妇突然找上门来，要求欧阳嫂剪一幅蝴蝶。这让欧阳嫂感到意外，欧阳嫂说了价格，中年夫妇很犹豫问能不能少些，欧阳嫂没有回答，中年夫妇最终买了蝴蝶剪纸。

　　几个月后欧阳嫂在医院做阑尾手术。住院康复期间，她遇到了一个患有白血病的小男孩，他只有 5 岁，尽管还在病痛的折磨中，每一次化疗结束后，小男孩都会戴着口罩在医院的花园里玩儿。欧阳嫂坐在花园的凳子上，小男孩跑过来扑闪着大大的眼睛问："奶奶，您也不舒服吗？""是啊！奶奶做手术了！"欧阳嫂说。"奶奶，医生给您打针的时候您哭吗？"小男孩好奇地问。"不哭，因为奶奶是大人了。""我也不哭，因为我有这个！"小男孩说着小心翼翼地从身上掏出一个纸蝴蝶，蝴蝶的翅膀上系着一条长长的丝线，小男孩用手拉着快乐地奔跑，蝴蝶就凌空飞舞，漂亮极了。小男孩就像飞翔的蝴蝶一样无忧无虑。欧阳嫂看了看男孩手里的蝴蝶，可以确定这是她剪的蝴蝶，因为蝴蝶的翅膀上还有她做的一个小小标记。也许是为了防止盗版，剪纸出名后她对自己剪的每一只蝴蝶都要留有只有自己知道的标记。

　　"你的蝴蝶很漂亮，能告诉奶奶从哪里得到的吗？"欧阳嫂问小男孩。"爸爸妈妈给我买的，好贵好贵的。爸爸妈妈给我治病花光了钱，我喜欢蝴蝶，他们借钱给我买的。我每一次看到蝴蝶的时候身上就不疼了，奶奶您也想要蝴蝶吗？想要了我给奶奶做一只！"小男孩说着又拉着蝴蝶在草地上奔跑起来。

　　就在欧阳嫂准备出院的时候，小男孩离开了这个世界。在他的病床上凌乱地放着好多纸，还有剪刀。护士说就在给他实施急救的最后时刻，他手里还紧紧地握着那只纸做的蝴蝶，他让妈妈把手里的蝴蝶给花园里坐的奶奶，因为他没有帮奶奶做成蝴蝶。他说奶奶有蝴蝶就不疼了。

欧阳嫂流泪了。她回到家后一口气剪了无数个蝴蝶，一根火柴将美丽的蝴蝶化作一缕轻烟，她希望小男孩能收到她的蝴蝶。

又是一年春节到了，欧阳嫂很早就在院子里摆起桌子剪蝴蝶。那一年黄河滩村家家户户的窗户上都贴上了红红的蝴蝶。除夕夜灯亮了，下雪了，洁白的雪花映衬着红红的蝴蝶窗花，整个村庄都在飞翔。

最后的期望

文／侯建臣

那是最后一片绿地。

在这个世界上，树木一棵一棵地倒下去，草地一片一片地秃下去。

最后，就真的剩下那最后的一片绿地了。

绿地看了看左边，光秃秃的，是一望无际的荒漠；绿地看了看右边，是越来越厚的沙子。

绿地叹了一口气，重重地。

一只野兔，站在绿地的边上，思索着什么。

那是最后的一只野兔了。在草地一片一片地消失的时候，野兔们也一批一批地消失了，网、子弹和越来越少的草地让野兔们在绝望中死去了。最后的这只野兔已经好久没有吃东西了，在这个世界上的最后一片草地的边上，野兔守望了好长时间，它不是不想走进那片草地，它太想用那绿草来填充自己的肚子了，可是它却一直没有走进绿地去。

野兔想：那可是最后一片绿地了！我怎么能去吃掉呢？留下那一片绿地，也许慢慢地慢慢地就能繁衍出更大的一片绿地，也许慢慢地慢慢地，绿地就会蔓延出去……这个世界上不能没有草地啊。

想到这儿，野兔笑了。那是这个世界上的最后一只野兔的好久以来的唯一一次笑啊。

野兔笑得比哭都难看。

一只狼，在离野兔不远的地方卧着。那也是世界上的最后一只狼了。狼的兄弟姐妹们一只一只地在这个世界上消失了，在某一天，这个世界上就只有这最后一只狼了。

狼在那儿卧着，卧了好长好长时间了，狼会久久地看着野兔，然后抬起头来看天。狼好几次站起来，准备向野兔走去，但它最终停下来了。狼听到了自己的肚子咕咕咕咕地叫着的声音。

狼对自己说：我不能吃它啊。它可是这个世界上最后的一只野兔了。让它活下去吧，也许它是一只母兔，也许在它的肚子里还有小兔，就让它繁殖出一批一批的兔子吧。谁能想象到一个没有兔子的世界该是什么样子呢。

于是草地在那儿静静地待着，野兔在那儿静静地站着，狼在那儿静静地卧着。

其实草地是在期待着什么啊！草地多么希望这个世界上的最后一只野兔朝着自己走过来，把自己吃掉。那样至少这个世界上还有野兔存在啊，也许，野兔在吃掉自己以后，会把自己的种子带到其他地方去，随着那些种子们被野兔带到各个地方，慢慢地会长出一片一片的绿草地来。

其实兔子真的希望这个世界上的最后一只狼朝着自己走过来，把

最悦读 · 最受小学生喜爱的微型小说全集

自己吃掉。这个世界上叫作狮子的动物、叫作老虎的动物、叫作别的什么什么的动物都已经没有了，眼看着叫作兔子的动物也就剩下自己了，那么让狼吃掉自己吧，也许狼吃掉自己后，这种叫作狼的动物还不会消失呢。

卧在那儿的狼知道草地在想什么，也知道野兔在想什么。

但狼一直在那儿卧着，狼总会回到以前的时光，那是它经历过的。在以前的时光里，狼感觉多么幸福啊，可是那一切都不复存在了。狼也会回到以前的以前的时光去，当然以前的以前的时光它没有经历过，那是它的祖先们经历过的，在回忆往事的时候，狼会陶醉那么一会儿。

狼一直没有朝野兔走过去，卧在那儿，狼突然对死亡产生了强烈的憧憬，而在这以前，狼是多么地害怕死亡啊。狼对自己说，我快快地快快地死掉吧，在我死的时候我就走到那片草地的中央去，让我的尸体慢慢地腐烂，然后让世界上最后的那一片草地旺盛地生长，那可是世界上最后的一片草地了。想到这儿，狼笑了。

狼笑了那么一小会儿，就不笑了，狼知道，自己想的那只能是幻想了。狼摇了摇头。

于是在这个世界上，最后的一片草地、最后的一只野兔和最后的一只狼静静地静静地等待着它们最后的时光。

184

方格情韵

文／邵宝健

在荷城有色金属公司任办公室秘书的帆先生，是个比较拘谨又比较冷峻的中年男子。他衣着不怎么讲究，也不挑剔；对夫人的服饰也从不过问，可以说是个"服饰盲"。他一心扑在工作上，业余时间则扑在笔耕上，在报刊上发表一些文章，赚点烟茶钱。从这个角度说，帆先生委实是个"落伍"的人。

这种评价并不过分。不过，精彩的世界对帆先生不是一点影响也没有，而量力而行、治家有方的帆夫人也没少对夫君的生活给予关照和"训导"。所以，帆先生的仪表一点也不窝囊、不邋遢，倒是有几分整洁和朴质。这让在中学读书的独生女儿也增光不少——同学们每每见到她父亲，都把他判断为相当有职位或相当有学问的人士。

帆先生去外地出差的机会不少，但不知怎么搞的，他的记忆力似乎有点退化，出门前需携带什么、出门后需办什么，总要事前记在一本笔记簿上。这本记了一大堆琐碎事情的外出"备忘录"，曾被夫人发觉并仔细研究一番，并没有发现什么出格或者新奇的东西，她心中的疑虑也便不复存在了。

一日，帆夫人发现夫君的"备忘录"里新写有"方格"二字，颇费猜详。特别是当帆先生这趟外差延期归返，更添一份忧思。

在夫君不在身旁、独眠而寝的时候，风韵犹存的帆夫人不免辗转反侧，脑海里不断跳跃出"方格"二字。

　　方格，是人？男士还是小姐？别以为姓名是性别的标记——不、不，现今有的男士的名字倒是富有芬芳色彩，而有不少女性特别是年轻姑娘和少妇的名字倒有点趋向阳刚化。这个方格和夫君是什么关系？他这次出差是去和方格会晤吗？方格，还可以理解成窗户，玻璃窗不是一格一格的吗？他记挂着的是家中的还是公司办公室里的窗户？这窗框是木质的铝质的还是塑料的？这样胡思乱想一阵后，她又想起夫君是个业余作者，莫非他要顺便采购一些用于撰写文章的方格稿纸，也有可能是把一叠方格稿送往什么编辑部，他这一阵子可真的扎扎实实地写了几篇文章呵。想着想着，她终于有了睡意。

　　夫君终于按响了自家的门铃。帆夫人自然十分高兴。那些雾一般的疑虑，也随着重逢的喜悦骤然降临而消失了。晚餐后，帆先生从大拎包里取出一块质地较薄的呢料，说："这在上海很流行的。"

　　帆夫人自然一乐，于是用这块呢料给自己和女儿各做了一件风衣。

　　初春的日子说来就来了，路旁的梧桐树萌发出新芽。

　　这天，帆夫人穿着新制的薄呢料风衣，挺有精神地赶去上班。她在市外贸局下设的一个办事处当出纳员。办事处的女同事的眼睛都特亮，都把热情的目光集中到帆夫人身上。尽管她们的眼光习惯于挑剔，但对帆夫人身上的新风衣的评价颇高：款式好，做工好，特别是这呢料上的方格子——普蓝底色、玫瑰红线条打成一个个方格，非常新颖、别致、精美，配上她那稍稍发胖的身段和稍稍发胖的脸庞，那真是恰到好处，相得益彰。

　　"好就好在这种方格，大了不好，小了也不好。"一位穿戴极时髦的少妇很在行地说。

　　"方格这种东西……亏这位图案设计师想得出……也该去买这种方格呢料，做一套西装一定不错。"另一位比帆夫人年纪稍微轻一点的女同事，一边评论，一边用保养得极好的玉手抚摸着帆夫人身上的玫瑰红方格。

　　"方格？！"帆夫人听到同事们热情的议论后，惊喜地喊出声来。她的心一热，眼角便淌出泪水。

　　不久，"方格"面料的服饰，风靡这个江南小城。

铁 皮 屋

文／临川柴子

端村东头有一座小铁皮房子，孤芳自赏般地远离村落，夜里会突然有尖利的叫声传来，说不出的诡异。

孩子哭了，母亲会说，再哭，再哭把你扔到铁皮屋去！孩子立马停止了哭泣。端村的女人哄孩子都会用这招。

所以，无论我们玩得多疯，心里也有所顾忌。我们在太阳下捉知了，在月光地里捉迷藏，都远远地避开这处让人不寒而栗的地方。

但有时，我们会在大白天远远地望着这座神秘的小铁房，听不到里面的动静，却看到有一把大锁落在上面，而钥匙则由我爹掌管，我爹是村长。

爹也会隔三差五地去铁皮屋走动。每当铁皮屋里传出尖利的叫声时，爹就会端上饭菜走进铁皮屋。我远远地看见爹开锁走进去，然后将门关上，我听到屋内突然变得非常安静，然后又看到爹端着空碗出来，再次将门锁上，爹很安然地做着这一切。

我问爹，铁皮屋里关着的是什么东西，是人吗？爹对我的提问不予理睬。我就问娘，娘看了看爹，然后说，是人，是一个女人。

为什么要把她关起来？

因为她是一个疯子，她长着尖利的牙齿，专门咬小孩，为了不让她伤人，所以就把她关起来，但她连房子也咬，所以就给她做了座铁房子。你看，你脸上这道月牙痕就是让她咬的。母亲说。母亲喜欢我，

但这种喜欢总带着几分小心翼翼。

我脸上有一道非常明显的伤痕，是小伙伴嘲笑的对象，让我很没面子，原来就是铁皮屋里那个女人所赐，这让我油然地对那女人生出几分恨。

那为什么总是爹给她送饭呢？

因为你爹是村长。

她没有亲人吗？比如孩子什么的？

没有。母亲犹豫了一下。

我在心里描绘着这个女人的长相，她一定披头散发，脸色苍白，有一双铜铃般的大眼睛，嘴里吐出长长的獠牙，就像电视里的女妖。

太可怕了。

当然，这只限于我小时候的印象，当我升入高中时，便对铁皮屋没有恐惧之感，但依然有好奇心，所以我有一次非常固执地跟在父亲后面，和他一起走进铁皮屋。

我第一次看到她的时候确实很受惊吓。她的确披头散发，但是嘴里并没有长出利牙，而且非常瘦，手腕上套着一根闪光的铁链，另一头则连着屋子中间的铁柱。她无头苍蝇般转着圈，声嘶力竭地叫着。

我站在爹的身后，很冷静地看着她，她看到我则情绪激动，嘴里发出我似曾相识的叫声。

爹厉声呼喝了一句，那女人突然噤声。然后爹把饭碗递过去，女人敏捷地抓过去，狼吞虎咽地吃着，然后望着爹傻笑。爹皱着眉，将她牵出铁皮屋，在野地里走一圈，六月的阳光从天空抛洒下来，女人像一只被驯服的猴子乖顺地走在爹的后面，而她的身后照例会有一群小孩子重复着我们以前的游戏，不停地朝她扔小石子。

她为什么这样怕你？我问爹。

因为我是村长。爹回答。

村长的儿子不能太没出息，所以我在读书的时候便用了一些功，我考入了一所很不错的学校，在北方一座大都市。我之所以选择北方，是出于对故乡的背叛，感觉走得越远越有出息。

爹在村里大摆宴席。村里的男女老少都来为我饯行。爹领着我给长辈们一一敬酒，我手执酒杯，跟爹提了一个要求，我说我想先去一下铁皮屋。

爹浑身颤动了一下，然后望着娘，娘悄悄地将目光低垂下去。

我跟在爹的后面，手里执着酒杯和酒壶。爹将铁皮屋打开。很久没有人来过了，铁皮屋已经锈迹斑斑，门前则长满杂草。

屋内空空如也，只有那根蜷缩在地上的铁链，一头已经散开，另一头还拴在铁柱上，委委屈屈的，似乎想诉说什么。

突然地，泪水如泉涌出，我将一杯酒泼洒于地，悲悲切切地叫了一声：娘——

声音冲破铁皮屋，响彻在端村的上空。

很可能，这是她第一次听我叫她，我想，她会听见的。

娘下葬的那天，我跟在送葬队伍的后面，那时我已知道她的身份，我没有叫。葬礼完了，爹铁青着脸，爹说，你娘是为你疯的！那年，你发了一场高烧，她带你走了十几里夜路，一路受惊且急火攻心，然后……你脸上的疤，就是她神智不清时咬的，她为你驱魔，她坚信她咬的是魔鬼。

从那以后她失去了理智，见小孩就咬，家里无法困住她，所以，只能为她打造一座铁房子，我们都在你面前隐瞒她的身份，爹是自私，但也是为你好。爹说完默然。

我无语，只任泪水在脸上流淌。

我离开端村后，爹把铁皮屋拆了，但是我脸上带着这道月牙痕，浪迹天涯。

站起来的孩子

文／秦德龙

　　小香草站起来了。5 岁的地震幸存儿童小香草，截肢康复后，终于站起来了。电视台的台长，看到编辑送审的画面，激动之中，闪现灵感。他决定，抓住这个题材，好好挖挖，把小香草打造成为一颗耀眼的电视童星。

　　当然，这事得和小香草的父母做好沟通。汶川大地震中，5 岁的小香草在废墟中埋了 40 多个小时。为了保住生命，她不得不做了截肢手术。一个 5 岁的小女孩，经受这样残酷的磨难，父母一定伤感至极。好在手术后她站了起来。既然站了起来，就要勇敢地面对镜头，从电视里走进千家万户。

　　台长亲自找到了小香草的父母，畅谈了自己的构思。

　　显然，小香草的父母尚未从伤痛中完全解脱出来。截肢手术虽然成功了，小香草虽然能站起来了，但她毕竟年龄还小啊。以后，她该如何面对漫漫的人生之旅呢？听了台长的话，小香草的父母，很是茫然。一个残疾的孩子，该不该成为灾难的童星？他们拿不准，真的拿不准。

　　台长说："请你们放心好了，我们一定会将孩子打造成一流的电视童星。成为电视童星，家喻户晓，就是走上了成才之路。今后的生活，绝对衣食无忧了。上学、就业的路子都铺好了，一路绿灯！"

　　小香草的父母没有答话，他们不知道台长的话，靠不靠谱。小香草的命运已经很悲惨了，他们怜爱女儿，怎么舍得让女儿做那种不靠谱的事情呢？

台长又说："请相信电视台吧。只要我们好好地包装她，没有做不到的事情。媒体的力量是强大的，电视台的力量更强大！"

小香草的父母还是不答话。他们真的不知道这件事情靠不靠谱。

台长挠着头皮说："人生有许多机遇，从小就有机遇，就看能不能抓住了。亲历大地震，虽然是场灾难，但更是人生的宝贵财富。"

"财富？我们宁可不要这样的财富！"小香草的父亲说。

"我们只要平安，平安才是幸福！"小香草的母亲说。

"对不起，我的表达可能不够准确。但我的意思很明白，成为电视童星后，小香草的生活会更好一些！"接下来，台长侃侃而谈，开始了举例说明。他开出了一长串名单，都是一些身残志坚、享誉中外的公众人物。台长着重说明，这些身残志不残的人，如果没有媒体的帮助，是不会走那么远的，也不会在社会上闪闪发光。台长还补充说，有的伤残人，给企业当形象代言人，在电视上做广告，收入相当可观，不但自己出了名，家里人也跟着过上了小康生活。

听到这里，小香草的父母点了点头。也许台长说得有道理。如果，小香草通过电视台获得更大的帮助，有什么不好呢？

于是，台长带人来到了小香草的病房，预备做深度采访了。采访的提纲已经列好了，一是让小香草回忆地震前的欢乐场面，二是让小香草讲述埋在废墟下的苦难感受，三是让小香草表达获救后的感恩之情，四是让小香草表述今后将怎样读书和生活，五是请小香草谈谈将来要考上哪所大学，六是要小香草回答成年后打算干什么职业，七是要小香草描绘如何报答社会……当然，这些话题都属于成人语境，要在家长的配合下，完成儿童语境的转换，让小香草听得懂、答得出、说得美。采访提纲还有其他细节，例如，小香草接受采访的时候，要面带笑容，要做出天真烂漫的神态。

可是，小香草的互动性却很差，一看见电视台的摄像机，竟哇哇地哭了起来。别说回答问题了，就是止住哭声都难。怎么办呢？记者

提出了偷拍。用偷拍的手法，再辅以配音，也可达到预期效果。台长听了这个建议，决定采纳，记者当即换上了微型摄像机，准备偷拍。

就在这时候，小香草的爷爷到病房来了。看见爷爷来了，小香草停住了哭泣，破涕为笑了。

台长走上前去，握住了爷爷的手，畅谈了把小香草打造为电视童星的专题策划。

爷爷凝着眉头说："台长，谢谢您的好意！不过，我还是请求您，不要做什么专题策划了，也不要将我的孙女打造成什么童星！因为，我孙女经不得二次伤害了。请原谅我的直率。我们是大地震的幸存者，不要在我们的伤口上撒盐了……"爷爷说着说着，眼圈儿红了起来。

"老人家，我们是为了小香草好……"台长辩解道。

"如果，你们是为了我孙女好，请给她一片安宁吧。恕我直言，如果，你们将我孙女打造成为一颗闪闪发光的童星，恐怕她一辈子就要坐到轮椅上了。那样的话，所谓童星的光环，就会使她成为寄生虫！"

台长表示不解。爷爷这么说，周围的人，都表示不解。

爷爷叹了口气，挽起了自己的裤管，一条假腿，呈现在众人的面前。

爷爷语调沉重地说："看到了吧！那年，保卫边疆，地雷炸飞了我一条腿。现在，我能走能跑，不是活得很好吗？而我的一个战友，也被炸丢了一条腿，可是他却坐着轮椅，到处做报告，成了众所周知的电视明星。结果呢，他再也没有站起来！"

太阳开花是什么颜色

文／韦延才

钱教授所剩的日子不多了。

钱教授的病情一直在恶化，这次昏迷了一天一夜才醒过来。窗外，正午的阳光灿烂地照着。钱教授睁开眼睛，马上又眯了起来，强烈的光线他一时还适应不了。女儿钱笑走到窗前，把窗帘拉上。钱教授制止了，说那阳光多好呢，我的日子也不多了，就让我多看看这阳光吧。

钱笑就把拉上的窗帘重新打开，说爸你病糊涂了吧，您好好的没事儿。钱教授看着钱笑没说话，然后把目光移到窗外。从5层的楼上往外望，又是仰视，钱教授没有看到院子里长势茂盛叶子青绿青绿的各色树木，特别是那株古老的白玉兰树还开出了朵朵白色的小花，其清香弥漫了整个院子。

钱教授一眨不眨地看着被太阳照得光亮无比的天空和空中缓缓飘过的白云，一种与太阳亲密接触的快感便在他的身上流淌，人变得精神了起来。忽然，钱教授收回目光，问钱笑，小妮子呢，我想见见小妮子。钱笑说爸你刚醒来，改天我再让小妮子来看你。

现在的阳光多好，你还是让小妮子过来吧。钱教授坚持说。钱笑点了点头，走出病房去打电话。

小妮子是隔壁家的小女孩，还不满6岁，在幼儿园里读大班。钱教授的孙子孙女和钱笑的孩子都在外面读书，最小的孙子也读高中了，他们都在学校里住。钱教授平时闲了没事，就和小妮子玩儿。

　　钱教授最后一次和小妮子玩是一个月前了，那是一个阳光明媚的早上，小妮子过来，说钱爷爷我们出去散步吧。钱教授常常和小妮子到小区的公园里散步，在草坪上说故事，看那些三角花啦、菊花啦静静地开放。那天他们坐在树下的石凳上，欣赏花圃里美人蕉开出的艳丽花朵。美人蕉的花很美，黄得粉嫩，粉得欲滴，花丛之上不时有蝴蝶飞过来，恋花的蝴蝶一时泊在花朵上，一会又张开美丽的翅膀在花朵的上空翩翩起舞。一阵风吹过，把树叶吹开了一道缝，阳光就落到了小妮子的眼睛里。小妮子眯了眯眼，往树上看了看，树叶又像被针缝合了一样，再没有阳光滴下来。小妮子托着腮，愣愣地望着天上。钱教授用手碰了碰小妮子，说小妮子，在想什么呢？

　　小妮子沉默了一会儿，说钱爷爷，您说太阳开花是什么颜色的呢？

　　钱教授没想到小妮子会提出这样的问题，一时不知怎么回答，便笑着说，你说太阳它会开花么？

　　小妮子认真地说，钱爷爷您说过，早上红红的太阳像个大南瓜，南瓜是有南瓜花的呀，南瓜花黄黄的像个喇叭，那太阳开的花是什么颜色呢？

　　哦。钱教授被小妮子的话逗笑了。

　　小妮子又说，钱爷爷，您是教授，您一定知道太阳开花是什么颜色。钱教授看着小妮子，那让钱爷爷想想吧，钱爷爷想到了再告诉你。

　　真是一个小逗儿。钱教授看着窗外，自言自语地说。这时，小妮子在她妈妈的带领下推开了病房的门。

　　钱爷爷，您在看什么呢。小妮子一进入病房，就跑到钱教授跟前说。

　　哦，小妮子来了呀。钱教授看着小妮子，说爷爷在看太阳呢。

　　您在医院里看太阳与在我们家里看太阳有什么不同吗？小妮子拉着钱教授的手问。

　　太阳都是一样的，钱教授笑了，缓了缓气儿说，不过我知道太阳开花是什么颜色的了。

　　是吗，钱爷爷，太阳开花是什么颜色的？小妮子高兴得差点跳起来。

　　是白色的，你看那天上的白云，那就是太阳开出的花朵。钱教授说，它也是黄色的，那些美人蕉、菊花啦都是太阳开出的花朵；它也是红色的，那些玫瑰花啦、木棉花啦，也是太阳开出的花朵。

哦，是吗？小妮子似懂非懂地问。

是啊，太阳可以开出各种颜色的花朵。钱教授看着小妮子说，因为万物花开靠太阳，没有太阳，菊花啦、玫瑰啦什么花都是开不了的。

太阳真好，是个大花园咧。小妮子说着，在钱教授的脸上亲了一下，一种高兴与兴奋的神色在小妮子的脸上缠绕着。

告辞的时候，小妮子还沉浸在喜悦里，她附在钱教授的耳边，小声道，钱爷爷，您不愧是个教授。

望着小妮子走出病房的背影，钱教授的脸上也洋溢着微笑，好像这个世界再也没有遗憾的事情了。

年夜饭

文／闲 月

黄昏的时候，外面飘起了雪花，稀疏的鞭炮声不断地传来。伴着清脆悦耳的二踢脚声，娘抱着一大捆玉米秸走进屋来。她一边死劲地跺着粘在脚上的积雪，一边把手中的玉米秸填进了灶堂，一股辛辣刺鼻的浓烟慢慢地升腾弥漫开来，与锅里散发出来的水蒸气一起缭绕在厨房里，便使这个原本就阴暗狭小的厨房显得更加的阴沉昏暗了。娘

剧烈地咳嗽了几声，愁苦而憔悴的脸上溢出了几滴浑浊的泪水。

娘麻利地洗了一把手，掀开了锅盖，舀了一瓢沸腾的开水照着锅台后的那个小面人的身上狠狠地泼去，一边泼一边还在嘴里念念有词：

"让你偷我家的钱，烫死你！叫你不得好死……"

娘每泼一遍我的心都随之战栗一次，娘泼完了以后从锅台边事先和好的面盆里抓起了一团玉米面，在手中飞快地团了团，再双手倒换着用手掌反复地啪嗒了几下，那团面就在她的手中变成了一个椭圆型的饼子，她随手迅速往锅边一贴。然后，再去盆里抓面……片刻之后锅里就贴满了一圈大小均匀的玉米饼子。不用说，这锅玉米面大饼子就是我家今年的年夜饭了，我深深地叹了口气，带着一颗懊悔不安的心转身走出了那个令人感到苦闷和压抑的家。

炮声越来越密集了，从邻居家飘来了一阵炖肉的香味，我狠狠地嗅了嗅，便久久地沉浸在这久违的幸福之中了。我是多么想再能像往年一样吃上一顿有肉有菜的年夜饭啊，可是这么简单的幸福却因为我的过失而毁灭了。

事情是这样的：今年开春的时候，爹看着家里住着的这个年久失修的房子实在是不行了，就四处张罗借钱想再买一处住房。他好不容易东挪西凑地借够了200元钱，像宝贝似的藏在了家中的箱子里。

说来也巧，还没等爹找到合适的住房，我却在上体育课的时候把班里的一个同学撞倒摔成了重伤。老师让我承担那位同学的全部医疗费，怕爹打我，我不敢告诉他们。可是让我去哪里弄那么多的钱赔偿人家的医疗费呢，无奈我只好偷偷地拿走了爹放在箱子里的200元钱。

等家里发现了那200元钱不见了以后，简直就如同濒临了世界的末日，娘哭天抢地骂了好几天，闹得四邻不安，就差没报案了。最后不知道是谁给她出了一个主意，让她用面捏一个小面人，放在锅台后面。每天做饭的时候都用开水浇，边浇边诅咒人家，说用不了多久那个偷我们家钱的人就一定会得到报应的。这不，我娘从春天到现在每天三遍地浇，把那个面人都浇得面目全非了，也没有看见谁得到了报应，可是她还是一如既往地坚持着。

雪已经停了，我迈着沉重的脚步漫步在街头，透过家家户户门前挂着的大红灯笼和门上贴着的春联，我仿佛已经看见了这些人家里的那一张张幸福的笑脸。这些脸与我娘的那张愁苦而憔悴的脸形成了一个鲜明的对比，反复地交织在我的脑海里，让我感到异常的痛苦和不安。

不知道转悠了多久，我才从人家放过的炮屑里找到了几个没有放响的鞭炮，紧紧地握在了手里，高兴地返回了家门。

"要吃饭了，怎么才会来？大过年的还到处闲逛。"

娘见我回来十分不满地絮叨着，炕上爹和弟弟、妹妹们早已围坐在饭桌前等着我了。桌中间放着一帘刚刚出锅的玉米面饼子和一盘萝卜咸菜，每个人的面前还放着一碗水。我没说话慢慢地蹭上了炕，全家人谁也不言声，都默默地看着自己眼前的那碗冒着热气的白开水。

"今年我们家遭了贼，为了还账把猪卖了，这个年是过得寒酸了点。来，让我们为了明年过年能吃上猪肉干杯。"

还是爹先打破了这种难堪的沉默，端起了碗在我们面前象征似的晃了一圈，连喝了几大口，然后使劲地咬起了手里的大饼子。弟弟和妹妹也都迫不及待地行动开了。我不敢再看他们，慢慢地端起了那碗水和着不经意间坠落在里面的一滴眼泪一起喝了下去。

年关过后，住在我家后街的一个平时名声不太好的邻居果然病死了。娘这才如释重负般地把锅台后的那个小面人扔进了垃圾堆，还无限欣慰地说："这可真是恶有恶报，谁让你偷我家的钱呢，死了也得进十八层地狱。"娘说这话的时候脸上露出了久违的笑容，可我的心里却愈加忏悔不安了……

往事如烟，三十年过去了。每逢过年的时候，想起那年的那顿年夜饭，我都会感到忏悔不安，同时也为如今年夜饭的丰盛而感到幸福和满足。

第六辑　家长会后的消化过程

　　儿子小心翼翼地看着我，我知道他是想从我的脸上读出一些表情，以判断家长会上老师对他的评判。我故意面无表情。

心是热的

文／尤秀玲

老贼很幸运，一辈子也没犯过事。小贼就不一样了，下手没几次，就被逮个正着，差点让人活活打死。

小贼便去拜访老贼向他请教做贼的成功经验，老贼神秘一笑说："总结起来，就一个字'冷'。"冷？小贼颇为不解。老贼向他解释："说白了就是冷静、冷漠和冷酷的意思。"

小贼听得糊里糊涂，心想，这做贼和冷热有啥直接牵连呀。

老贼暗笑，以后你会明白的。

养好伤后，小贼又开始行动了。那天上午，他窜入一条偏僻胡同的民宅准备下手。

那家特别困难，简直没什么东西值得他拿的。半新不旧的被子装在一个纸箱里，衣架上的衣服都很破旧。厨房的盆碗里装着吃剩的玉米粥和咸菜。墙上挂着一张照片，一对中年夫妻甜蜜地微笑着。小贼左顾右盼，终于发现了一个宝贝。屋子里唯一的一把旧椅子上放着一块手表。那一定是主人走得匆忙，忘了带上。小贼本可以拿了就走，可就在他的手碰到手表的一瞬间，他开始犹豫了。这块手表可能是这个家里最值钱的东西了，它还可能是他们夫妻二人的定情物。若是他拿走了它，也只不过卖个百十元钱，而对于他们夫妻两人的损失可能一辈子都无法弥补。

这时，房门开了。房子的主人回来了，那男人操起一把菜刀疯狂地朝他砍来。小贼惊惶地大叫一声，落荒而逃。

小贼觉得特委屈，去见老贼，说："我又没拿他家东西，干吗拿着刀砍我。"

老贼大笑，这就是我说的冷静，你要是不想那么多，拿了那手表就走，后面的事还能发生吗？

小贼恍然大悟，责备自己的心太软。

那天下午，小贼又窜入一个名叫桂花小区的家属楼内，摸进三单元的一户人家。他先撬开客厅里上锁的抽屉，翻出一些首饰和存折。而后他又在卧室的抽屉里找到了一些值钱的东西。当他欢天喜地的把这些东西装在口袋里时，他又犹豫了，他想把所有存折和值钱的东西全都拿走了，那这家今后的日子可怎么过呀。要是正赶上有啥着急的事，急需用钱，这家人还不得急死呀。

这时，110来了，当场把他抓个正着。原来是邻居听见隔壁翻箱倒柜的声音不对劲，报了案。

两个月后，小贼从劳教所出来，去看老贼。

"我还不是为他们着想，打算少拿点吗？"小贼这回很愤怒。

老贼听后，狂笑。这就是我说的冷漠，换句话就是铁石心肠，贼就是贼，不是救苦救难的菩萨，他们就是因此窝囊死了，也和你没关系。怪他们命不好，遭殃了。你要是能做到冷漠，得手后迅速逃窜，别胡思乱想那么多，能蹲两个月的监狱吗？

小贼觉得老贼说的简直就是真理，不愧是从未失过手的老江湖。可小贼有一点疑虑，他在思考老贼说的铁石心肠，若是人真的长着一副冷漠的铁石心肠的话，那还是个人吗？

小贼在一个秋天里，去给他的母亲上坟。小贼很小的时候，就死了母亲。他记得很清楚，外出请大夫的父亲还没回来，母亲就在一阵痛苦的呻吟中离开了他。

往回走时，小贼路过一个大院子，很整洁也很清静。小贼顺便就走了进去，走进院子，小贼看见房门也是敞开着的。他蹑手蹑脚地摸进去。屋子里静悄悄的，好像没人。小贼很高兴，心想这家人也太粗心了,好几个门大敞四开,这不是等着我来拿方便嘛!

小贼这次牢记住了老贼的叮嘱,他放开手脚迅速地行动起来。这次,收获还真可观,有支票、现金还有珠宝。他找来一个小布袋把这些东西统统塞了进去,他轻轻哼着高兴的歌儿准备逃走。

当他一只脚迈出房门,另一只脚抬起的当口,他好像听到屋子里传出了微弱的声音。小贼禁不住一阵狂喜,莫非还有宠物不成,他返回屋里,顺着声音找去。推开紧里边卧室的小门,小贼惊呆了,一位六十多岁的老太太半躺在地上,脸色煞白,嘴里发出轻微的呻吟。小贼的第一个感觉就是马上跑,闲事别管。可他刚转过身,那呻吟声就加重了,那声音听上去,特别像他母亲临死前的悲鸣。小贼一阵心痛,蹲下来抓过老太太的手。老太太吃力地指了指旁边的抽屉,小贼拉开那抽屉,看见那里面装着满满的各种治疗心脏病的药物,小贼从一个小瓶里拿了两粒速效救心丸喂到了她战栗的嘴里,然后抄起桌上的电话,拨通了120急救车。

原来,老人把小孙女送到幼儿园回来后,心脏病突然发作,她顾不得关门,急忙往屋奔,想把药吃到嘴里就好了。可还没等把药拿到手,她就不行了。医生说,幸亏送来得及时,不然老人就容易心肌梗死。那样就麻烦了,轻者,留下偏瘫后遗症,重者,有生命危险。

这时,老人的儿女们相继都来了。他们对小贼千恩万谢,小贼高兴得忘乎所以,一不留神,小布袋掉了,里面的东西散落出来。所有人的脸色顷刻之间都变了,小贼知道这回自己又栽了。

半年后,小贼走出看守所的大门,温暖的阳光映照着他苍白的脸庞。这次,老贼主动来看他了,老贼见了他仍旧是一脸高深莫测的笑,吃一堑长一智,经历了这一切后,你就彻底明白了,做贼就是要冷,冷成六亲不认的铁石心肠,冷成杀手一样的狠毒。

小贼用一种陌生的眼光看着老贼。老贼傻笑,怎么样,对我佩服到家了吧。

小贼苦笑,今后我不想再看到你了,今后我也不会再当贼了。

老贼惊诧,看着小贼问:"为啥?"

小贼长叹了一声："你说的冷静、冷漠和冷酷，我都做不好，因为我的心是热的！"

风起时云没有走开

文／金　薇

那天下午放学，她在网吧找到我，对我说她请我吃饭。我跟着她进了一家面馆。她看着我狼吞虎咽地吃面条，说："顾阳，人生没有过不去的坎，挺一挺，昨天就离明天远了……"

我的鼻子酸酸的。老爸被检察院带走后不久，老妈很快也因涉案被牵连进去。仅仅两个月，我的生活从天堂落到了地狱。父母锒铛入狱，家里空空如也，我的学习一落千丈。

我家出事时，她正在医院里做手术。出院后，我已经成了代班主任的头号敌人，打架、逃课、上网、与社会上不三不四的人混……我风卷残云般消灭了两大碗面条。她说："顾阳，老师的胆被切除了，以后你给我动作轻点！"

一天，从网吧出来，我看到几个混混拦住了一个女孩。我犹豫了一下，走过去，却不想那群混混的头儿眼一横，说："你这贪污犯的狗崽子滚一边去！"我一拳头就抡了上去。

她到派出所来保我，出来后她带我去了她家。她家里有一股很大的药味，她的爱人因工伤躺在床上一年多了。即使这样，那顿饭我依然吃得很开心。

之后没多久，我在校门口被那几个混混拦住。我隐约看到几个同班女生，就喊了一句："告诉老师，顾阳去新世纪广场的迪吧了！"

在新世纪广场的迪吧里，他们对我拳打脚踢。她突然出现，大喊了一句："住手！"混混们让她别管闲事，她说："我的孩子，我能不管？"说着就跟那些人厮打起来，我用尽全身力气站了起来，说："谁敢动她，我就是死了也不放过他！"也许是我满脸的鲜血和声嘶力竭的声音吓住了他们，他们各自散了。她从地上爬起来，说："你看，我来砸场子，不糗吧？"我很想笑，却抱着她哭起来，我说："你胆都没了，还砸什么场子啊？"

在回学校的出租车上，她说："你上课老不举手，多不给我面子啊。我们定个君子之约，你会答的题，就举右手，我就问你。你不会就举左手，我就不问你。"

我笑了，脸上的伤口剧痛："老大，这也太幼稚了吧？"她瞪我："幼稚吗？我不觉得！"

那个周末，我去看管所看我的父母。老妈抹着眼泪说："你们老师来看过我们，她让我们放心。小阳，我不知道，你们老师的爱人就是你爸他们那个工程的受害者……"

从看管所出来，阳光很好。手机响了，是她打来的，她说："小阳，回家吃饭吧，我做了手擀面……"

我答应了。我要亲口告诉她："风起时，幸好云没有走开，然后，我见到了阳光……"

惩 罚

文／天 水

小时候，我很调皮，上课时总爱东张西望，学习很不专心。加之班主任是个刚从师范学院毕业的年轻女教师，性格温柔，长得漂亮，说话柔声细语，又不爱发脾气，所以任凭老师的教鞭在眼前晃来晃去，我依然调皮捣蛋不好好学习。

有几次，我把老师气得当场落泪。一次老师气得没辙了，只得把我的父母叫到学校，最后我父亲当着我的面向老师授权："不听话就惩罚。"

自此，只要我上课不专心听讲，老师就把我叫到她的办公室去接受惩罚。

说是惩罚，其实既不挨打也不挨骂，老师只是让我面壁盯着一幅画看，直到看出名堂。

我十分奇怪：这幅画花花绿绿、斑斑点点的，什么也没有啊！可老师偏说那幅画里有很美很美的东西。

满心疑问的我虽不信老师的话，但在老师严格监视下还是上下左右地端详，却始终没看出什么。不过，被惩罚几次之后，我再不敢在课堂上开小差，调皮的我变得乖巧了，学习成绩也直线上升。

直到我小学毕业，老师的这幅画还挂在她的办公室墙上，我一直想弄清那张惩罚过很多学生的画到底画的是什么，我大胆地向老师索要以作留念。老师爽快地送给了我。

从此，这幅画一直被我带在身边，伴我度过初中、高中乃至大学。终于有一天，我看到那张花花绿绿、斑斑点点的画里面隐藏着一颗红红的心，越看越清晰，后来才知道这种画叫"三维画"。就在那一刻，我终于明白了老师的良苦用心！

后来，我也成了一名人民教师，依葫芦画瓢，我也在办公室墙上挂上了一些三维画，每当我的学生调皮捣蛋或不专心学习时，我都会把他们叫来，面壁赏画，与其说是惩罚不如说是洗脑。

教语文的我，不仅像我的老师那样让学生"面画思过"，更让那些捣蛋的学生把从画中所见所思所想以作文的形式写下来。

虽然每位同学作文水平参差不齐，但令我吃惊的是，每位同学都参透了画中的玄机，居然还有学生背后说我弄张破画糊弄人，其实他们对四维画乃至更高深的画都不在话下，何况这张小小的三维画。

听到此，我感叹万千：现在的学生已不是当年自己当学生时的学生了，先师的教育方式已过时了。思前想后，我在办公室墙上更换了一幅画。

这次，那些调皮的捣蛋的上课不专心听讲的学生一旦"犯事"（当然是违反校纪班规），惩罚规则还是一样"面画思过"，但必须把从画中所见所思所想以作文的形式写下来。

说来奇怪，我这招终于制服了那些平时调皮捣蛋不守纪律的学生，拿他们的话说，他们真的怕面对那张高深莫测的画，因为他们什么也写不出来，也就安心学习再不敢"犯事"。

在师生的共同努力下，我所带的年级升学考试都考得较好，上重点高中的比率在全市名列前茅。

后来，学生们都千方百计向我打探那张神圣的画的秘密，我很固执地拒绝：天机不可泄漏，那可是老师我的法宝啊，点破了以后我惩罚你们的师弟就不灵了，何况我也不知画中的奥秘。

其实，我怎能告诉我的学生：那是我刚满周岁的小儿的胡乱涂鸦，经老师我特意请人加工的裱饰画！

冰雪人民币

文／余 途

她在冰雪地里提着包等出租车。一辆辆从她眼前开过去的车都没有空车标志，这样的天气找车很难，她手里的包越来越沉。

她在几个人的争夺中胜出。

拉上她的司机一开口她就听出是郊区农民，车上还散发着浓浓的烟味和汗味混合的气味。放在平时，她一定要换一辆车。

冰雪阻碍了车的速度。车比往日多一倍的时间到达。

她以要投诉车内气味为理由少给司机10元钱。司机和她激烈争吵了10分钟。

她像一个受害者又像一个获胜者。

车在冰雪中继续爬行。

一种快感让她感到轻松。轻松时刻她才发现她的包随着被她骂的司机走了。

她呆住了，包里的人民币有10万元！

她找她能找的所有人，别人说你没记住车号光凭气味恐怕是找不到了。想碰碰运气，可以站在原地等等。

夜比以前任何一天早来了许多，冰雪几乎要把她变成冰雕。

一道光柱熄灭，真的有辆车在冷得透不过气的夜里停在她眼前。车门里扑出她熟悉的气味。

司机递给她的是她的包，包还是那么沉。

她冻僵的手从包里颤巍巍抽出一叠人民币给司机。

司机不要。

她的泪流出来，在脸上结成冰。

司机向她伸出手："你把刚才少给我的 10 元钱还给我。"

雪又下大了。

胡子老师

文／陈正举

金强见他的数学单元测试只得 58 分，就满脸凄风苦雨，满怀七上八下。测试前他曾向爸妈夸下海口，及格没问题！失信爸妈，怎么办？他叹一口气，踢一下墙角，扛一膀子小树，抬头问小鸟。小鸟动人地叫一声，顽皮地啄啄树枝，又好奇地去啄树叶上的阳光。阳光也好顽皮呀，啄来啄去，有一片竟吱一下飞进他的心里，很快一个念想在他心里明亮起来。

金强走进张老师的办公室。张老师正全神贯注地敲电脑。张老师的胡子钢针一样，一根一根，挥洒着威严，让人怕。金强一见，鼻尖上出汗了，一颗一颗，星星一样闪耀。他心里念着，老师又不是老虎，怕什么，便鼓足勇气叫道，老师。张老师敲着电脑，粗声大气地丢出一句，椅子上没蝎子，坐！这个新来的张老师那么威严，说话那么冲，怎么还让坐？学生面对老师从来是规规矩矩站着的。金强犯着糊涂，张老师已关掉电脑问，有事？金强说，我……数学考了58分，想向您借2分。他的心提到嗓子眼里，跳得紧。借分？！张老师脸绷得像刮过糨糊。金强一见倒吸了一口凉气，但他还是涩声颤音地说，老师，求您……张老师听完金强说的借分理由，沉着脸不说话，空气在一点一点向里收，相当紧张。一会儿，张老师目光亮起来，亮得很有力度，吱咯吱咯划得金强的脸生疼说，我可以借，但我是高利贷者。金强一听，喜出望外说，只要肯借，利息多高我都不在乎。张老师脸上布满郑重说，那好，我要你借一还十。金强眉头蹙成一座小山；但很快弹开，咯嘣咬出一个"行"字！

　　爸妈那里有了交代，可金强的忧愁也来了。想想呀，借一还十呀。他要在下次数学单元测试时得80分以上，才能还清利息，又能及格。八十多分，那是一座高山呀！他的数学基础差，就是拼上小命儿，脑瓜使得流油，也难登上那座高山。哎，金强愁呀！张老师洞穿肺腑的目光掠过金强愁成苦瓜的脸，一下看清金强的心思说，金强，借分的点子你都能想起来，你有多聪明呀！金强有点不相信自己的耳朵，张大嘴巴问，我聪明？很聪明，聪明的孩子只要努力，再高的山也能爬上去！张老师样子威严，但对学生从不吝啬赞扬鼓励。张老师的赞扬鼓励像一股强大的春风，吹得金强腰杆向直里挺，吹得金强学习的劲头像泉水一样汩汩涌冒。他铆足劲学习起来，但毕竟时间短，结果，又一次数学单元测试他只得了61分。金强灰着脸对张老师说，我考砸了，还不上"借分的利息"了。张老师听罢，脸上的威严慢慢被黑红的微笑代替说，61分，了不起呀，比上次一下进步3分，照这样下去，还愁还不上"借分的利息"？金强的目光被张老师的赞扬一下点亮，思维也前所未有的敏锐，如磨亮的小刀子，嗖嗖的，所向披靡，刀刀见血。张老师不失时机地又说，好好学吧，有问题来找我，我给你补。金强一听，连说，补课就免了，过去找老师补课要交费的，我爸妈下岗，没钱。张老师生气了，啪一掌拍在金强肩上，傻小子，教不好你，是老师失职，该打屁股，怎么会收费呢？

金强第三次数学单元测试得了80分。他高兴得心里开花，一朵一朵，美得很。他一高兴就乍起胆子，找到张老师说，我"借分的利息"可不可以不还？张老师一听，满脸的胡子骤然奓起说，我们有约在先，怎么好不还！金强心咯噔沉下去，向幽暗的地方，一点一点滑落，嘴唇抖得丁当乱响，老师，别生气，我还，我只是第一次得了80分，想给爸妈一个惊喜。张老师听了，一对剑眉扑扑棱棱跳一阵儿，睿智的眼里豪光一闪说，如果是这样，看在你这段学习进步快的份上，还过后，可再奖给你20分。

啊！金强瞪圆了眼睛望去，见张老师每根胡子上都有晶莹的东西溅落，一滴一滴，然后在空中化开，香香热热，入人心底，催人泪下。

垃圾王和垃圾小子

文／孙道荣

小区里爆出了特大新闻，垃圾王老李的儿子考取博士了。

老李是小区里的清洁工，他在我们这个小区，已经做了十几年。在小区的垃圾房边上，搭了一个简易棚子，这就是老李的"家"。老李的儿子，几年前考取大学，就造成了很大的轰动，没想到，几年过去，他儿子不声不响，又考取了博士，这可是我们这个小区考出的第一位博士啊。

老李和儿子的户口都不在这里。当年，因为没有学籍，老李的儿子不得不返乡参加高考。虽然从户籍上来说，老李算不得我们这个小区的居民，但居民们在感情上都已经慢慢接受了这对父子，在大家看来，一个清洁工的儿子考取了博士，那不仅是做父亲的骄傲，也是全体居民的荣耀。老李的儿子，是小区居民教育子女的好样板。

　　除了小区公共场所的日常保洁外，老李还有一项任务：到各家各户门口，收集垃圾袋。这是一个累活，老李每天要爬上爬下近百趟，他的手中，总是拎着、勾着、挂着各种各样的垃圾袋。垃圾袋集中到垃圾房后，老李会一只只打开，进行简单的分类，将一些废纸、塑料瓶什么的整理出来，隔段时间拿去卖点钱。据说老李有个绝活，能够准确地判断出哪只垃圾袋里会有可用的垃圾。我曾经好奇地问过他，他笑笑说，不同的人家，垃圾也是不同的，节俭的人家，垃圾袋里基本上都是真正的生活垃圾，有用的东西他们自己会积攒下来卖钱的；而阔绰大方的人家，大半新的东西，都可能当垃圾扔掉。因此，只要看看是从哪家门口收集的垃圾袋，就能大致判断出垃圾袋里的成色了。

　　老李的儿子，是在垃圾堆里长大的。虽然很多同学都住在这个小区，但老李的儿子却没有什么伙伴，只要他一出现，原来玩得正起劲的同学就会一轰而散，不知道是谁还给他起了个绰号——"垃圾小子"。放学后，"垃圾小子"就会跟老李一起分拣垃圾袋，小手小脸，常常弄得又脏又黑。帮老李整理垃圾之外，"垃圾小子"的大部分时间，都埋在了书本里，他看的很多书，都是老李从垃圾袋里捡出来的。垃圾房边上有一盏路灯，常看见他搬个小板凳，坐在路灯下做作业。那是垃圾房边，让人心酸又欣慰的一道风景。

　　我和老李是同乡，有时在楼梯口遇见了，点个头，打个招呼。老李嗓门大，乡音特别重，让我这个远在他乡的人听起来十分亲切。

　　那天，在楼梯口碰到他，我向他祝贺，没想到老李一脸愁容。我还以为又是为了儿子学费的事情，为了儿子读书，老李可谓倾家荡产。老李重重地叹了口气，忽然压低嗓门问我：你说，这垃圾堆里，真的也有学问？我乐了，你不是能从垃圾袋里看出不同的家庭吗？这就是学问啊。老李连连摇头，不打趣，我可是真心向你讨教呢。我那个小子，当初大学毕业了，就找个像你们一样体面的工作，多好？！现在读到博士了，竟然是搞什么垃圾研究的。研究什么不好，研究垃圾！这不真的要成了垃圾王嘛！

最后总算弄清了，老李儿子的专业是城市生态与城市环境，研究方向是城市垃圾的处理和利用。说实话，我也没想到，"垃圾小子"会选择垃圾处理作为自己的研究方向，也许在垃圾房边长大的他，早就埋下了一颗理想的种子。不知道怎样向老李解释，但有一点我确信，并且一定要告诉他：你有一个优秀的儿子。

飞起来的爸爸

文/邵昌玺

杏儿在一岁半的时候得了脑膜炎，医生说是病毒性的，可能是吃了被大田鼠咬过的东西。尽管花了不少钱治疗，可终究没能痊愈，现在都快6岁了，可医生说她智力发育也就跟3岁左右的孩子差不多。

杏儿喜欢玩游戏，而且最喜欢跟爸爸妈妈一起玩猜猜看的游戏。

每天吃过晚饭后，杏儿总是先把妈妈拉到沙发上，再把爸爸也请过来。杏儿就坐在妈妈和爸爸的中间，咯咯地笑着。

然后，游戏开始，妈妈和爸爸中的一个人用手从后面捂住杏儿的眼睛，让她猜是谁。

杏儿每次都能猜对，因为这个游戏做了无数次，杏儿能感觉到妈妈和爸爸双手的不同。

游戏开始，一只手从后面捂住了杏儿的眼睛。妈妈说："好了，杏儿，猜吧。"杏儿咯咯地笑着，说："是爸爸。"

妈妈笑着问："你怎么知道是爸爸？"

杏儿说："爸爸的手有劲儿。"

妈妈说："那当然了，爸爸天天在井下挖煤，就像杏儿在院子里挖小洞洞一样，手没劲儿能行吗？"

第二天，游戏又开始了，一只手又从后面捂住了杏儿的眼睛。

妈妈说："好了，杏儿，猜吧。"

杏儿照例咯咯地笑着，说："是爸爸。"

妈妈问："你怎么知道是爸爸？"

杏儿说："爸爸的手凉。"

妈妈说："那当然了，爸爸整天在井下，那儿本来就很潮湿。今天井下又有一处小的塌方，渗出了好多好多的水，就像杏儿前几天挖的小洞洞被水泡塌了一样。爸爸把情况反映给了矿主，就是管着你爸爸的人，可他说没什么大事，照常开工。就这样，爸爸在水里泡了好几个小时，手能不凉吗？"

第三天，游戏照常开始，又是一只手从后面捂住了杏儿的眼睛。

还是妈妈说："好了，杏儿，猜吧。"

这回，杏儿没有笑，反而撅着小嘴小声地说："是爸爸。"

妈妈问："怎么了？杏儿，为什么不高兴，你不是最喜欢玩这个游戏吗？"

杏儿抬起头，眨着那双漂亮的眼睛看着妈妈，委屈地说："爸爸，爸爸又没气了，他的手又软了。"

顿了顿，杏儿慢吞吞地接着说："妈妈，我不玩了，人家的爸爸都不用充气，为什么我的爸爸老是要充气呀……"杏儿边说边指着放在沙发上那个能充气的塑料"爸爸"呜呜地哭了起来。

　　杏儿一哭，妈妈的眼圈也红了。但是，她没有掉出眼泪，因为她的眼泪早在三年前就都流光了：她永远也忘不了那个让她一辈子都刻骨铭心的夜晚，忘不了丈夫在冰冷的水里浸泡了 5 天 5 夜的身体，忘不了那个黑心的矿主……那段时间，她整天以泪洗面，也曾经想到要陪丈夫一起走。但是，当她看着身边整天咯咯笑的杏儿，还是毅然抹干眼角的泪水，从心底里告诉自己要坚强……杏儿一天天长大，整天缠着她问这问那，也非要跟别的小朋友一样和妈妈爸爸一起玩猜猜看的游戏。这着实让她犯了难，看着挂在墙上已经有些发黄的丈夫的遗像，她再次把泪水咽到了肚子里。

　　冥思苦想，她终于想出了一个主意——第二天，她家的沙发上就多了一个能充气的塑料假人。

　　此后，她和塑料假人一起跟杏儿玩游戏，杏儿别提多高兴了，手舞足蹈地说自己也有爸爸了，也能跟爸爸一起玩游戏了……

　　"妈妈，为什么我的爸爸老是要充气？"杏儿摇着妈妈的手天真地问道。

　　妈妈打了一个激灵，杏儿的话把她从回忆中唤回来。她看了看身边满脸委屈的杏儿，蹲下来，用微颤的双手小心翼翼地擦去杏儿脸上的泪痕，然后，轻轻地抚摸着杏儿的头，像是自言自语地说着："杏儿，好孩子，别哭了，爸爸肯定是累坏了……"

　　可是，杏儿根本不听，还是不依不饶地哭闹着。

　　妈妈实在没法，因为她确实不知道该如何回答杏儿的问题。

　　这时，她突然瞥到身边的一个气球，于是，妈妈急忙说："杏儿，别哭了，我能让爸爸飞起来！"

　　杏儿止住哭，眨着一双红红的眼睛好奇地问："真的吗？爸爸真能飞起来？"

　　妈妈点了点头，说："好孩子，快睡觉，等明天你睡醒了就能看到。"

　　杏儿半信半疑地点着头，睡了。

　　第二天，杏儿醒得很早，刚睁开眼，就问妈妈："妈妈，爸爸飞起来了吗？"

妈妈朝杏儿笑着，然后，用手指着屋顶。杏儿顺着妈妈手指的方向看去：咦？爸爸真的正在屋顶上摇头晃脑地飞着。

杏儿终于又咯咯地笑了，高兴地嚷着："哦，小朋友的爸爸都不能飞，只有我的爸爸能飞，爸爸飞得好高呀……"

一旁的妈妈看着开心的杏儿，摇了摇头，无奈地苦笑着，因为只有她知道爸爸能飞的秘密：那是昨晚等杏儿睡熟后，她走街串巷好不容易找了个卖气球的人，给塑料假人充了两元钱的氢气……

用我的身体烘干你的衣服

文／厉剑童

这是周一上午的第一堂课。男孩坐在座位上，一手托着腮，一手捏着笔杆，眼睛痴痴地望着窗外。顺着男孩的目光，可以看到窗台前那棵树。

这是一棵矮小的桃树，几个枝丫正努力向四周伸展着。已经是初春，应当是万物勃发的季节，可眼前这棵桃树枝上依然光秃秃的，没有半点生命的迹象。

男孩知道，是那场突如其来的倒春寒将桃树刚要鼓出的芽孢又逼了回去。要是在平时，男孩一想起倒春寒，一定会恶狠狠地骂一句：可恶！可此时此刻，男孩的目光呆滞，讲台上老师讲什么，男孩丝毫也没听进去，甚至连那只衔着泥巴，轻轻从窗前划过的燕子都没看见。男孩的心早就飞走了，飞到了几十里外的家中。

就在昨天，男孩又和父亲赌气了。这是第几次怄气了，男孩自己也记不清了。只记得昨天下午快走的时候，自己的校服还是湿漉漉的。这让自己怎么参加周一的升旗。男孩知道，周一升旗不穿校服按校规要扣班级月考核分的。男孩不想因为自己的缘故影响了班集体。在男孩的心里，这个班集体既是他学习的场所，更是他的家。他觉得这个家比几十里外的那个家要温暖得多。

看着父亲拿着那件湿漉漉的校服束手无策的样子，男孩心里更加来气。其实男孩生气有更深的原因。本来家里为母亲治病欠下了一大笔钱的债，没想到母亲死后不久，父亲又娶了一个女人进了门，那女人居然还带着一个流鼻涕的小女孩。这还不算，自从那个小女孩进了家，只要有一点好吃的父亲都给了那小女孩。这让男孩十分不舒服。男孩暗地里和父亲闹起了矛盾，总是莫名其妙地发火。

男孩多么希望父亲能够和自己大吵一顿或者狠狠地打他一耳光，可每次男孩发火的时候，父亲总是一言不发，甚至没有任何感情表示。这让男孩子打心底里瞧不起父亲，甚至于憎恨父亲，憎恨母亲，是母亲把自己生在了这样一个贫困的家庭，让自己有了这样一个窝囊父亲。他多想和母亲倾诉一下自己肚子里的苦水，可母亲却匆匆离去，再也听不到儿子的声音了。

眼看返校时间到了，那件湿漉漉的校服始终没有办法弄干。男孩气愤极了，抓起校服，狠狠地扔在了地上，又重重地踢了一脚。然后抓起那包干粮，噙着泪水，冲出了家门……

就在今天早晨，男孩因为升旗没穿校服被监督员扣了分，班主任找了他，可他不想告诉老师自己的烦恼，只说了句"忘了"。为此，男孩挨了班主任一顿很严厉的批评。

此刻，男孩坐在教室里，心乱如麻，早没了听课的心思。现在，他只想流泪，只想倾诉，只想爆发。

男孩就这么胡思乱想着，恍恍惚惚中又下课了。他一个人呆呆地坐在座位上想着心事。班主任进来了，让他出去一趟，外边有人找。男孩走出教室，一看是她来了，手里拿着自己的校服。

反正校服是湿的，也不能穿！男孩心里想着，扭头就走。她上前拦住了他，把校服递给他。男孩只好接过来，下意识地试了试，校服居然是干的！这让他吃了一惊。他以为自己的感觉出差错了，又摸了一下，这才相信校服的确是干的。

男孩愕然了。

女人看着男孩的脸，叹了口气，说：知道吗？昨天本来我想给你用火烘干，可家里正巧一点干柴也没有了，咱家又没有洗衣机甩干。是你父亲昨晚一夜没睡，把校服穿在身上用体温焐干的！他现在正感冒躺在家里呢……

男孩一听，呆住了。蓦地，男孩想起了父亲多年前就患有严重风湿病。霎时，男孩的泪水如决堤的江水滚滚而出。突然，男孩声嘶力竭的发出一声喊：爹……

这时，一只衔着泥巴的燕子悄悄地从男孩的头顶上掠过，眨眼间便消失得无影无踪，天空中一切又恢复了平静，好像什么也不曾发生。

财富泡泡糖

文／吴作望

那一年，美国南部遭受大灾害，当洛杉矶的街头出现募捐站时，第一个捐款的却是一个蓬头垢面、拖着一只残腿的年轻流浪汉。

这个流浪汉叫斯加特，父母死了后，无依无靠的他一直以乞讨为生。这天，斯加特得到一个英国游客给的 100 美元，他已经挨饿两天了，但他没有走入餐馆，也没有装入口袋，而是抚摸了下手中稍皱的钞票，然后，一瘸一跛地走向募捐站，将这 100 美元投入了箱内。斯加特的这一"善举"感动了现场所有的人，赢来一片掌声和眼泪，也深深感动了一位叫叶迪逊的富翁……

第二天，叶迪逊让人把斯加特找去，开门见山地说："年轻人，昨天你的行为感动了我，一个残疾人有如此博爱的心，难能可贵。我想帮助你，让你过上受人们尊重的另一种生活。"说着，递出手中一张填好的支票。

斯加特却没有接，叶迪逊稍怔了下，说我明白了，你并不想要金钱的帮助，是想有自己的事业？见斯加特点点头，叶迪逊露出了笑容，马上问："你说吧，想经营什么样的企业或者公司，需要多少钱投资？"

斯加特说出了自己的打算，他并不想经营企业，是想办一个送纯净水的公司，当时在洛杉矶这是一种新行业，投资少，有 1 万美元就可以了。可是，利润却微薄，每一桶水只能赚到一颗泡泡糖。

"什么，只有一颗泡泡糖的利润？年轻人，你为什么不选择一个更赚钱的项目呢？"

"叶迪逊先生，我清楚我的能力，办一个送水公司可能更适合我，而且，我也希望能从一颗泡泡糖的利润赚起。"斯加特说到这里，看看叶迪逊，脸有些红了，目光里却充满了一种自信："世上的任何财富，都是一点点积累起来的，我相信叶迪逊先生您也是这样，就像大海经过无数年的容纳，才有了自己澎湃的涛声。"

"不错，年轻人，你说得对极了！"叶迪逊连连点头，高兴地拍起斯加特的肩，"我想你一定是上帝财产的管理人，你已经让我看到了你的'财富'，你一定会成功的。"

在富翁叶迪逊的帮助下，斯加特办起送水公司，赚起微不足道的仅有一颗泡泡糖利润的生意。时间很快在不经意间流逝过去了，20多年以后，美国富翁榜上出现了斯加特的名字，此时的斯加特不仅经营房地产、餐饮业，还涉足金融界……

而且，每年一到圣诞节期间，流浪在洛杉矶的乞丐们，都会收到一位名叫"圣诞天使"的捐款，帮助他们度过一年中最寒冷的冬季。又过了很多年，人们才知道不留名姓的"圣诞天使"，原来就是斯加特，不幸的是他患了绝症，临终前，他将亿万资产捐给了美国的慈善事业。

斯加特却对自己很吝啬，他死后，人们在他的墓碑上找来找去，除了他的名字外，只刻有一颗不起眼的泡泡糖……

总有一天用到我

文 / 张春风

　　胡大海分到实验中学教书的第一天，就有人叮嘱他："这是全市有名的贵族学校，学生家长都是各行各业的精英，从此啥也不用愁了！"开始，胡大海并没将这话放在心上。

　　有一天，胡大海无意间闯了红灯，眼睁睁地看着自己的车被交警推走，心情很郁闷，连上课也心不在焉。

　　快下课的时候，胡大海也不知何故说了一句："你们家长有在交警大队工作的么？"话音未落，有四五个学生同时举手。巧的是，其中一个男生的家长是交警大队的一把手。课后，胡大海将这个学生单独留了下来说："能帮胡老师一个忙么？一早，老师不小心闯了红灯，被交警扣了车……"

　　那男生相当老练，当下给他爸爸打电话。3 分钟后，男生朝胡大海摆了一个胜利的手势："胡老师，事情办妥了，中午 12 点，我爸爸派专人将车子送到学校！"

　　这让胡大海备感意外。想不到，这里真的是藏龙卧虎啊。

　　胡大海开始仔细研究起学生的档案。不翻不知道，一翻吓一跳：学生的家长遍布餐饮、服装、电子、地产等各大领域，头衔不是科长就是处长，不是经理就是总裁……

　　半年后，胡大海要买一辆新轿车，他很快锁定了一个学生，那学生的爸爸是某品牌汽车的代理商，胡大海故伎重施。那学生二话没说，很快又传来捷报："胡老师，我爸爸说了，改天亲自带你去挑选。"胡大海喜上眉梢，这家长果然服务周到，不仅帮助胡大海以低价购得一辆轿车，而且，在他的特别"关照"下，胡大海还得到了不少礼品。

这之后，胡大海再没了以前的羞涩。每次遇上麻烦，他就直接向学生下达命令。那些看似棘手的事，总能很快轻松解决。

可三个月后，胡大海突然锒铛入狱了。原来，胡大海车技不过关，却又爱飙车。那天，他躲闪不及，撞飞了一个马路清洁工。胡大海在仓皇逃逸三天三夜后，被警察抓获。关在阴暗的牢房，胡大海简直度日如年。

这天，警卫突然传话，有人来探访。隔离窗的那头，竟是他的学生周强。胡大海清楚地记得，这是唯一一个没有让他占便宜的学生。

周强微笑地朝胡大海招手，说："胡老师，我就知道，总有一天你会用到我！只是，我没想到会这么快！"胡大海耷拉着脑袋问："难道，现在你还能给老师一个优惠？"周强骄傲地点头说："那当然，我爸爸是这里的监狱长，他会好好照顾你的！"

学 问

文／孙智慧

　　我住在很小的村子里，别看小净出能人。今年暑假我大学毕业，一时工作无着，成天和一些杂七杂八的人混在一起。曾经当过兵的父亲"恼羞成怒"，就想赏我一个货真价实的耳光，不得已我投奔了在市区做生意的表哥。

　　表哥是做批发生意的。摊位在市区最繁华的地段，一溜儿几个小商铺次第排开，我很容易就找到了表哥，表哥见了我一脸喜气："大学生也来给我帮忙啦，有你搭把手咱肯定发。"我细细端详表哥的"资产"，不禁有些嗤之以鼻，充其量就是个杂货店嘛：批发衣帽鞋袜的招牌倒是很招眼儿。表哥很客气地说中午请我吃饭。我在店铺里待了半天连个人影儿也没见。正在百无聊赖之际，来了一位客人，是位黑脸大汉。来到表哥的面前，就心直口快地说："终于找到了，我终于找到了，在市区见到您的传单，你们这儿批发健步牌运动鞋吧？"我注意到他手里拿着表哥散发的传单。表哥一迭声地说："你算问对地方了。"黑脸大汉大喜，自我介绍说："我是新疆的，我家乡新开发一处爬山的旅游项目，急需一批运动鞋，我就找到你这儿了。"表哥请客人坐下后，就招呼一服务员说："到吃嘴精（酒店）掂俩菜，让客人吃饱了再说。"黑脸大汉怔了怔，小眼睛眨巴眨巴说："我来得急，怕带的钱不够，只带了2万元，可我想让你一次给我发5千双鞋。"表哥在传单上明写着：一双10块，5千双得5万元，可只有2万元。表哥一拍大腿，说："买卖不成仁义在，我看你还没吃饭，先吃饭。"黑脸大汉很感动，一屁股坐下，就不客气地吃起来。我刚来第一天就成了酒桌上的陪客。表哥说："正好也给你兄弟接风洗尘了。"

酒刚一下肚，黑脸大汉就开始夸夸其谈，说自己生意做得有多么多么大，方圆多少多少里都是他的生意范围等等。我心里暗暗冷笑，不想表哥却顺竿往上爬，说："我信得过你老兄，才挽留你的，这生意我做了，你先付2万元，5千双鞋你拉走。"我脑子一沉，表哥这不是砸自己的生意吗，被人骗了咋办？我瞅一眼在里面忙活的表嫂，忙碌的表嫂还对我一笑，我想走上前提醒一下：表哥喝高了，表嫂你得把好关呀。表哥一看我要起来，用手摁住我："今天，你别干活，今天你是客人，我得好好招待你，你的任务就是跟我陪这位老兄喝好吃好！"我这时才明白食不甘味是啥滋味。

一个多小时过去了，表嫂擦了擦额头上的汗，给表哥汇报说："鞋都装车上了，让客人过过目。"黑脸大汉仔细地看了看车上的货，很满意地说，我回去后立马把剩余的款项汇过来。说着办了手续，打了个饱嗝。我终于忍不住了说："表哥，你不怕上当受骗？"黑脸大汉一听这话，撂下一句"你的效率是我见过最高的"就飞身上了车，表哥对"突、突"远去的车子挥了挥手。

表哥这才幽幽地对我说："我也怕上当受骗。"一句话让我的心又提到了嗓子眼。一连几天我都是恹恹地，老是为这批鞋牵肠挂肚。

这天清早，我跟表哥正在拾掇货物，表哥接到一个电话。表哥嗯哪了几声，放下电话喜气洋洋地对我说："剩余的钱给我打来了，钱是加倍的。10万元。"接着他又对里面吼道："接着装货5千双。"

表嫂笑着对我说："你表哥又冒了一次险，我看他那天老是拍左腿，我给黑脸大汉装车上的鞋都是左脚的，他拉回去也没法卖呀，卖了也没法穿呀！"

我恍然大悟。我认为，这是我即将步入社会前学到的最有意义的一课。

忧伤的红薯

文／周海亮

男人缩在高中校园门口，守着一个烤红薯的老式铁炉。他不断地把烤煳的红薯挑出来，把没烤的红薯放进去。

整个下午他没有卖掉一个烤红薯。儿子考上重点高中那天，他带儿子去吃西餐。儿子点一份薯条，端上来，又黄又瘦。尝一口，才知道不过是炸过的土豆条罢了。他说这能比得上烤红薯？儿子就笑，边笑边喝着可乐。

晚上放学，学生们多了起来。他终于清清嗓子，吆喝起来："烤红薯喽！"声音吸引了几个学生的目光，然而他们只是投来极为漠然的一瞥，又转过脸去，继续说笑或者赶路去了。

男人提高声音："烤红薯喽！"他是朝两个背影喊的——两个又高又瘦正匆匆赶往宿舍的少年，他们没有停下脚步。男人继续喊："烤红薯白送喽！"其中一个长脖子少年便停下来回头。男人接着喊："白送喽！"

长脖子少年转身朝男人走来，另一位少年拽了拽他的胳膊，没能将他拉住。长脖子少年走到男人面前，问："烤红薯白送？"男人说："反正卖不完。"少年说："那给我来两个。"

男人就挑出四个烤红薯。他问少年你们宿舍几个人？少年说四个。男人问那个和你一起留平头的也是？少年说不错。男人说那就多给你们带几个吧！便又挑了四个。他把八个烤红薯装进塑料袋递给少年，嘱咐少年说烤红薯烫，他一边说一边踩着冻麻的双脚。

天渐渐黑下来，男人仍然没有卖掉一个烤红薯。他推起三轮车，慢慢往回走。他在一个街角停下来，就着昏黄的路灯，从炉里掏出一个焦煳的烤红薯。他把烤红薯仔细地剥掉皮，慢慢地吃起来。吃掉一个，又掏出第二个。他一口气吃掉烤炉里剩下的八个烤红薯。吃到最后，他不再剥皮，从烤炉里取出，直接填进嘴巴。

少年回到宿舍，将红薯随手放在桌面上。没有人对烤红薯感兴趣。要熄灯的时候，那个留平头的少年取出一个烤红薯，闭起眼睛嗅那个烤红薯。电灯恰在这时熄灭，平头少年在黑暗来临的瞬间狠狠地咬了一口那个冰凉的红薯。他没有剥皮，他感觉到红薯的微涩与甘甜。

长脖子少年突然说，你和卖烤红薯的那个人，长得很像。

黑暗里，平头少年凸着腮帮，偷偷流下一滴眼泪……

新衣裳旧衣裳

文／杜秋平

小军撅着嘴跟娘赌气，因为没新衣裳穿。都上初中了，而且是在城里上学，看着大家穿得花花绿绿的，小军实在感觉自己太寒酸了。是啊，十五六岁正是自尊心很强的年纪。小军并没想怎样，他只是想体面一些，想有身像样的衣裳穿，好在别人面前不感到难堪。可惜他

家穷，父亲不在了，只有母亲在村头的砖厂卖苦力挣钱，家里过得挺艰难。

小军开始跟娘撒气。其实也不算撒气，就是撒娇，小军从小被娘宠着，他喜欢跟娘撒撒娇。小军把书包摔到床上，撅着嘴不给娘好脸色。娘心疼地望着儿子说，小军，娘这就给你做好饭吃。小军说，不想吃，你光知道让我吃，你看我这身衣裳，实在太难看了。娘知道，儿子在城里，不能穿得太差，哪能像自己一样穿得破破烂烂的。可儿子身上的衣裳也不算很旧，是去年过年时她亲手给儿子做的。小军说，你懂啥，这衣裳的样式早不时兴了，大家都说我像个土老冒。

娘咬咬牙说，买，娘给你买。正好过几天娘就要发工钱了，娘一发工钱就给你买。小军这才不生气了，可他瞅了一眼娘身上破旧的衣裳，又感觉自己挺过分的。娘在砖厂搬砖推车，衣裳被磨得又脏又破。小军的鼻子突然酸酸的，想跟娘说句宽心的话，但也没说出口。

娘匆匆吃完饭就上工去了，依然穿着那身破旧的衣裳。

几天后，小军请假回家拿新衣裳。不是他迫不及待，是学校有活动，班主任要求大家都打扮得精神一点儿，还点了小军的名字，说他的衣裳太不像样。小军估摸着娘该给自己买好新衣裳了，就急忙回家去取。小军一路上高高兴兴的，他想，不管娘给买啥都好，反正买的衣裳总会比娘做的要时兴点儿。最好便宜一点儿，娘挣钱很不容易的。其实娘自己也该买件新衣裳穿了。

小军哼着歌儿跑进屋里，却见娘正在灶台边哭。小军赶忙抓起娘布满老茧的手问，娘，你咋了？

娘止住哭声，泪却还往衣裳上嘀嗒嘀嗒地落。娘哽咽着说，都怪娘，娘把工钱弄丢了，好几百块呀，娘都给丢了。娘真该死。娘说着，把手伸进衣裳兜里，娘的手指头很快就从兜底露出来。娘的衣裳太破了，连口袋都被磨破了，钱就从口袋里掉落了。

娘，我不要新衣裳了，我不要了！小军趴在娘肩头，"哇"地哭出声来……

神 磨

文／侯发山

　　再过半年，县太爷曹建就要告老还乡，回老家颐养天年了。

　　这么多年，他异地为官，从未给家乡父老做过什么，坦白地说，芝麻大的贡献也没有，如果将来卷铺盖回老家了，乡亲们会怎样看待自己？不说给自己难堪，假如他们不答理自己，那该有多尴尬？曹建这么一琢磨，便想趁自己现在还在位上，手里多少有点权力，给老家的人做点事。有了这个想法后，曹建立马又作难了。他为官多年，但一身正气，两袖清风，手里并没多少积蓄。俗话说，有了银子好办事。没有银子，怎么办事呢？办什么事情能不花钱呢？如果变相收取苛捐杂税，那又不是他的作风。

　　曹建忽然间有了主意。在他管辖的地盘上有盘神磨，那盘神磨从表面上看和普通石磨没什么区别，之所以叫神磨，有它独到的地方：就是从来不用石匠锻，如果磨出来的面粉粗糙了，只要用水泼一泼磨盘，石磨就跟石匠拿钢钻锻过的一样，磨出来的面粉非常细腻，三罗两罗就把面筛了出来……久而久之，当地老百姓就称这盘石磨为神磨。想到这里，曹建两眼一亮，心说如果把这盘神磨转移到家乡，还不把乡亲们高兴坏了？不说感恩戴德自己一辈子，起码自己在村里能够站稳脚跟了。

　　曹建是县太爷，他要办的事没有人能阻挡得住，尽管当地老百姓十二分的不愿意，但也没有办法。

很快，神磨被辗转百里拉到了曹建的老家。乡亲们没有想象中的激动和高兴，只是觉得很新鲜。族长甚至不屑一顾，根本不相信神磨有传说的那么神奇。

在族长的指挥下，神磨连夜安装好了。族长是村里的老大，当然，他是第一个使用神磨的人。

等到磨盘"呼噜噜"一转，在场的人都大吃一惊，包括曹建——神磨不仅不神了，而且出鬼了：粮食下到磨眼后，无论磨盘怎样转动，就是不见出面粉。

族长一脸慌恐，忙颤巍巍地对曹建说："县长大人，神磨显灵了，是在惩罚咱们不该夺人所爱……你还是派人把神磨拉回原籍吧。"

曹建虽不信邪，但也感到很震惊，心说难道这盘神磨真的不同一般？莫非还要找个道人来驱驱鬼镇镇邪？

族长似乎知道曹建的想法，又是打拱又是作揖，恳求曹建搬走神磨，说县长大人，赶快把神磨弄走吧，要不搬走，不定村里出啥事呢。一旦有个三长两短，大伙不会轻易饶恕你。

曹建心里一惊，觉得族长的话不无道理，心说自己可不能干出力不讨好的事情。再说，自己也尽心尽力了，乡亲们要责怪，只能责怪神磨。

于是，神磨又物归原主完璧归赵。

说来也怪，当地老百姓再使用神磨时，跟过去一样，磨出来的面粉非常细腻。如果磨出来的面粉粗糙了，只要用水泼一泼磨盘，神磨依然如新……曹建这才松了一口气。

转眼间，曹建卸任了，随身携带的只有一个"清正廉明"的匾额，那是临启程时，当地老百姓送他的。

曹建同样没有想到，当护送他的轿子一进老家的村口，族长就带着全村男女老少迎接他来了，场面热烈又隆重。曹建感动之余，满面羞色，嗫嗫地对族长说："我当了多年的官，没给乡亲们办过一件事……我实在感到汗颜。"

"你想哪儿去了？"族长呵呵一笑，指着那个"清正廉明"的匾额，说大伙儿需要的是这个。

曹建眨巴了几下眼睛，似乎不明白族长的话。

族长用赞许的眼光看着曹建，说你不知道，大伙儿都为村里出了你这个清官感到脸面有光呢。

一时间，曹建感慨万千，心里暖洋洋的，暗自庆幸是那盘神磨庇护了自己，要不是它，自己的一世清明就毁了，怕是也得不到乡亲们的谅解。

多年后曹建才知道，当初是族长故意让人把神磨的下扇装反了，神磨才磨不出面粉的。

家长会后的消化过程

文／孙道荣

刚走到家门口，还没掏出钥匙，门忽然自动打开了。

儿子堆着一脸的笑容，站在门后。是他给我开的门，好像他一直就站在门后似的。儿子做了一个夸张的手势："请进，老爸辛苦了。"

刚刚开完家长会，确实够辛苦。

自从儿子上学以后，每年，我都要去儿子的学校参加几次家长会。每次开家长会，我都紧张不安。坐在儿子的座位上，听老师通报孩子们在学校的学习和生活情况，心里七上八下。老师在念优秀学生名单时，我就像盼着中彩一样，竖着耳朵，渴望听到儿子的名字；老师在点表现不好的学生名字时，又紧张地暗自祈祷，千万别有儿子。参加家长会的父母，大都是三四十岁的人了，很多人已经是单位里的领导和骨干，开会都是坐主席台和前排的，此刻，却一个个双手下垂，放在膝盖上，像个听话的小学生一样，挤挤挨挨坐在教室里，聆听老师的训话。一场家长会下来，有的家长眼睛笑得眯成了一条缝；有的脸拉得比黄瓜还长，比夜色还黑；还有很多家长一脸茫然，自始至终，他们都没有听到自己孩子的名字，仿佛走错了教室。

家长会后，老师一般都会要求家长们回去之后，将家长会的内容再消化一下。这还用说，家长们早就摩拳擦掌，磨刀霍霍了。

儿子小心翼翼地看着我，我知道他是想从我的脸上读出一些表情，以判断家长会上老师对他的评判。我故意面无表情。儿子又围着我转了一圈，确定我的手上并没有顺手折回来的树枝条什么的，怯怯地说："老爸，今晚我就不用吃'棍棒炒肉'了吧？"

"棍棒炒肉"的说法有段来历。记得那还是儿子上小学时，一次家长会上，老师几次点名批评儿子，在班级里调皮捣蛋，经常恶作剧欺负女生，学习成绩一落千丈。我恨不得找个地缝钻下去。回到家，二话没说，我径直来到厨房，操起一根擀面杖，直奔儿子的房间。恨铁不成钢啊！儿子皮开肉绽。"棍棒炒肉"自此成为家长会后，我们家经常上演的一道菜。

我示意儿子坐下来。

儿子将半个屁股，放在沙发上，身体呈弓形，似乎随时准备像箭一样射出去。

我心里有点酸。其实，每次开家长会，我清楚儿子比我更担心、更害怕、更难熬。他不能确定，老师会给他下怎样的评语，他更不能确定，开完家长会，我会怎样收拾他。像很多家长一样，除了棍棒、拳脚和粗暴的斥骂，我似乎找不到更好的教育儿子的方法。有一次，我开完家长会刚回到家，只见儿子手里拎着搓衣板，耷拉着脑袋，声音轻得跟蚊子哼似的："老爸，你不要生气了，我跪搓衣板吧。"

家长会后，从很多人家的窗户里飘出来的，都是噼里啪啦的巴掌声，有时候，混杂着孩子撕心裂肺的哭泣声。

　　我将手搭在儿子的肩膀上，我感觉到儿子打了个激灵。

　　我告诉他，老师今天两次点到了他的名字。儿子忐忑地看着我："我又挨批了？对不起，爸爸。"我笑笑，不是批评，是表扬。儿子一下子蹦了起来："老师真的表扬我了？真的吗？"真的，老师第一次表扬了我的孩子，热爱劳动，喜欢运动。

　　这也是我盼望已久的赞美，它就像健胃消食片一样，有助于家长会后的消化。

　　我告诉儿子，老师希望他学习更认真一点，上课的时候，更专心一点。我只是将老师的批评，转化成了勉励的话语。

　　我和儿子谈了很久。

　　夜色已深，妻子端来了热腾腾的夜宵，消化之后，我和儿子都感觉到了饥饿。为了儿子的明天，我们都需要好好补充能量。

第七辑　被天使敲开的门

　　"您看看我们的杂志吧,这里面介绍了好多可爱的小狗,您这么喜欢狗,看了一定会喜欢的。"杰瑞小心翼翼地对老人说。

鹅老师粒粒

文／范子平

那时我 12 岁，正上小学五年级。我们北山寨公社的小学是有分工的，我村只有四五年级，两个年级一个班，叫复式班，全班学生共 9 个人。全学校唯一的教师是下放到我村劳动的鹅老师粒粒。

鹅老师姓里，名字叫力。听我爹说，他的爹解放前跑往外国，他的娘在文化革命开始时自杀了，他在市林业局当技术员时又犯了政治错误才下放来的，一家子里外透着黑，本不该叫他教学的，但我们村一直留不住一个老师，他来时我们就又是三个月没有老师上课了，不得已才让他在大队治安员监管下教书。

里力老师个子高脖子长，还爱伸着脖子左右探望，我们就叫他鹅老师。我们觉得里力这个名字挺怪的，再加上四年级的课文里有"小麦粒粒还仓"一句，我们一下课就嘴里念叨鹅老师粒粒。里老师知道了，不仅不恼，忧郁的脸上反而露出了笑容，还故意学大鹅蹒跚行走，并伸着长脖子四处寻食的样子，逗得我们开心大笑。从此我们就公开叫鹅老师粒粒，他也声叫声应。还在黑板上写了鹅、里、力、粒四个字，说谁写错了就拧谁耳朵。从此这个绰号传出来，连村里的大人也跟着问他叫鹅老师粒粒。

鹅老师粒粒是大学毕业生，做事办法也多，比如说学校唯一的也是全村唯一的那台修了又修的旧闹钟，鹅老师粒粒来以前很久就找不到了。鹅老师粒粒就找了一个玻璃瓶装满水，再找一根细橡皮管往外抽水，一瓶水滴完就是一节课，三节课正好是一晌。

这天上午课堂上还没抽完第一瓶水，忽然听外边响起了纷沓的脚步声和喧嚣声，鹅老师就停住讲课，到教室门外看了看，回来脸色很严肃，说是山林着火了。

我们正想问问该咋办，教室门哐当一声被踢开，马大全跑了进来。马大全是大队革委会副主任，又是大队治安员，鹅老师粒粒第一天上课就是他押送来的。

马大全横着脸吆喝："里力，咋不赶紧带学生救火？"

鹅老师粒粒木然道："知道了。"

马大全又凶巴巴地训道："让学生赶紧点，外村学生早冲上去了！还在这儿'肉'，这可是集体财产！这可是阶级立场问题！"说完这一句起身跑了。

鹅老师粒粒愣怔了一下，出去到办公室又回来，手里拿着一封信，皱着眉头说："同学们山火大啊，浓烟滚滚，我有一封信，跟山火有直接关系，万分重要，处理好才能去救火，你们谁能把它送到教育局？"

没有人吭声。教育局在县城里，离这儿三十多里，不是怕道儿远，而是大家都要去救火。

过了一小会儿，侯小花站起来，说她愿意去送信，顺便给她的娘取药。

鹅老师粒粒仔细看了看药方，面露惊慌地问："你娘心口疼，有点儿上不来气？"

侯小花说是，说娘让她等明天去县城取药。鹅老师粒粒就急切地喊："万万不能啊！我懂医，我一看这药方就知道是心脏病，一天也耽搁不得的。同学们，侯小花的母亲是贫下中农，救命要紧啊！县医院药不全，我的同学在十八里沟中药站当站长，这上边的药一样也不会缺，你得赶快往那儿赶。"

大家都一愣，十八里沟跟县城方向相反，离这儿也有三十里，送信没法"顺便"了。

鹅老师粒粒却想起另外一个问题，说距离这么远，侯小花一个女孩子去哪能放心。他给他的同学写了条子，派王大青和李河套送侯小花去，还要他们一分钟也不要停留。

鹅老师粒粒就喊："王大双，送信这个重要任务就交给你了。"大双嗫嗫嘴，心里可能也不想去，但大双学习好，学习好的人总是听老师的。

大双刚要出门，鹅老师又喊住他说："这封信实在太重要了，还得有人保护，要不然遇到阶级敌人该咋办？"

大双说："可你们救火……"

鹅老师粒粒说："这可是鸡毛信，万万丢失不得的……这样吧，王菊花，你跟着，你心细，负责小心提醒。两个人还不行，得有人一路保护。这样，王石头，你跟他们去。"他们三个向来就对劲儿，果然高高兴兴地去了。

教室里只剩下3个人，那就是四年级的李小喜、李小孬和我。李小孬把窗户上的塑料纸捅了一个小洞正往外瞧。鹅老师粒粒突然大喝一声："偷看啥？"李小孬把头一拧："看山火！"

鹅老师粒粒恼火道："好好的窗户你弄一个洞，简直就是破坏！"

李小孬说："你才是破坏救火！"李小喜也打抱不平说："鹅老师粒粒，今天你弄的事可是不对劲儿！"

鹅老师粒粒反常地大发雷霆："搞破坏还不认识错误，能指望你们救火？你们在家给我写检查！"说完不由分说，把我拉出来，把他们反锁在教室里，也不管他们如何在教室里哭骂喊闹。

我完全被眼前发生的事搞迷了，鹅老师粒粒平常不是这样的，再说他也不敢这样呀。我说不出原因，但我本能地感到他这样做不对。想着心事我几乎掉进校园里的枯井里。这井有5尺多深，人掉里面没有人拉拽出不来，我们常在课余时间跳到里面搞"防空演习"，土井沿儿已经磨得光溜溜的。

我说："就剩下咱俩人，快走吧，北山那边天都红了。"

鹅老师粒粒也抬头看了一眼，脸阴得厉害，黄眼珠盯住我说："都去救火，村里没有人了，要防止阶级敌人来学校捣乱，你在这里保卫学校。"

我终于恼了："你操得啥心？是不是想叫大火烧完山林？"

鹅老师粒粒瞪圆了眼睛："啥？啥？混乱时候你敢不护校？"他猛然出手，一下子把我推进枯井里，摔得我半天爬不起来。

这场山火烧了一天一夜才扑灭，但却成了我们北山寨公社最惨痛的历史事件。由于山风带着火回旋，许多救火的人被裹卷在大火里，其中救火的老师学生居多：野虎屯小学烧死4名学生、2名教师，坡头小学烧死6名学生、1名教师，北山寨小学烧死12名学生……烧伤的师生还有许多。公社的统计表上，只有我们小学没有死伤教师和学生。虽然勇敢的鹅老师粒粒在救火时烧成了焦炭，但他只是临时代课，连村办教师都不算。烧死的师生都被公社算是烈士，鹅老师粒粒被争议来争议去最终没算上。可是，我们知道了侯小花娘的病并不紧急，知道了鹅老师粒粒那封信只是一张白纸，也就深深知道了他的那颗心。我们把他埋在北山最高的向阳坡，埋他的那一天，我们全班9名学生，还有9名学生的全部家长，都哭着跪在了他的坟前。

善人李有明

文／赵 程

李有明一心向善。

李有明的父亲就是那一带的大善人，李有明很小的时候，就受到父辈潜移默的影响，他有时会把家里的干粮偷出来喂邻居家的小狗，把父亲存放在墙缝里的钱取一些出来送给路过家门口的乞讨儿。即便有了这样的举动，有明的父亲也绝不会打他，还常常夸他能干呢。所以，到了李有明成年以后，仍然喜欢做一些善事。

李有明20岁那年，他高中毕业，回到了家乡。平时他仍就着自己的能力干一些善事，为乡邻所称颂。不久，有个女孩患了重病。是什么重病，已经不很重要了。重要的是李有明竟主动为了给女孩募捐，起早贪黑地奔波于大街小巷，逢人就讲女孩的重病，讲他是为了女孩才这样的。一个个行人像看神经病一样地看着他，有的也不免问一句："你同那女孩什么关系？"李有明振振有辞："啥关系也不是，难道我不应该救救她吗？"问话的人就一脸的嘲笑，鬼才相信呢？

女孩的确与李有明没有啥关系，如果真要扯出个关系来，女孩是他父亲的隔房表姐的妹夫的女儿，叫圆圆。圆圆长得挺漂亮的，不幸的是落了那病，睡在床上起不来了。圆圆家里穷，没钱给她治病，就盼着李有明呢。可还没有等到李有明回来，圆圆就永远地闭上了眼睛。

他觉得很苦恼，这世上的人咋就能这样呢？他们为啥就不相信我的话呢？李有明这样想着，一个大胆的想法从他的脑际闪过：把自己变成名人！名人有他独特的优势，名人的话有号召力，名人的泪有感召力。如果自己成了名人，这一切不都解决了吗？

正在他为成不了名人而烦恼犯难的时候，他从人造美女的身上得到了启示。她们可以人造美女，我咋不可以来个人造名人呢？这样想着，他觉得很兴奋。当自己成了名人的那一天，我就可以为像圆圆那样需要帮助的人提供更多的帮助了。

李有明将自己变成了阿A，当然仅仅是外貌。他从整容医院出来的第一时间，就被当地晚报的记者给拦住了："请问阿A先生，你是什么时候抵达本城的？"他没法告诉他们，他不是阿A。可他没有忘记自己的使命，他对着镜头慷慨陈辞：一个人活着，就应该有同情心；一个有同情心的人，必定是一个对社会、对家庭、对自己负责任的人……

当晚的报纸在头条位置报道了名人"阿A"极富爱心和同情心的一面，而这篇报道很快又被全国各大媒体争相转载。一时间，阿A成了炙手可热的人物。

在随后的一段时间里，李有明倒真的利用阿A的名人身份，做了很多的善事。

就在这时，真正的阿A坐不住了，他一纸诉状将李有明告上了法庭，状告李有明侵犯其姓名权和肖像权，要求李有明立即恢复原貌，不能再以他的形象出入公共场所，并附带索取相关损失费1元钱。

"1元钱官司"因涉及真正的名人阿A，被告李有明也因为人们关注阿A的官司，而为大多数人所知晓。李有明成为了名副其实的名人。但他不得不又一次走进整容医院，他又回到了原来的样子。恢复了本来面目的李有明，被各大电视台争相请去作嘉宾，参加一些谈话节目。

出了名的李有明，人们也不再叫他李有明了，而称之为阿明。阿明也乐得这么个称呼，人家名人都叫阿什么什么，而我，叫什么李有明，多老土的一个名字呀。

　　阿明打出了名之后，他就有些疏懒了，也很少去关心那些需要帮助的人。当然，外界一直盛传着阿明慈善的美名，真有一些愿意为社会作出贡献的爱心人士，有时也愿意把不多的一些捐款寄到阿明名下，希望他再转交给真正需要帮助的人。阿明一边应允着，却一边利用这些钱做起了自个儿的事。只是阿明的名气太大了，他的慈善之举更是无人不知，谁想到他会那样做呢？

　　有一天，一个老妇人背着一个五六岁的孩子，来找阿明。这时阿明正在接受记者采访。在采访的空当儿，老妇人挤到人群中央，一下子跪在阿明的面前，声泪俱下，说："阿明先生，我知道你是一个大善人，你救救这苦命的孩子吧，他没爹没妈，而今得了白血病……"没等老妇人说完，阿明显然是有些不耐烦了，他推开老妇人说："你找错人了，现在我正在接受采访。"老妇人吃惊地睁大眼睛，仔细地看了看他，肯定地说："没错，真的没错，你以前叫李有明嘛，我们经常在电视里看到你。"

　　阿明愣了一下，转身问一旁的经纪人："我是叫李有明吗？"

　　经纪人一脸茫然，点点头，又摇了摇头。

冠军母亲的诞生

文／童树梅

　　程亮妈每天乌漆麻黑地就起了身，和面、生火，手脚麻利地烙好一锅香香的饼，然后放入蓝布包袱，再满心欢畅地顶着稀稀的星星上路。儿子程亮在县城重点高中上学，从家到学校的山路是三十多里，妈想着儿子吃到饼时的快乐样子步履就轻快起来，有时浑身劲用不完，她就一路小跑，竟在儿子上课前准时赶到了学校。

　　程亮的吃饭大问题解决了，另一桩心事又让妈眉头不展：学校已多次催欠款了，因为上学时学费没交全。欠债还钱天经地义，妈的头发又白了许多。一天她望着后山满坡的青绿有主意了：现在城里人不是流行吃什么绿色蔬菜吗？咱这漫山遍野的蔬菜若是挑了进城卖不是可以赚大钱吗？

　　妈说干就干，第二天就怀里揣着饼、肩上挑着两担菜上了路，妈即使这样还是走得飞快，当天还蒙蒙亮时妈先把依旧香软的还留着她体温的饼给儿子，然后再卖菜，程亮望着妈瘦小的背影和一担沉重的菜吃惊得发了半天愣。

　　妈的菜好卖得出奇，那依旧滴着露水的青翠清香的菜总是第一个被抢光，妈喜坏了。可是还有愁事，就是街上有穿制服的人不让卖，每当穿制服的人一出现，好多像她一样的乡下人就像见了鬼似的四散奔逃，妈也吓得半死，有时跑得慢了，篮子就被踩了，青翠的菜也被踩得稀巴烂。可妈还是偷偷摸摸地卖、没命地跑,时间一长她就不怕了,因为没人能追赶得上她，妈跑起来太快了。

程亮舍不得妈，他也加入了卖菜的行列，每个星期六晚上步行回到家，星期天一大早再和妈一同挑菜进城。妈才开始不允许，后来见儿子的成绩一级棒才答应了，本来嘛，山里孩子走几十里山路也是无所谓的事，可才开始跑的时候程亮却吓了一大跳，他竟跑不过妈！妈挑着一担重重的菜竟像没事人似的。程亮不服气，脚下拼命加力，还是跟不上，可妈已是个四十多岁的人了啊！好在程亮年轻力壮，不久就能赶上妈了。

程亮一天在本地报纸上见到一则消息，说为了使全民健身，县里决定举办一次长跑运动会，参赛对象不加限制……奖金很是丰厚，冠军 1 000 元，亚军 500 元，程亮看了心一动。

程亮就为自己和妈报了名。那天观众看到一个头发斑白的瘦削女人也参赛个个觉得好笑，谁知发令枪一响他们才知道笑错了，那女人跑得快极了，简直像是平地刮起一阵旋风，没有人能追得上她，即使一个高高的、黑黑的、学生模样的大男孩也追不上。

冠军就是妈、亚军是程亮！

这一来媒体自然是蜂拥而至，先问程亮妈是怎么跑得这么快的，是不是有什么绝招？妈笨拙地拿着奖杯和厚厚的一大叠奖金笑得眼都细了，说："这有什么，跑山路跑惯了呗，如果你也有一个儿子在几十里外上学，你天天也要送吃送衣给他，还有一大堆债要还，那你肯定跑得比我还要快。"

记者又采访程亮，程亮望着妈黑瘦的脸庞拼命克制着自己不哭出来，好容易才说出声来："从小到大，我都紧跟在妈后面，如果你有这样一位妈妈，你也会跑得跟我一样快的，可是……我真的不希望天下有另外的妈妈也能跑得这样快！"

午夜的守候

文／刘会然

老家在农村，是个群山包围的小山村，全村只有支书家里有个电话机。每次打电话回家，都要提前预约母亲才能接到。

走出大山去省城上大学，和家里联系主要就靠打电话了。虽然长途电话贵，为了能听到我的声音，母亲还是和我作了一次约定：每个月的第一天晚上8点，一定要往家里挂电话。

那时我和母亲每次通话都是由我首先简单介绍一下大学生活的情况，然后母亲再介绍家里的家畜、禾苗等长势的情况。通话内容很简单，但母亲却把它当成一个盛大的节日似的。

我们村子小，读书的人也少，考上大学的更是凤毛麟角。母亲能够听到儿子从省城大学来的声音，自然把这个当作一种无限的荣耀。因为全村人只有她才有这个资格。邻居们家里的儿子基本上在外面帮人打工，漂泊流浪，是很少给家里挂电话的，更不要说他们能像我一样能给家里带来大学生活的各种新鲜事物了。

每到月初这天，母亲总是早早地吃过晚饭，穿上好看的衣服，迈着小腿，在邻居大妈们一路的羡慕中，兴高采烈来到支书家守候我的电话。

大三那年，我恋爱了。那是一个寒冷的冬夜，我和女朋友相约去逛街，回来时已是晚10点多了，我这才想起给家里的母亲挂电话。

可转眼一想，这么晚了，天气又这么冷，母亲肯定回去睡觉了吧？女友也劝说道：算了吧，你母亲一定回家了，你现在打过去你母亲也接不到了，还浪费钱。我想想也是，母亲不会因为没有接到儿子的电话，在支书家里傻傻守候吧？

回到宿舍，寒冷中，我马上钻进了温暖的被窝，逛街产生的疲惫使我很快进入梦乡。一觉醒来时，已是午夜12点多了，我发现自己再也无法入眠。我想起了远在家乡的母亲，在寒夜中，她是否也进入了梦乡？是否在怪怨自己儿子今天没有如约打电话回去？没有接到儿子省城来的电话，母亲又是如何落寞地走出支书家的？……所有的一切让我惴惴不安。母亲在孤灯下守候的身影既模糊又清晰，但却一直在我脑海里回旋。

辗转反侧中，一个激灵，我还是跳下了床，奔到寝室的电话机前，拨了那个最熟悉的电话号码。那边竟然传来母亲急切又兴奋的声音：娃啊，我就知道你会打电话回来的……

在母亲絮叨声中，我发现自己早已泪流满面。此时，窗外夜色苍茫，寒风正呼啸着大地。

一件军大衣

文／郭震海

深冬，风雪交加。

夜，寒冷的一个雪夜，大雪飞舞，滴水成冰。

"嘎吱、嘎吱、嘎吱吱！"突然，宁静的，刚刚沉睡后不久的村庄被一串紧张的脚步声惊醒。洁白的雪地里一个人影正向着一个农家小院飞奔。在他的身上已经披了一层洁白的雪花，他喘着粗气，口吐白雾，在深夜的雪地里朦朦胧胧的就如一个快速挺进的雪球。

他来到一个农家小院的门口时，稍稍迟疑了片刻，用宽大的手掌拍打了几下身上的雪花，迅速走向门口的警卫员。

农家小院的屋内，一个火盆烧得正旺。桌上一盏油灯拨得很亮，火苗儿跳跃着，突突突向上冒着轻烟，灯光下一个人披着一件黄呢军大衣正在地上来回踱着步，他时而停下，时而走到桌前拿起铅笔凝思，桌子上铺着一张地图，上面已经用铅笔标注得密密麻麻。

"报告！"

"进来！"

"报告首长，您找的杜春兰同志已经到了。"

"快，快让他进来嘛！"

警卫员出去后，来人夹着一股寒风进了屋。

"小鬼，快先烤烤火，外面一定很冷吧？"

"回首长的话，一点儿不冷。"

首长笑了笑接着说道："今天黑夜有个紧急情况，要你到普头村，找到特务连的连长，把一封很重要的信交给他，你能完成任务吗？"

"保证完成任务！"

"好，好嘛！不过小鬼，平时让你送信都是白天，现在是深夜，又下着大雪，还要你一个人去，你有这个胆量吗？"

"我是当地人，路途熟悉，又有'飞毛腿'的本领，要说胆量我是全村胆子最大的，什么也不怕，请首长放心！"

"千万马虎不得喽！"首长说着走到桌前拿出一封信交给了他。

他拿到信往怀里一揣，拔腿就准备往外跑。

"站住！"首长喊道。

他听到首长的喊声后停下了脚步：

"首长——"

首长过去拍拍他的肩膀，又捏了捏他的衣服说："小鬼，穿这样单薄，一定很冷！"说着就把自己身上的黄呢军大衣脱下来披到了他的身上。

他很紧张："不，不，不，我年轻，不怕冷，大衣还是首长穿的好！"边说边紧张地往下脱，首长双手按住他的肩头很慈祥地说："小鬼，夜里行路，又下着大雪，冷得很哩，还是穿上吧！"看着首长真诚的目光，他最终还是穿上了大衣。

外面的雪越下越大，他穿着首长的军大衣，一股暖流涌向全身，怀里揣着信件，向着普头村疾步如飞。信件不到一个时辰就准确送到，回来后他想归还军衣，首长已经上了前线。

凌晨下了一夜的大雪停了，雨点般密集的枪声在普头村外响起，只用了一袋烟工夫我军就吹响了嘹亮的冲锋号。"胜利了，我们又胜利了！"他在心里欢呼着，那是1938年一个最寒冷的冬天。此后，首长的军大衣就像一件宝贝一直伴随在他的身边。

整整40年过去了，1979年的一个金色的秋天，首长的女儿从北京，一路踏着父亲曾经的足迹来到了这个小村庄，当她见到当年为父亲深夜送过信的他时，他已经由原来的号称"飞毛腿"的小伙子成了一位老人。老人见到首长的女儿，高兴得热泪盈眶，握着首长女儿的手久久不愿松开，接着他找出了那件珍藏了40年依旧保存完好的军大衣。那是一件曾经温暖了他整整40年的黄呢军大衣，老人抱在怀里好久才松开，两行热泪也顺腮而下。最后老人亲手将军大衣交给了首长的女儿。

首长的女儿将大衣带到北京后，没有留下，而是直接交到了中国人民革命军事博物馆。

今天，历经岁月的洗涤，那件黄呢军大衣在博物馆内更加的熠熠生辉，因为那不是一件普通的军大衣，那是朱德总司令曾经穿过的军大衣，那是一件温暖了一个普通游击队员整整40年的军大衣，一件军大衣凝结着一个指挥千军万马、屡建奇功的总司令对一个普通人的无微不至的关怀。当时，朱德是中央军委副主席，八路军总指挥，后改称第十八集团军，任总司令；而他只是村里组织的游击队里一个普普通通的交通员。

上帝掉了一只高跟鞋

文／李丹崖

那是一个风景优雅的小区。

杰克仰着头，只顾欣赏美景，突然从三楼一户人家的窗口抛出了一只鞋子，杰克躲闪不及，恰巧被砸中了脑袋，那是一只高跟鞋，杰克瞬间觉得眼冒金星、天旋地转。杰克正想发飙，却听到那个窗口传来一个女人微弱的痛苦呼喊，那声音分明是在求救。

杰克暗叫不妙，迅速找到了楼梯口，飞奔上了三楼，门被反锁着，杰克试了几下也没有撞开，就慌忙把耳朵附在门缝边听了听，里面没有任何声音。杰克的额头上不禁冒出了冷汗。

难道是这家主人遭遇了什么不测？杰克再也不敢多想，连忙拨通了报警电话，向警察说明了自己听到的一切，警察表示，需要半个小时才能赶到现场。

半小时！恐怕等警察来到为时已晚。

杰克想到这里，再次飞奔到那个窗口下面，然后抓住了一把爬山虎藤攀上了三楼。当他钻进窗口的时候，杰克不禁惊呆了！一个年轻的女人躺在了地板上，已经停止了呼吸。

曾经学过护理的杰克这时候立即意识到，这个女人有可能是一名严重的心脏病患者，杰克连忙俯身对女人实施了抢救，正在这时候，门开了，一个青年男子走了进来，然后飞身一脚把杰克踢倒在地，不分青红皂白，上去就对杰克一顿毒打。

杰克忍着剧痛准备向男人解释，被愤怒冲昏头脑的男人这时候还哪里听得进去，随手抓住了一只酒瓶砸向杰克，鲜血瞬间爬满了杰克的面庞。

如果不迅速制止这名鲁莽男人，女人很可能会有生命危险，想到这里，杰克挣扎着爬了起来，发疯似的扑向了男人……约摸两分钟后，男人被杰克用床单绑在了床腿上。杰克继续对女人实施了抢救……

"咣"地一声，门被再次撞开了，几个警察闯了进来，警察看到屋子里一片狼藉，一个男人被绑在了床腿上，"歹徒"正在对女主人"施暴"，不由分说，上来就是一警棍，杰克当场被砸昏在地……

杰克醒来的时候，已经躺在了医院的病床上，轻微脑震荡和折断的肋骨让杰克整整昏迷了三天，杰克睁开眼睛。"他醒了！谢天谢地！"循声望去，杰克朦胧地看到身边坐着两个熟悉的身影。

杰克出院了，阳光很好，朋友从医院里把他接了出来，满腹牢骚地对他说："你真是个爱管闲事的家伙，计划好的一场旅行，不料却在病床上度过。更可气的是你拼了命地去救那个女人，那个女人的高跟鞋上到底涂抹了什么勾引人的迷药，值得你这样为她卖命？"

杰克微笑着回答："为什么不值得？上帝掉了一只鞋子，我帮她捡了起来，上帝非常感激我，带我到一个风光优美的地方梦游了三天，然后又把我送了回来，你不觉得这是一件听起来就令人心旷神怡的事情吗？"

当生活把我们打哭的时候

文／李丹崖

五六岁的时候，小伙伴们经常把他打哭，他一把鼻涕一把眼泪地回家向爸爸告状，原以为爸爸会帮他"出气"，哪知道爸爸不但没有给他撑腰，还从商店里买了许多糖果给那些打他的小朋友。

爸爸说："有时候'消灭'拳头的武器不一定是拳头，还可以是'糖果'。"

当时的他怎么也无法理解爸爸的这套"哲学"，总以为是爸爸怕那些小朋友的爸爸妈妈，甚至还猜想在爸爸年幼的时候，也被那些小朋友的爸爸打过。后来，他才逐渐发觉，那些打他的小朋友逐渐对他友好起来，遇到别的小朋友欺负他时，他们还能帮着他对付那些浑小子呢！

他第一次在心里暗暗对爸爸竖起大拇指。

后来，他上了高中，高一高二的时候，他在班级里的成绩一直名列前茅。到了高三的时候，班里突然从外校转来一个女生，他只看了一眼就喜欢上这个女生了。鼓起勇气给女生写了几封信，不想，女生理也不理他。他的成绩一落千丈。开家长会时，班主任和他的爸爸在办公室里单独谈了近半个小时的话。

他原以为向来严厉的爸爸一定会打他，在一旁等候的他像有一只袋鼠在心里，闹腾得不行。然而，令他万万没有想到的是，爸爸从班主任办公室出来后，只冲他笑了笑，抚摸了一下他的头说："孩子，很高兴看到你长大了。然而，早恋就像蒲公英，只能远远地看着，千万别靠近，否则，你的气息会把她吓跑的。"

他落榜了！原因是他遭遇了所有的偏题，所有的成绩短板把他从高考的舞台上拍了下来。他独自一个人哭了很久，然后把自己反锁在屋里，一整天没有出来。妈妈给他送来了饭菜，他门都没有开。爸爸过来，只丢下一句话，他就把门打开了。

爸爸说："不要怪针毡上的刺太锋利，只怪自己脚上的老茧不够坚硬。一个一挨打就喊疼的人，注定要疼一辈子！"

23 岁，他考上了梦寐以求的大学，主修戏剧文学。他是一个羞涩的男生，在表演课上，他总是扭扭捏捏放不开。老师让他模仿动物的时候，他总觉得丢脸，是老师令他难堪。所以，每到期末，其他科目全是优秀，唯有表演一门挂了"大红灯笼"。因此，大学毕业的时候，他丧失了宝贵的保送电视台的机会，只得效力于一家广告公司，恰恰让他遇到了一个不怎么有眼光的老总，仿佛处处跟他过不去，他的方案总是通不过，心情沮丧的他总是喝闷酒。

爸爸从家乡赶过来看他，看到这种情形，一把夺过他手里的酒瓶说："你上大学的时候撕不破脸皮，走向了社会，老总这是在帮你撕啊！你冲生活端架子，生活肯定对你'抬二郎腿'呀！"

在爸爸的指引下，他仔细梳理自己的从业经历，这才发现自己书生气太重，恃才傲物，孤僻甚至几近一意孤行。因此，总和团队的风格不一致，甚至是唱反调，当然得不到老总的青睐。

找到自己缺点的他，及时掉转了"船头"，一门心思扑在公司的团队愿景上，一口气接下几个大单子。由他领衔制作的栏目剧卖到多家电视台，都在黄金档热播。

他成了圈子里人人崇拜的名人。

现在的他，已经做上独立制片人了。许多电视台和影视剧制作中心纷纷向他抛来"绣球"，他都回绝了，理由是：他不想效力于任何一种固定的模式，他渴望创新、突破，在成就中愉悦自己。

许多人对他的事迹都很关注，面对媒体，他只说了爸爸送给他的两句话：当生活总是打哭我们的时候，我们要学会把自己逗笑；当生活不能逗笑我们的时候，我们就把生活逗笑！

所有人都为这两句话鼓掌，因为，大家都说，他的爸爸深谙生活的"太极"！

老鸹头

文／刘永飞

当太阳透过玻璃窗暖暖的抓挠得人痒痒的时候，刘一忽然惦记起什么似的一骨碌从床上爬起来。看到爸妈的床上整整齐齐叠起的被子，他小嘴一咧，笑了，笑得心满意足。

看了会儿电视，觉得有点饿，他本想找点东西充充饥，趿拉着拖鞋走进厨房，又折身回来，他觉得自己必须忍耐一下，等妈妈回来就有好吃的了。

一想到妈妈要给自己做的好东西，刘一顿感满口生津，"咕咚"咽了一大口口水，双眼熠熠生辉。

渐渐地，他越来越饿，精力已不能在电视上积聚，目光不由自主移向窗口，此刻他多希望自己一眨巴眼工夫，妈妈就能出现。然而，太阳已经升得老高，眼睛眨了无数次，妈妈依然没有影踪。

他开始有点不耐烦，觉得这顿好吃的"老鸹头"恐怕要黄。他用力关了电视，重重躺在床上，炸油条似的"哼哼唉唉"起来。

说起"老鸹头"，他想起那家"肯德基"。自他随爸妈来城里读书，每天都经过这家餐厅。前天，他终于忍不住诱惑跟妈妈说他想吃"肯德基"。妈妈的自行车似乎一顿，然后加快了速度说："它有啥好吃的，敢明儿妈妈给你炸'老鸹头'。"

妈妈的自行车逃离"鸡块"的香味区，刘一开始对"老鸹头"神往起来。"老鸹头"是他们那里的方言，实际上是一种油炸的素丸子，炸出的东西状似老鸹的脑袋而得名。以前每年春节妈妈都会给他炸。看着妈妈的菜刀在案板上的细粉、葱花、生姜上丁丁当当飞舞，他就舍不得离开灶屋了。等妈妈将它们在面粉里放上佐料拌匀，一撮撮的下进滚开的油锅。随着吱吱声白沫泛起，漂浮在油面上的它们由白变成金黄。妈妈用笊篱在锅里浅浅一点，一个个香喷喷、黄灿灿、脆生生的"老鸹头"就出锅了。每年的这个时候就是他最幸福的时光。

只是近年爸妈外出打工，有时过年也不回来，即使回来几天也是一过年就走，根本没工夫准备年货，更谈不上炸"老鸹头"了。如今妈妈说起老鸹头，着实让他期待。本来"老鸹头"是准备昨天炸的，可和好面才发现油不够了，所以只能等今天买了油才能炸。

"咋还不回呢？"刘一张望一次，失望一次。饥肠辘辘的他认定母亲半路忙其他事去了，早把他的"老鸹头"给忘了。想到此，他无比沮丧，眼底潮潮的。他认为妈妈说话不算数，这一刻，他决定今天不理妈妈了，不，他决定这一辈子也不理妈妈了。

妈妈是中午12点回来的。她头发凌乱，脸色苍白，手提一桶食用油一瘸一拐进了门。此情此景让刘一感到意外。

但他不愿原谅妈妈，也不愿上前问个究竟。

正犹豫间，妈妈说话了，她说路上有点事耽搁，妈妈这就给你炸"老鸹头"去。刘一没言语，看来正如他意料的那样，妈妈半路拐弯办其他事了。

半个小时后，"老鸹头"出锅。妈妈把香喷喷、黄灿灿、脆生生的"老鸹头"端到他跟前时，他的怨气全消了，他伸手去抓，意外发现妈妈撸起的胳膊上有几条血痕。他问妈妈怎么了，妈妈慌忙放下袖口掩饰，说没事没事，不小心被自行车蹭了一下。

晚上，爸爸回来了，像是在外听到什么消息，一到家就跟妈妈窃窃私语，爸爸先是眼圈红，接着是一阵劫后余生的叹息。

"妈妈妈妈，快看快看，你上电视了！"

刘一突然在厅里喊起来。电视上的妈妈正被一个记者拿着话筒追赶，她说大姐，别跑，说说当时的情况好吗？妈妈一个劲地摇头说："不不，我还得给儿子炸'老鸹头'呢。"然后，镜头里是妈妈拎着油一瘸一拐奔跑的背影。

刘一知道了真相：原来，城北的超市举行限量酬宾，原价一桶46元的食用油，现在36元，为省去10元钱，好多人排队抢购，结果发生踩踏事故，当场5人身亡，70多人不同程度受伤……

夜深了，以往的刘一沾床就睡，今天却怎么也睡不着，他满脑子都是新闻里的混乱场面和母亲歪歪斜斜的身影。

"我看你是不要命了，为10块钱，城南转到城北十几里路。"爸爸的责怪悄声传来。

妈妈没言语。

"你要有个三长两短我和一——咋过？"父亲的声音有点哽咽。

母亲没接父亲的话，少顷自言自语地说："我是四点钟赶到的，真没想到前面已经排了几十个人，看来，下次还得更早去！"

泪，悄然划过鼻梁滚到枕巾上，刘一觉得自己今天的眼泪流得特别，有一种难以名状的东西在胸口翻涌、激荡。这一刻，他长大了。

鸽子归来的理由

文／周海亮

老家的朋友养了一群肉鸽，要送我两只。他把两只鸽子装在一个铁笼里，让我钉上楼房的外墙。"好养！"朋友说，"谷粒加清水就行，比养母鸡容易多了！"

"可是把它们圈在笼子里，是不是太残忍了？"我说，"我总感觉，鸽子是应该属于蓝天的。"

"那你早晨把它们放出来，晚上它们自己再飞回来不就行了？"朋友说。

"万一它们飞走了怎么办？"我问，"得把它们关多长时间，它们才肯老老实实地飞回来？"

"这可不一定。"朋友说，"比如我养的这一群，有些就得关很长时间，而有些，关的时间则比较短。放它们出去，是为了觅食，不然的话，这一大群，得喂多少谷粒啊……"

可是我还是不明白："那你怎么来辨别哪一只鸽子晚上会飞回来呢？你又怎么能够确定它们会不会从此一去无回呢？听说鸽子很聪明，它们知道自己迟早会被你送进酒店屠宰的……"

"这个很容易！"朋友说，"得把它们关到下蛋。不管哪一只，只要下了蛋，那么，你就可以放它们飞出去了。不用担心，它们肯定会飞回来的。别说迟早会遭到屠宰，就算马上让它们下油锅，它们也会心甘情愿地飞回来。它们惦记着自己的孩子呢！"

心头被猛地震了一下。我想，这就是伟大的母爱吧！为了自己的孩子，哪怕明知等待自己的将是死亡，也甘愿舍弃逃生的机会，毫不犹豫地赶回来。

人是这样，动物也同样如此。

给娘买台洗衣机

文／彭福邦

娘70多了，一个人住在乡下。娘不愿来城里住，我去接了她几次，每次都是住了两天就回去了。娘说城里太吵、太闷，不习惯，还是乡下好。

那天，我回家看娘。走到村口，我就看到娘了。娘正在小河边洗衣服。娘蹲在洗衣服的大石头上，吃力地搓洗着衣服。娘的白发在河风中飞舞着，枯草一样扎眼。娘老了，娘的动作迟缓，与旁边的小姑娘小媳妇比起来，显得有气无力。

我的眼里涩涩的。我加快脚步走到娘跟前，说："娘，我来吧。"娘回头看了看，脸上露出了惊喜的笑容。

已经是冬天了，河水很凉，扎手。不一会儿，我的手就被冻得麻木了。

回到家，我说："娘，我给你买台洗衣机吧。"

娘说："不用，娘还能洗。"

我说："河水太凉了，会把人冻病的。"

娘说："没事，娘习惯了。"

不管我怎么说，娘就是不同意。但这次我没听娘的，娘一个人在乡下，没人照顾，冻病了怎么办？

当我把洗衣机搬回家的时候，娘嗔怪道："不是让你不要买的吗？"

娘又说："这种洋玩意，我可不会用，你还是把它退回去吧。"

原来娘是担心不会使用。我笑笑，说："娘，你放心吧，这个是全自动的，只要按一下开关就行了。"

接通电源，我让娘找来几件脏衣服，教娘使用。当娘看到洗衣机很快就把脏衣服洗干净时，笑了，啧啧地称赞道："真是稀奇！"

给娘买了洗衣机，我的心就放下来了。娘今后洗衣服再也不用受冻受累了。

几个月后，我又回家看娘。娘年纪大了，我得常回去看看她。

没想到的是，我在村口又看到了娘。娘正在小河边洗衣服。娘怎么又来小河边洗衣服了？难道洗衣机坏了？不可能吧，那可是名牌，怎么可能几个月就坏掉。

回到家，我看到，摆放在屋檐下角落里的洗衣机，被一块塑料布严严实实地盖着。掀开塑料布，我愣住了，洗衣机一尘不染，几乎和原来一样新。娘怕是没用过几次吧。

我问娘："娘，你怎么不用洗衣机呢？"

娘说："这东西费电，那个月，我才用了几次，电费一下子就上去了两块多。"

我说："娘，你就用吧，能用得了几度电呢，电费我给你就是了。"

娘说："不用了，我喜欢到外面去洗。娘老了，不能再帮你什么了，娘只希望不给你增加负担。娘知道，你在城里也不容易，花钱的地方多着呢。"

我的眼睛一下就湿了。

猎人与狼

文／刘万里

猎人从小就在山里打猎，一打就是几十年，如今猎人成了老猎人。

猎人家里挂满了各种动物的皮。几十年的猎杀，猎人身上充满了血腥味，充满了寒气，动物见了他纷纷躲窜。

年关将至，飘起了小雪。猎人把酒挂在腰上，扛着枪，牵着狗就朝山上树林里钻。昨天他在山上下了套子，他要去看看有没有猎物上套。

猎狗停住脚步，叫了起来。

猎人拨开树丛，看见自己设的套子套住了一条公狼，铁夹子深陷在公狼的腿上，鲜血染红了它腿旁的草丛。猎人吃惊的是公狼旁边偎着一只母狼和一只小狼崽子，母狼在添着公狼腿上的血。

猎人拿着枪站了起来，狼用惊恐的眼光望着猎人，浑身在颤抖。

猎人举起了枪，瞄准了小狼崽，他要先打死小狼崽，先摧垮它们的精神，然后再扑杀它们，母狼突然跪了下来，流着泪，它求猎人放过它的孩子和老公。

猎人轻蔑地一笑，他扣动扳机，"啪"的一声，狼崽倒在血泊中。

猎人浑身充满快感，他把枪瞄准了母狼，母狼痛苦地长叫一声跑了。

母狼蹲在山凸上，望着猎人挥着木棒活活打死了公狼，它的心如刀刮一般，仰天长啸，泪水长流。

夕阳映红了山谷，猎人背着公狼和狼崽回家，母狼一直尾随着猎人。

猎人剥下了公狼和狼崽的皮，挂在窗外。

每天晚上，猎人半夜都听到母狼在嚎叫。猎人提着枪跑出去时，母狼早已跑了。

每天晚上猎人就这样反反复复起来几次，猎人气得决定要活捉母狼生剥它的皮，解心头之恨。

这天晚上，猎人没听到狼叫，就在月落西山，猎人正要进入梦乡时，狼的叫声传入他的耳朵，这一次的声音很近，就在他的窗下。猎人打开门，母狼没动，眼里充满凶光。猎人提起枪说，"狗日的，你害得老子这几天没睡好觉，我今天非要打死你不可。"

母狼望了望猎人的枪，就开始慢慢跑，腿一拐一拐的。

猎人说："原来是一只受了伤的狼。"猎人收起了枪，操起棒子决定要活捉母狼，再说活捉的狼，狼皮也值钱。

母狼在前面一拐一拐地跑着，猎人快母狼也快，猎人慢母狼也慢。猎人追了一座山又一座山，母狼就在他眼前晃动，猎人就是没机会下手。

天亮了，红红的太阳在山背后慢慢升起。

猎人又跟了几座山，在深山密林里，猎人迷了路。

母狼仰天长叫，声音在山谷回荡。

突然出现了惊险一幕，一只斑斓大虎正向母狼逼近，母狼一动不动，脸上没有一丝惊慌，望着猎人笑了笑，它朝老虎走去，猎人突然发现母狼的腿一点都不拐，老虎纵身一跃，咬住了母狼的脖子……

猎人惊慌欲走，他回头一望，几只斑斓大虎正在虎视眈眈地望着他，猎人吓得战栗了，那只母狼为了替它老公和儿子报仇，故意把猎人引进了虎群。

猎人被老虎咬住了脖子，猎人在死之前，他都没明白：母狼怎么会用自己的生命去诱杀他呢？

被天使敲开的门

文／袁炳发

　　一天，热心为学校卖杂志的小学生杰瑞，向一所几乎被人们遗忘的房子走去。几乎很少有人看见过这房子的主人，因为他难得走出家门。房子的主人是一个性情相当古怪的老人，对周围的人极不友善，仿佛随时都在提防着别人。当邻居们主动跟他打招呼时，他也很少开口说话，只是用眼睛瞪着对方，目光中充满了敌意。

　　杰瑞礼貌地敲了门，然后静静地等在一旁，门慢慢地被打开了。"小家伙，你想要干什么？"老人苍老而严厉的声音从里面传来。杰瑞对老人说："先生，您好！我现在正在为学校卖杂志，我来想问一问，您是不是也要买一本这样的杂志？"

　　杰瑞满心希望老人可以买一本他的杂志，他在等老人开口。这时，透过打开的门，杰瑞看到老人在壁炉架上放了一些小狗的雕像。"您喜欢搜集这些东西吗？"忍不住好奇心杰瑞问道。"是的，我搜集了很多这样的东西，我把它们都当成了我的朋友和家人，它们每天陪伴着我。"老人回答了杰瑞的提问。

　　此时，看到老人空荡荡、缺少人气的家，杰瑞觉得老人看上去非常的孤独。"您看看我们的杂志吧，这里面介绍了好多可爱的小狗，您这么喜欢狗，看了一定会喜欢的。"杰瑞小心翼翼地对老人说。"小家伙，不要再来烦我，我不需要你的杂志，不需要任何杂志。"

　　杰瑞感到很难过。

杰瑞忽然记起来，自己家里也有一个很漂亮的小狗雕像，那是去年他过生日时，琳达姑妈送给他的生日礼物，杰瑞一直好好地收藏着。杰瑞想，既然老人那么喜欢小狗雕像，自己何不把这个礼物送给他呢？如果看到了这个小狗，老人一定会很高兴的。想到这儿，杰瑞匆匆赶回家把这份礼物装进了包里，又返回到了老人的房子前。

　　杰瑞再次轻轻敲响了老人的门，这一次老人迅速打开门，一看到杰瑞，他就气急败坏瞪着眼说："小家伙，你到底想干什么，我不是已经告诉你了吗？我不需要你的什么破杂志，快走开！""先生，我知道，我不是想卖给您杂志，我只是想送给您一件礼物。"杰瑞红着小脸对老人说。

　　随后，杰瑞拿出了自己的礼物："这是一只漂亮的金毛猎犬雕像，我家里还有一个，我想把这个送给您。"老人见状，一下子愣在了那里。"什么，这个你要送给我？"老人几乎激动起来，多少年了，从来没有人关心过他，从来没有人送过他这样的礼物，也从没有人对他这样好。"孩子，你为什么要这么做？"杰瑞见老人脸上露出了欣喜的神色，他也高兴起来，欢快地说："因为您喜欢小狗啊！"

　　就从那一天开始，老人走出家门的次数越来越多，他开始慢慢习惯跟邻居或过路的人打招呼了，他开始接受周围的人，人们也开始接受他了。他和杰瑞成了最好的朋友，杰瑞几乎每周都要去看望老人，还会拉着老人的手，陪老人散散步，有时还会邀上小伙伴们一块儿去看老人收藏的那些可爱的小狗。

　　杰瑞用他的纯真与善良敲开了老人封闭已久的心门，让老人重新看到了这个世界的美好，也感受到了久违的温暖，老人那颗缺少关爱与慰藉的孤独的心灵，被这个可爱的小男孩重新温暖、润泽了。小杰瑞就像一个天使，用他的小手轻轻地、轻轻地敲开了那道关闭太久的门，他把阳光和快乐带到了门里边，从此永远地改变了两个人的生活。

捡麦穗

文／曹延标

麦收时节，看见路上、沟边、田里落下那么多的麦穗无人问津，心里便涌起一种苦涩的滋味，不由得想起自己小时候捡麦穗的事。

那时候，地是集体的。一到麦收时节，老师便带我们到田里捡麦穗，交给生产队。为生产队劳动是打工分的，还好，我们村在当时算得上富裕村，每工分要算到八九毛钱。3斤麦穗算1工分。谁捡的多，挣的工分就多。

天蒙蒙亮，我们便背着竹篮带上镰刀去捡麦子。吃过早饭再去捡。下午从2点钟开始一直捡到天黑。一日三次，一天下来，腰酸背痛。但是，为了多增加收入，为了吃上面饼米饭，咬着牙坚持。

刚刚吃过早饭，老师又开始吹哨子了，边吹边喊："上工啰。"

比我小一岁的好朋友温暖便来叫我了。他的脸上挂着泪痕。

"挨打了？"我问。他点点头。

"你妈妈还是嫌你捡得少？"

"小标，为什么我的手快不起来？"

"我也不知道。"在捡麦穗的同学中，每次都是我捡得最多，而温暖捡得最少。

"中午，天很热，怎么穿了蓝褂子？"我没有把原因告诉温暖。

我们跟着老师向田里走去。这片田刚刚收完，并用筢子搂过。因为是刚刚放"门"，所以大家都跑起来，一窝蜂似的涌进田里，个个像小鸡啄米似的捡起来。温暖还是用一只手捡，而我用两只手捡。眼睛像探照灯一样四处寻找，眼到手到。由于捡得快，手被麦茬刺得生疼，多处刺破流血，用土敷上止住血，继续捡。捡了一大把，就像编辫子那样辫好再用刀割去三分之一麦秆。

"你的麦秆咋留得那么长？"温暖非常惊讶。

"多留一点多压秤。"我直直腰望望温暖竹篮里的麦穗，差点笑坏了肚皮，"小温暖，你真傻，看看满地捡麦子的，谁像你，捡得那么干净，没有一棵多余的麦草。把麦秆全割去，只留下光秃秃的麦穗头。难怪你每次才捡三五斤。"

"其实，你不必那么傻。你看看，比我们大的学生捡得还没有我们这么干净呢。老师不是也没有批评他们吗？"我还在劝他。

太阳不再那么温柔，光线不再那么柔和。太阳比早上小得多，放出白白的光，晒得人头上直冒汗，嗓子冒火。

"温暖，到田头歇息去。"我的竹篮差不多要装满了，便把麦穗扯出来放在田头，堆成一堆。

田边有水渠，我们洗洗脸，喝口水，顿时觉得舒服多了。

"温暖，咱们赌麦穗，好吗？"

"好啊！你做东还是我做东？"他问。

"我做东。"我把麦秆做成小三角形，从地上刨起一堆土，三角形的麦秆放在土上，然后用力把土向前一推，土便把三角形埋起来。

温暖拿着长长的麦秆插下去，如果插在三角形中，那么我就给他一个大麦穗；如果没有插在三角形中，那么他就给我一个大麦穗。

扒开土，他的麦秆插在三角形外。"你输了，给我一个大麦穗吧。"他从自己的麦堆中拿出一个大麦穗给我。

"你要赖，你做的三角形太小。"他很生气。

"再让你做东还不行吗？"

就这样玩了一会儿，又开始捡麦子了。太阳的光火辣辣地照着大地，我们的肚子开始叽里咕噜地叫起来，大家无精打采。我把厚蓝褂脱了下来放在麦堆上。老师望望当顶的太阳又吹起了口哨："收工啦。"

大家高兴极了，我把扯出来的麦子往竹篮里装。麦子熟透了，我把脚放在竹篮里使劲地踩。

"你干吗要把脚放在里面踩来踩去的？"温暖问我。

"不然装不下。"我骗他。

我们背着一上午的劳动果实跟着老师来到生产队的场上。大家按先来后到的顺序站成一队。老师过秤，开据。

"曹延标，21斤。温暖，4斤。"

我接过据，便到离老师稍远的麦堆上扯起来。看见眼前的小麦子，我好像看见了一块块大白面饼。"要把篮底亮一亮。"老师害怕同学把麦粒带回家，又回头对倒麦子的同学喊。温暖捡得少，很快倒完了，他把篮底举得很高，用力拍拍，从篮子底部又掉下几粒来。我扯得很快，麦粒沙沙地往下掉。我紧张得要命，篮子底部有好几斤麦粒，真是舍不得底朝上。我连忙把衣服盖在上面，趁老师看秤时溜走了。

要到家门口，温暖对我说："小标，你没亮篮底。"

"关你什么事？"我很生气，害怕他告诉老师。

"这是最后一次。下次再不亮篮底，我告你。"

下午捡麦穗时，温暖不再跟我一起捡。过秤时，老师让他亲自监督。在他的眼皮下，我只好把篮底亮一亮。当时，我真是不明白，温暖为什么那样傻？难道他不喜欢吃白面饼吗？

事情已经过去很多年了，捡麦穗的事一直在我的脑中萦绕，从中我明白了许多道理。

求 职 记

文／闫耀明

张石大学毕业了。大学毕业的张石要找一份工作，他先后主动上门，找了七八家公司，都没有结果。

烦躁的张石就哗啦哗啦地翻报纸，终于在报纸的中缝上发现了一则公开招聘启事，他觉得公司要求的条件很适合自己，就兴冲冲地跑到报名处，出示了自己的资料，报上了名。

张石真是下了大工夫，认真复习准备笔试。他觉得自己考得不错。接着就是面试，张石发挥得很好。

张石必须发挥好，因为他的招聘结果不仅涉及他的工作，还直接影响着他的爱情。他的女友很是斩钉截铁地告诉他，再找不到一份适合的工作，她就会毫不犹豫地和他拜拜。

下面，就是等待结果了。

张石感到自己很有希望，因为在进入面试的应聘者中，张石是很有竞争力的一个。

可到了发布招聘结果的日子，张石却没有接到被录用的通知。

张石急了，跑到公司办事处去问结果。公司那个负责联络工作的梳着马尾辫的小姑娘翻着名单，遗憾地告诉他，名单里没有张石的名字。

落选，对于张石的打击很大，因为他太看重这次招聘了。这是一家不错的公司，招聘的职位也非常适合张石发挥自己的优势和特长，

要是拥有这个职位,张石必将做出很出色的业绩。他对自己是充满信心的。

可是,一切都是那么残酷。

他给女友打了个电话,可女友拒绝了再次和他见面的请求。女友只给他留下了三个字:窝囊废!

郁闷的张石借酒消愁,却越消越愁,心里已经黑暗得透不进一丝阳光。于是,张石在极度的绝望中,做出了一个他一点也没有感到意外的决定:自杀。

张石不想麻烦别人,也不想把自己弄得太过难看。他选择了一种安静的自杀方式。

他吞下了整整一瓶的安眠药片。张石觉得这样做,比上吊动刀更体面一些。

然而张石的命大。张石的邻居发现了张石的不正常举动,果断地报了警。

张石在医院里躺了两天,被抢救过来了。

刚刚苏醒的张石得到了一个令他怎么也没有想到的消息。公司那位梳着马尾辫的小姑娘跑来告诉他,他已经被公司录用了。那天的名单有错误。小姑娘还代表公司向张石正式道歉,并把一大堆应该填写的表格递给了张石。

真是天意啊,假如张石的邻居没有发现他,假如张石没有被抢救过来,一切都将是另一个结果。

喜出望外的张石连忙给他的女友打电话。

身体还没有完全恢复,张石就和女友一起请几个好朋友聚会了一次,庆祝他成功求职,也庆祝他获得了渴盼已久的爱情。

张石来到公司上班。他特意装扮了一下,显得既精神又帅气。

可梳着马尾辫的小姑娘再次把一个让张石颇感震惊的消息告诉了他。

你被公司解雇了。小姑娘说得轻描淡写。

可张石蒙了。为什么?他说话的声音有点变形。

小姑娘说，我们老总说了，你一个年轻人，连这点挫折都经受不了，还采取了自杀这样的极端方式，到了公司，能干大事么？

无疑，张石又一次失去了工作和爱情。但是这次张石没有自杀，而是闭门谢客，反复思考公司老总通过小姑娘转给他的话。

壮 士

文／周海亮

100 米决赛，只需保住一枚银牌，他所代表的城市的奖牌数就会跃居第一。并不仅仅是一个名次的概念，这代表着许多实实在在的东西。100 米是最后一项赛事，那是他们最后的超越机会。

他当然有拿一枚银牌的实力。

发令枪还没有响，他就冲了出去。是抢跑。他受到裁判的警告，气氛骤然变得紧张。

教练告诉他，银牌，一定要拿到手。拿了银牌，你就成为城市的英雄；拿不到，你就是城市的罪人。可是现在，站在起跑线上，他认为自己必须第一个冲过终点。第二名，银牌，对他来说，毫无意义。

没有商量的余地。只能如此。

发令枪第二次响起来。他第一个弹出去。他像一只神鹿、像一阵疾风、像一道闪电、像节奏极快的说唱或者音乐。周围山呼海啸，可

是他听不见任何声音。他的眼睛始终盯着终点的那根红线。那根线离他越来越近，越来越近，仿佛触手可及……

突然有人从身边超越，是实力最强的那个对手，有着令人难以置信的冲刺能力。现在他落到了第二名。他和第一名只有小半步的距离。他调整着自己的节奏，拼尽了全身的力气，试图重新夺回第一名的位置，可是他办不到。小半步，将成为第一和第二的距离，金牌和银牌的距离，天堂和地狱的距离。

其实，他的任务，不过是一枚银牌。有了银牌，他就是英雄。可是他知道，今天，他必须最先碰触那根红线，第二名对他来说，注定是一场灾难。

终点向他奔来。那根红线向他奔来。可是他和第一名，仍是小半步的距离。对手即将撞线，他即将崩溃。

最后一刻，他扑向终点。他向那条红线，伸出了两手。

他抓住了那根代表胜利的红线。他把它抓得很紧。抓紧红线的一刹那，他重重摔倒在地。他飞快地爬起来，一瘸一拐跑向摄像机。他兴奋得满脸通红。他挥舞着那根红线，冲摄像机不停地喊，看到了吗？红线！我是第一名，我是冠军！他的膝盖上流着血，一小块白骨清晰可见。

所有人都惊呆了。人们忘记了阻止他。人们认为他成了一个疯子。整个体育场鸦雀无声，人们只听到他一个人近似于疯狂的呐喊："我是第一名！我是冠军！"

理所当然，他犯规了，他被取消了成绩，他丢掉了那枚到手的银牌，他成了城市的罪人。

并且，终点的突然摔倒让他有伤的左腿加重了伤情。虽然他仍然可以跑，但却不再能参加任何比赛。他只好选择了提前退役。

可是他知道，自己必须这么做。

因为女儿。因为他向女儿保证过。

出征前，三岁的女儿坐在妻子怀里，说，爸爸能得第一名吗？妻子说当然能，爸爸就是为第一名去的。他赶紧瞪一眼妻子。他知道自己没有跑第一名的实力。女儿说那我也要去看。他说这可不行，人家不让的。女儿不干，哭闹了半天，哭得他和妻子心烦意乱。最后女儿终于妥协，但是却要他亲口答应她一定要跑第一名。他红着眼睛抚摸了女儿圆圆的脑袋。他咬咬牙，做出一个决定。他说会的。一定会的。我会第一个拿到那根红线。第一个拿到红线的，就是冠军。到时你肯定会在电视上看到。我保证。然后，他躲到洗手间里，嚎啕大哭。

这是女儿最后一次看他的比赛。大夫说，她的病情正在急速恶化，她活不到这个月底。

其实他本该待在家里陪着自己的女儿。可是，城市需要他的银牌。

其实他本该为这个城市夺取一枚银牌。可是，女儿需要他的第一。

所以，他去了；然后，他只能犯规。

他的城市和他的女儿，他选择了后者。

第八辑　守护摩托车的小·男孩

　　顺着他手指的方向，我看到了一对夫妻。他们面前的石板摊上摆着些青菜、萝卜之类的蔬菜，还很多，显然没有卖出多少。夫妻俩单薄的身影不时地被来往的人们淹没。

爱像牧场上的野花一样淳朴

文／崔修建

那天的"开心辞典"节目中，先后上场的三位选手因实力、定力或运气等不同原因，都只答对了一两道题，便遗憾地退场了。

第四个登台的是一位在读的女大学生，来自江南水乡的她，脸上挂着一抹羞涩，执意不肯说出自己的梦想，理由是："如果过不了关，说出来就没有意义了。"

三道题轻松答对，女孩顺利过了第一关，主持人王小丫问她这会儿可不可以说出自己的梦想，女孩莞尔地摇头。而接下来的答题，她将自己的聪颖、机智与沉着发挥得淋漓尽致，即使观众看得一头雾水的那偏题、怪题，女孩也能轻松地对答如流。观众的掌声一次次响起，王小丫也频频颔首赞赏，可她始终执拗地不肯宣告自己的梦想。

最后是一道极其复杂的数字推理题，难度陡然加大，还有很短的时间限制。女孩低头望着地面思索了片刻，然后自信地给出了一个答案。

这时，王小丫对她笑着："我先不告诉你正确答案，希望你现在就告诉我们你的梦想。要不，万一你答错了，你的梦想就成了永远的秘密。"女孩阳光一样甜甜地笑了，明净的眸子里透着可爱的坚定："我的答案是正确的。"

果然，女孩赢了。王小丫伸手向她祝贺。女孩青春的脸上洋溢着喜悦，她轻轻地说："我要给西藏的一位朋友打个电话，我的梦想是送给他的。"

　　他是怎样一位特殊的朋友呢？一向机敏的王小丫按下了免提键，全场肃穆倾听。

　　当粗犷的男音传来时，女孩满怀的激动再也抑制不住了："我在'开心辞典'答题，全都答对了。"那边传来欢喜的祝贺与夸奖。女孩继续说："你不是希望拥有一台笔记本电脑吗？我今天帮你把梦想实现了。"电话那端的他显然始料不及，惊喜得有些语无伦次了："谢谢你记得我的梦想，我代表这里的孩子们谢谢你，暑假再来这里看草海，再来看蓝天吧。"

　　"我还要把你的故事告诉更多的人，与你的梦想一起飞翔，我是幸福的，我相信这样的幸福也会感染许多人的。"女孩温柔得如站在痴情的恋人面前。

　　原来，他是女孩在一次去西藏采风时邂逅的牧区小学教师，他师大毕业后偕女友自愿来到条件艰苦的地方工作。在那里，目睹那对年轻人虽清贫却不乏快乐与充实的生活，女孩恍然明白了——其实，生命中有一种爱，完全可以像藏区的蓝天一样辽阔、澄净，完全可以像牧场的野花一样自然、纯朴。此后，女孩便把他那天不经意说的一句话，牢牢地记在了心中，直到今天以这样特殊的方式，做了纯洁如雪的表白。

　　由衷的掌声如潮地涌来，现场观众全被女孩演绎的这些美好的情节感动了，王小丫的眼里也闪动着晶莹。是啊，可以想象，这个慧心的女孩该是带着怎样真挚、纯粹、深厚的爱意，经过层层预选，一路过关斩将，才走上赛场，并最终赢得心中最大的幸福的。

再笨一点多好啊

文／刘正权

散学典礼是在各班教室进行的，这已经成了一个新的模式了，在广播里开会。

领完成绩报告单，就算告别小学生活了，江小兰把课桌上的课程表又一次清扫了一遍，点点滴滴的日子就从课桌缝隙里清扫出来。

可惜，没有一次能够清扫出点让她觉得值得开心的事儿。

做一名学生，值得开心的事儿莫过于得到老师的表扬了。

记忆中，老师从没表扬过江小兰，老师不是一个吝啬的人，她表扬起学习委员陈小丽来，像电视上韦小宝说的，有如滔滔江水连绵不绝，表扬起班长王小成来，也像黄河决堤一样一发而不可收。

唯独一看见江小兰，她的双唇就立马抿成了一道缝，比电焊焊得还死的一道缝。

就因为江小兰在全班最不引人注目吗？

要知道，班上最调皮捣蛋的苟小志都得到过老师表扬了。

苟小志经常旷课。

那天，严格地说，老师正在批评苟小志呢，老师批评人很有水平，老师是这样说的：

有个别同学，我基本上只把他当做我们班上的一个影子，希望同学们不要因为这个影子的行为而干扰了学习。

这个影子不言而喻，是指苟小志。老师说这番话时，苟小志正把个头低得扎进抽屉里半天了，本来，老师还准备发挥一句的，大家一定想知道影子的主人是谁吧？

偏偏有人在教室门外咳嗽了一声，一般在上课时敢在教室外面咳嗽的，只有学校领导，老师就回过了头，果然，领导站在外面，居然，是校长！

有什么事值得校长亲自到这个普通班的教室门外咳嗽一声呢？肯定是好事！坏事校长一般是安排人随便通知一声的。

老师就一脸绯红的小跑了出去，影子同学苟小志才瞅这个机会探出头来喘了口长气。

这气喘得真是时候啊！老师再次进来时，眼里暖和得像三月的风，语气轻柔得像四月的雨，老师说，建议大家先给我们班上的一个同学来一点掌声好不好？热烈点！

掌声就在老师带动下很热烈地响起来了。

哪个同学应该得到这掌声呢？老师故意把同学们的胃口吊起来。

同学们把目光先是投向王小成，老师摇了摇头。

同学们又把脑袋歪向了陈小丽，老师摆了摆手。

大伙都茫然了，伸长脖子看老师，老师脸上笑得像朵迎春花，一步步走向苟小志。

是影子？不要说大伙不相信，连江小兰也不能接受这个现实，就是轮流坐庄表扬，这会也轮不到他苟小志啊，自己好歹比他要安分守己吧！

还真是苟小志！苟小志旷课在校舍区里闲逛，捡到一串黄澄澄的钥匙，交给了校舍区管理员，那钥匙无巧不巧正好是退休的老校长的。

校长顺藤摸瓜，找到了苟小志所在的班级。

影子一下子真真实实被表扬了一回，本来埋在抽屉里的头，这回像亚洲雄风中唱的，头仰成了高昂的山。

这座山，就成了江小兰一直没能逾越过去的屏障。

人家苟小志都得过表扬了，江小兰却一直与表扬无缘。

小学里最后一次表扬就在今天画上句号呢！江小兰支起了耳朵，

江小兰之所以敢支起耳朵是因为今年的表扬换了模式，有新三好奖，有好干部奖，还有进步奖，彻底改变了以往只凭成绩发奖状的定式，能得奖状，岂不就是一种表扬？

新三好奖江小兰不敢奢望，好干部奖江小兰也不妄想，进步奖总该可以觊觎一下吧！要知道，江小兰从成绩倒数第五跃进了中游了呢。

进步奖偏偏只有四名。

期中考试比江小兰排名靠后的四个都拿到了奖状，她们没跃进中游，但倒数名次过了前10名。只有江小兰，两手空空的，脑子里也一片空空的。

叽叽喳喳的笑声一串串钻进江小兰的耳朵，笨鸟先飞，人家还真就飞自己前面领到奖了。

下课铃响了，大伙陆陆续续飞了出去，只有江小兰，还在课桌前盯着课程表发呆。

老师要锁教室门了，走过来，望一眼江小兰说，毕业典礼结束了，你还在发什么呆啊？

江小兰眼圈红红地站起来说，老师，我要再笨一点该多好啊！

想要自己再笨一点？老师生气了，咋就教出这么个呆学生来！

爱吹牛的老石

文/余显斌

他说他打过日本人，说得有板有眼。他说日本人上来了，连长喊了一声"打"，他第一个将自己投了出去，一刺刀，扎在一个日本兵的肚皮上。

我们都笑，我们说："老石，你要打过日本人，我们还打过美国兵呢。吹吧，反正吹牛也不要钱。你要打过日本兵，还坐在这儿看门？早就坐着小车，一溜烟跑到北京城去了，还和我们在这儿穷吹。"

老石就"嘿嘿"笑，不说了，坐在那儿，抽一根劣质烟，吧嗒吧嗒，吞云吐雾。

老石是我们单位的看门人，那时候已经70多岁了，腰板倒挺硬朗，一看就是干过力气活的，而且很积极，每天天不亮就起床。

我们说："老石，咋起那么早？"

他怎么说？哎，干哪一行务哪一行，千万不能耽搁了工作啊。那口气，好像他干的是件多了不起的工作似的，不就是看门吗？还工作呢。私下里，我们说他假积极。

除了假积极，他就爱吹牛，上面就是一例。

还有一次，老石的牛吹大了，吹得简直没边没沿了。你一定猜不出他吹的什么。你如果猜出来了，你宁愿相信自己家的碗橱内长了人参，也不会相信他的话。

他说什么来着，他说在解放战争的时候，他在战场上抓住了一个

国民党的军长。

听听，军长呐！是那么好捉的么？是河里的鳖么，你想捉就捉得到么？老李硬是把牛吹死了，吹得我们捂着肚皮笑，连我们的科长都笑出了泪。他还不停嘴，还以为我们在欣赏他的故事呢。其实，我们是讽刺地笑，如未庄的人笑阿Q一样笑他。那老头，他还不知道呢。

他说，他在战场上抓了一个伙夫，他怎么看怎么不像伙夫。伙夫有那么胖吗？伙夫脸有那么白净吗？伙夫手有那么细腻吗？

他连提三个"吗"，一本正经的样子，想吸引住我们的注意力。果然，有效果，我们不笑了，聚拢到他身边，认真起来。

他说："你究竟是什么人？"

那人说："我是伙夫，解放军同志。"

他说："你个家伙，不老实。好，到连部去说个清楚。"

于是，他说，他就押着那个家伙，向连部走去。到连部，那家伙也说是伙夫。连长对他做完宣传工作，正准备放人时，师长下来检查工作，路过此地，顺便进来看看，一眼就认出了那人，原来，他们是一个军校出来的同学。

说完，他很满意地准备小结一下，说："就这样，我一个人活捉——'军长'。"还没说出来，就被一个嘴溜的小伙子接了过去，说"一个老石"，刚好凑成一句话。大家一听，又哈哈大笑，十分快活。老石呢，受了别人耍笑，用手摸摸胡须，笑笑，又忙他的去了。

老石在早晨也进行操练，而且一招一式有板有眼。我们站在旁边看，稀稀拉拉的，有掌声，但明显地，带着调侃的意味。

老石知道我会几招，问我怎么样？

我笑笑说："银样蜡枪头，好看不中用。"让老石十分不满。说真的，到现在，我都后悔，我自己练的那几招其实是"高粱杆扎枪——摆设"，又怎么评论老石的呢。

老石最终被我们单位开除，也和他自己的毛病有关。

一天早晨，老石起得很早，就看到一个人影鬼鬼祟祟地往外走，老石大喊一声，据看到的人说，很有些气壮山河的味道。那人就现出了慌张，就往外跑。老石一个扫堂腿，那人立马趴下。在一片喝彩声中，老石揪起那人，却又松了手，还扶起那人，扶到门房，给那人洗洗涮涮，完了，送点钱，让走了。

老石说，那是他认识的一个乡下朋友，进城打工被骗，没了路费。"哎，人要有办法，谁愿做贼？"老石说。

这还得了，这不是吃单位的饭，砸单位的碗吗？全单位成员一致通过，开除这个"里通外国"的老家伙。

于是，老石就带着他的被子走了，到哪儿去了，不是我们管的事，我们管不了，也不想管。

后来，有单位的人说，看见老石在路上捡塑料卖，仍然爱吹牛。我想，江山易改，秉性难易，大概说的就是老石吧。

不久，市里召开一次学习先进人物的表彰大会，在电视里播出。宣传的是我们市里一位退休的老首长，在一次回家乡探亲后，回来就积极投身到家乡的捐款助学活动中。为了能多捐款，他竟给一些单位看门，到处拾垃圾，加上自己的工资，十年下来，捐款几十万。

接着，镜头特写。呵，你猜是谁？那首长，就是老石！

大家说，邪乎了，现在还有这样的人？打死我，我也不相信。一定是为了宣传，拉老石做个样子。

大家想到老石那熊样，想笑，一时却又没有了笑的兴趣，只是"嘿嘿"两声，散了。

副班长助理

文／董益新

张子平一踏进家门，就发觉气氛不对，妻子眼圈红红的，一个人呆坐在沙发上。张子平吓了一大跳，以为出了什么大事，连忙三步并作两步，紧挨着妻子坐下来。

"怎么了？"张子平扶着妻子的肩膀柔声问道。

没想到，张子平一问，妻子的眼泪就像开了闸的水，"哗、哗、哗"地往下淌。

张子平说："你哭什么啊，让儿子看见了多不好。"

这一讲不要紧，妻子反倒哭开了："你还知道儿子啊，一天到晚爬格子，爬了大半辈子，也没见你爬出个什么名堂来，害我们娘儿俩跟着你受苦，呜……"

听了老半天，张子平才弄明白，原来儿子津津班里今天公布了班干部名单，全班一半多的同学都当上了班干部，聪明乖巧的儿子却连个小组长都没当上。津津一回家就撅着嘴，老大不高兴。津津说："乐乐成绩那么差，还老在班上捣乱，他都能当副班长。"说着说着，就"哇"地一声嚎啕大哭起来，妻子自然心疼得不得了。

记得津津刚入学时，妻子就说要到儿子的班主任家去一趟。张子平想，儿子是个乖孩子，一向聪明听话，用得着去找班主任吗？再说，班主任老师在开学那天的新生家长会上说得明明白白，叫家长们不要跑老师家，要支持老师做好教学工作。

张子平清楚地记得，当时自己还笑妻子，说现在的社会风气都是给你这样的人搞坏的，这事就这样耽搁了下来。

妻子抽泣着，肩膀一耸一耸的。妻子说："都怪你这书呆子，谁跟你谁倒霉。"

张子平说："这事也不能全怪我啊，是她自己说叫我们不要跑老师家的。"

妻子说："她叫你不要跑老师家，又没说叫你不要跑她家。"

"那她还要求我们配合老师，支持老师做好教学工作呢。"张子平辩解道。

"什么叫支持？和老师沟通，反映情况，让老师了解咱儿子，还不是支持老师工作吗？都是你，官没半点，死要面子……"妻子说着说着，又"呜、呜、呜"地哭了起来。

张子平平生最怕的就是去求人，被妻子说中了要害，顿时半句话也说不上来，心里像塞了一团乱麻。

过了半晌，张子平硬着头皮说："要不，今天晚上我们就去一趟？"

妻子说："过了元宵，才想起拜年，你不怕难为情，我还怕倒霉呢！"

张子平说："为了咱儿子，倒点霉算什么啊，去了总比不去好吧？"

妻子想想也有道理，便起身跑到卫生间洗脸去了。

夫妻俩商量来商量去，买了一篮台湾水果，又狠狠心买了两条大中华的烟票。妻子小心翼翼地把烟票塞到水果的下面，只露出一个红红的角。

妻子白了张子平一眼："到了班主任家，你笨嘴笨舌的，就别说话了。"

张子平说："知道，知道。"

转眼半个月过去了。这天张子平去接放学的儿子，儿子一见，老远就蹦蹦跳跳地跑了过来。

儿子说："爸爸，我也当上班干部了！"

"是吗？"张子平问："当了什么班干部？"

儿子说："副班长助理！"

"副班长助理？"张子平几乎怀疑自己的耳朵出了问题。

"是啊。"儿子点了点头说："老师说我学习成绩好，乐于助人，就让我当副班长助理了。"

"我们班还有五个同学也一起当上了副班长助理。"张子平还没缓过神来，儿子又补了一句，脸红彤彤的，满是兴奋。

豆豆和他的南瓜

文／仲维柯

阳光，依然像豆豆的圆脸那样光彩灿烂。

豆豆蹲在地上，双手托着绯红的脸颊，看着眼前茂盛的南瓜藤蔓，甜甜地笑了。

豆豆是个三岁的小男孩，因为爸爸妈妈在外打工，只好跟爷爷奶奶生活在一起。

爸爸妈妈是春上走的，走的那天，豆豆哭闹了好长时间。

离开爸爸妈妈的豆豆也很乖，他只在院子里、大门口自个儿玩耍。

那天，豆豆好一阵子没了动静，奶奶忙丢下手头的活儿到外面去找。哈，小家伙蹲在地上，正看邻居李婶在自家大门旁种南瓜呢。只见他双手托着脸颊，眼眸里透着万分的好奇，不时地问这问那。

"李奶奶，您种的什么？"

"南瓜，给豆豆种的南瓜。"

"好吃吗？"

"又好吃，又好看。第一个大南瓜一定给俺豆豆。"

豆豆高兴得拍起了手。

"这南瓜给你后，这面刻上爸爸的脸，那面刻上妈妈的脸；豆豆想爸爸时看这面，想妈妈时就看那面……"

豆豆高兴得跳了起来。

从那以后，豆豆特别喜欢李婶，虽然李婶长有一张很不好看的南瓜脸。

自从李婶门前种下了那南瓜，豆豆总往她门口跑。

南瓜发芽了，豆豆知道；南瓜展开第一片叶子，豆豆也知道；南瓜开花了，豆豆知道；南瓜坐果了，豆豆也知道。

豆豆渴了，首先想的是为南瓜浇水；豆豆饿了，首先想的是为南瓜施肥；豆豆不舒服，就央求奶奶在南瓜藤蔓上捉虫子……

日子过得真快，那株南瓜的藤蔓长满了整个院墙，零零星星的黄花点缀其间，吸引了许多孩子驻足观看。

豆豆决不让任何人去碰那株南瓜藤蔓，哪怕是下面的一片枯黄的叶子。

第一个南瓜是豆豆用来刻爸爸妈妈的，豆豆连做梦都这样想。

第一个南瓜在阳光雨露呵护下慢慢长大。颜色由深绿到浅绿，再到浅白，最后泛出了红色。

终于有一天，一个红彤彤扁圆柱形的大南瓜赫然挂在了藤蔓上。而这时，豆豆看南瓜去得更勤了。

李婶摘了第一批南瓜——当然也包括第一个大南瓜——拿到集市上卖了个好价钱。

那天，豆豆不吃不喝，把奶奶急得团团转。

豆豆还是天天去看，因为那藤蔓上的南瓜多得是。

李婶卖了一批又一批南瓜，豆豆伤心了一回又一回。

秋风起，黄叶落，几个黄黄的小南瓜孤零零地挂在落光了叶子的藤蔓上。可豆豆依然在下面痴痴地看着。

李婶出家门，看见了发呆的豆豆，忙顺手从院墙上摘下了几个小南瓜。

"豆豆，拿着画你爸爸妈妈去吧。"李婶似乎想起了自己的承诺。

豆豆只拣了个最大的唱着跳着回家了。

奶奶帮助豆豆在南瓜两面刻了画——那个长头发的是妈妈，那个有胡子的是爸爸。

那天夜里，豆豆搂着刻有爸爸妈妈的南瓜，睡得很香、很香……

一朵花儿的绽放

文／刘黎莹

她长得很漂亮，是一位眼科女医生。

漂亮的女医生非常受人爱戴。

她所工作的医院在本地是一家名气很大的医院。

她在医院里是最优秀的眼科主治医生。

她为那么多的病人动过手术，从没出过一次差错。

那天，眼科里要为一个病人做手术，但主刀的不是这位漂亮的女医生。于是，漂亮的女医生找到了医院领导，她说这次手术本应由她来做的，为什么换成了别的医生呢？

医院领导对她说："临时换医生，主要是考虑到你母亲的缘故。"

女医生就有些激动，说："正是为了我的母亲，才更不该换人。"

医院领导说："可是……"

医院领导本来是想告诉漂亮的女医生，其实换医生的原因很复杂，那位正在等待手术的患者也不希望让这位漂亮的女医生来主刀。但医院领导想了想，还是没把这件事情说出来。因为医院领导发现漂亮女医生的情绪很激动，她好像特别在意这次手术。在她一再的恳求下，领导就答应了她的要求。

女医生做过无数次的眼科手术，但是她从没像今天这样如此的谨慎。她早早地来到手术室，一遍又一遍地检查手术前的各项工作是否到位。她的几个助手也被她的情绪感染，和她一样的小心翼翼，连走路都是轻手轻脚。

一切的迹象表明这次手术的确不同寻常。

女医生好像把这些年来积累的临床经验都用在了今天的手术上。因为她看到了患者进手术室时的复杂表情。她对患者微微一笑，患者刚想和她说话，她却垂头忙碌手头的工作去了。

手术做完后，女医生对身边的助手说："我刚才缝角膜第一针时，仿佛看到了母亲的眼睛正在望着我，心情没法平静。"

助手为她轻轻擦拭脸上的汗水，助手的手也在轻轻地抖动。

助手看到了漂亮的女医生的眼里开始哗哗地流眼泪。

助手没有去劝她。

助手也禁不住掩面而泣。

患者被推回病房，他醒来后一直担心自己的眼睛能不能尽快复明。

患者一直对临时换上女医生来为他做手术不太满意。

女医生来看过患者的康复情况。女医生每次来的时候，患者都想问一下他的眼睛会不会再出别的事情，但是女医生总是默默无言，这更让患者害怕了。

后来，患者的眼睛终于能看清楚周围的一切了，这让患者非常的振奋。患者想表示一下对女医生的感激之情，但是女医生总是不

肯给患者这样一个感谢的机会。每次女医生来病房时，患者都想着和她说上几句话，女医生只问他眼睛上的事，别的，根本不回答患者的问话。

那一天，患者要出院了。

患者向眼科的领导提出了一个小小的要求，他想单独和那位漂亮的女医生说说话。

漂亮的女医生来了。

她对患者说："我知道你想问我什么。你在当年抛弃了我，我是恨过你。但我现在早就把这事给淡忘了。"

患者说："我没别的意思，只是想让你来说几句话，让你知道，我非常的感谢你。"

女医生说："这是我的职责。"

患者问女医生："那你给我说一句实话，你现在真的不再恨我了吗？"

女医生说："我用了这么多年的时间来想这件事情，早已想通了。其实，恨是一种很容易传染的情绪，因此我们活着的人尽可能的不要心怀怨恨。人类是因为爱而不是有恨才繁衍至今的。"

患者被女医生的话深深打动。他问女医生："我问过很多人，还是不知道为我捐献眼角膜的人是谁，听医院的领导说是死者的家属不让说出来的。可我真的很想知道是谁。你能告诉我吗？求你告诉我好吗？"

女医生没说话。

患者可怜巴巴地望着女医生。

女医生就有些心软。

女医生说："捐献者就是我刚刚病故不久的母亲。"

苦涩的寻找

文／汤礼春

他在这个繁华而喧嚣的城市漫无边际地走着走着，走过了一条街又一条街，每当他看到一个大人牵着一个小孩过来，便急促地瞪大眼睛向那小孩望去，随即他又摇摇头叹一口气，继续往前走去……

他在寻找儿子，他已经寻找整整五个春秋了。

五年前的那一天在他的胸口上留下了一个永久的伤痕，想起它，那伤口就隐隐作疼。那是个星期天，妻子加班去了，他独自一人把一岁的儿子带到滨江公园，那里有一大片绿茵茵的草坪，他要让正蹒跚学步的儿子在这里练步。他把儿子放在了草地上，然后退一米远，拍着巴掌让儿子走到他的怀抱，儿子摇摇晃晃伊伊呀呀地笑着扑进他的怀里时，他的心中充满了暖融融的感觉。多可爱的儿子啊！多美好的生活啊！

然而，他忽然想去厕所，早晨他喝了几大碗红豆粥。他把儿子抱到了厕所旁，他正犹豫着把儿子抱进厕所，还是放在什么地方，这时旁边一个妇女看出了他的为难，好心地说："大哥，我替你把孩子抱着，你进去方便吧！我男人也在里边方便哩！"

他见这位妇女慈眉善眼，不像个坏人，稍犹豫了片刻，便将儿子交给了她，还连声说："谢谢！谢谢！"

可等他从厕所轻松出来，心却蓦地沉重起来，那妇女和儿子都不见了，他发疯似的围着厕所围着公园找了好几个圈后，终于明白了，儿子是被有心地骗走了！傍晚当他拖着沉重的步子走回家，当他吞吞吐吐地把儿子丢失的实情告诉妻子后，妻子顿时号啕大哭起来，一边不停地捶着他，一边撕心裂肺地狂叫："你去把儿子给我找回来呀！你去把儿子给我找回来呀……"

他看着伤心欲绝的妻子，也捶着自己的胸脯说："我去找！我去找！我不把儿子找回来，就绝不进这家门！"

就这样，他头也不回地走了，就这样，他跌跌撞撞走上了茫茫无际的寻儿之路。五年来，他靠乞讨为生，走遍了大半个中国，到过无数个村庄和城市，五年来，他吃遍了人间所有的苦，流完了一个男人一生的眼泪，心中的伤口也磨砺成了厚厚的茧子，但他仍然坚定着一个信念：我一定要找到儿子……

此刻，他来到这个南方的城市已经有三个月了，他已经走完了这座城市的大街小巷。明天他就要从这个城市走到另外一个城市去，当他一步一步走上最后一座人行天桥时，他的心蓦地一颤：天桥上，一个穿着破烂、全身脏黑的五六岁的乞儿正在无声地乞讨，他的那双眼睛太像自己的儿子了，他从怀中掏出也是乞讨来的 5 元钱，丢进了这个乞儿面前的破搪瓷碗里，当他再抬头看那个乞儿时，发现那个乞儿也正用一双奇怪的眼神盯着他。他正想开口问这乞儿，蓦地又噤了口，他发现这个孩子没有了一双腿。他过去以为这些乞讨的残疾儿童都是因为车祸或其他什么灾害造成的。后来在寻找儿子的乞讨生涯中，他了解到还有这样一种血淋淋的背景：那就是有些狠心的乞丐老板，有意将偷来或是买来的儿童剁去双腿，这样既能求得路人的可怜和施舍，孩子的家人即使寻到孩子，也不会再愿意把这残疾儿童接回家中了。

看着眼前这个失去双腿的乞儿，他的胸口一阵剧痛，他不忍再看那双似乎熟悉的眼睛了，他强忍着撇过头，准备离去，然而他正要挪动的双腿忽地被那个乞儿抱住了，他抬头望去，那乞儿的眼睛饱含着一汪泪水。"儿子啊！"他激动得正要冲出口，但看着他那失去的双腿，他又在心里喃喃自语道："他不会是我的儿子！我的儿子不会没双腿！"他的心猛地一硬，咬着牙，挣脱了那乞儿的缠抱，从那个乞儿身上跨了过去，快步消失在了那茫茫的人海之中……

完美童年

文 / 陈力娇

妹妹的孩子叫毛豆，毛豆很聪明，去幼儿园一声没哭。

别的孩子去幼儿园都要上火，哭闹；重者有病，打吊针。

毛豆没有，毛豆一去就赢得了青睐，阿姨让干啥干啥，让他吃饭他就吃饭，让他同小朋友玩他就同小朋友玩。

毛豆平时好给我打电话，三岁的童音听起来稚嫩又令人喜爱。

毛豆从不管我叫姨妈，从来都是叫我阿娇。他电话的内容都是向我汇报情况，说他爸爸出去挣钱去了，说他妈妈在洗衣服。有时毛豆还让我过去看他，目的是想向我要大汽车，说他的汽车都是小的，他需要很大很大的汽车。我知道毛豆理想中的汽车是那种能拉着他到处跑的，决不局限于玩具的汽车。不便挑破，就只给他买了一个一尺长的，只会自己跑不能拉人的汽车。

看到车毛豆也没说什么，就让他爸爸上好电池，每天和那红色汽车赛跑。

关于毛豆去幼儿园，我们都不太同意，包括我的母亲，还有毛豆的舅舅，只有妹妹自己同意，我们是想让他在家再待半年，至少到秋天，人不发火时再去，可是妹妹不听邪，赶在春天就把他送去了。

妹妹的创举没有让她丢脸，反倒洋洋得意地向我们显摆，其实我们都明白，是她的儿子毛豆帮了她的忙。由于没有体会到送孩子的艰难，妹妹兴奋得每天都要把毛豆去幼儿园的情况告诉我们，说他的儿子一次比一次乖，一次比一次听话，我们听了都觉得是个奇迹。

当初我的孩子上幼儿园时，简直哭得死去活来，哭得他自己有病，我也跟着满嘴大泡，一直到半个月以后，情形才略有好转，而现在毛豆为所有孩子做下了榜样，也让他的懒妈妈更加有话可说，更加把时间用在打扮自己上。

毛豆上幼儿园的第三天给我打来电话，是晚上，他从幼儿园刚回来。

毛豆说："阿娇，别的小朋友妈妈都给阿姨带纸，带花衣服。"

毛豆的话让我沉吟了半天，带花衣服我明白一点，带纸就让我觉得有点莫名其妙了。

是信？还是字条？

我问毛豆，那你也想让姨妈给阿姨带纸和花衣服吗？

毛豆回答："是的。"

我说："为什么呢？"

毛豆说："阿姨有了纸和花衣服，阿姨就高兴，就不许别的小朋友在饭碗里撒尿。"

我问："谁往谁的饭碗里撒尿了？"

毛豆说："13 号往 15 号的饭碗里撒尿了。"

毛豆的话让我不能一时全部明白，但也还是多少摸到一点头绪。毛豆放下电话，我就给妹妹打电话，我诱导她让她给阿姨做一点表示，多少是个心意，就算沟通感情吧。妹妹是个大大咧咧的人，没心没肺的一天只顾自己，听我这么一说，回道，还有这回事呀？我说，你别以为幼儿园就是净土，现在天上地上殊途同归。说这话时我有点生气，气妹妹什么都不懂。

妹妹最终听没听我的话我不得而知，倒是和毛豆的联系让我知道了一些蛛丝马迹。这天我忙着写东西，电话铃又响了，我接得晚了些，电话响了四五声我才拿了起来，不想来电话的是毛豆，毛豆一张嘴就哭，他说他妈打他了，我问为什么呀？毛豆无法说得清，看来事情比毛豆的叙述能力稍复杂一些，我说："那你让你妈妈接电话。"

毛豆挺有个性，不愿意和他妈说话，啪地把电话撂了，他的意思是让我给他妈打过去。我想想也对，从小就不能服输，从小啥样，长大啥样，一点都不走样儿。

　　我遵照毛豆的旨意找到了妹妹，我问妹妹为什么打毛豆，妹妹愤怒地说："你知道我那条丝巾多少钱吗？整整一千二百块呀，美国进口的，他可倒好，偷偷拿去给他的阿姨了，阿姨给我时，我能怎么说，我只有顺水推舟说是我让带给她的。"

　　妹妹喘口气，又说："可心疼死我了，你知道我自己都一直没舍得戴。"又说，"给你我都没舍得。"

　　看来妹妹是真气坏了，声音里带着沮丧和哭腔，我拿着话筒却笑得差点叉了气，我觉得这事太有专利权了，只有聪明的毛豆能做出来。我甚至想，妹妹让你抠门儿，一物降一物，看有没有能治你的。妹妹见我大笑不止，越发生气，说："你笑什么？你说说你笑什么？"

　　我无法回答，就胡乱地说了一串成语，什么聪明才智，孔融让梨，什么随心所欲，最后没有成语可说了，用了一句与时俱进。

　　妹妹听着听着不耐烦了，说："行了，行了，我可不听你东扯西扯了，这孩子说是你生的最恰当不过了，都是你给惯的！"

　　妹妹愤怒地挂了电话，剩我一个人不知怎么去衡定我这个可爱的小外甥——毛豆。良久，我发现我的眼睛，不知不觉间湿了。

守护摩托车的小男孩

文／陈国凡

　　时节已近隆冬，天气出奇地冷，今天又是下雪天。哎，你说这鬼天气。

　　可是，再坏的天也得出门不是。干啥？买菜啊。走在去菜市场的路上，我心情一点儿也不好。我最讨厌买菜了，又吵又闹的，让人心烦。

　　匆匆买菜出来，我急着赶回家，却被一个约摸八九岁的小男孩拦住了。

　　"叔叔，这是不是你的车啊？"小男孩指着他边上的一辆摩托车，问我。

　　我这才注意起这个小男孩来。但见他满脸通红，不停地跺着脚，显然是冻坏了，好像我来时他就已经站在摩托车旁了。"不是啊。"我如实说。

　　"哦。"小男孩很失望，又四处张望起来。来一个人，他就很有礼貌地拦下，问是不是车主。可是，给他的都是否定的答案。

　　我忽而来了兴致，问道："这么冷的天，你怎么还在这里替别人看摩托车啊？"

　　"可是车主忘了拔下车钥匙，放这儿不安全。"小男孩扬了扬手里的钥匙，很认真地说道。"所以，我不能走。"

　　我心里动了一下，好个小男孩。小镇治安不太好，外来民工很多，偷盗的事时有发生。

"又不是你家的车，管他呢。"我故意说，"家里多暖和啊。"

小男孩没回话，只是笑了笑。他的笑在雪天开成了一朵好看的花儿。

这鬼天气，我心里暗骂道。"你都等了这么久了，万一车主还不来呢？"我替他担起心来。

"没关系，我等啊。"小男孩坚定地说。

"你还是进菜市场里去吧，这里冷。"我真的怕他瘦弱的身子骨经不起这严寒。

"没事，这里视野开阔。再说，车主来了，不见了钥匙，要着急的。"小男孩边说边四周看着。

这时，我手机响了，是老婆打来的。"菜买好没？你倒是快点啊。"老婆的声音很急促，透着不满。

"我这里有事呢，你再等等就是了。"说着，我就挂了电话。要在平时，我定会立马跑着赶回家，可是，今天不一样，我得再陪陪小男孩。

"听口音，你不是本地人吧？""嗯。"

"你爸爸妈妈呢？"

"我爸爸妈妈啊，他们正在菜市场卖菜呢。"小男孩很自豪，还对我指了指，"叔叔你看，那就是我爸爸妈妈！"

顺着他手指的方向，我看到了一对夫妻。他们面前的石板摊上摆着些青菜、萝卜之类的蔬菜，还很多，显然没有卖出多少。夫妻俩单薄的身影不时地被来往的人们淹没。

我拨了老婆的电话："快叫乐乐起床到菜市场南大门来，就说有急事！"

"你神经啊，外面这么冷，你不怕冻坏了咱们的宝贝。"老婆很不高兴。

"你叫他快来！"我关了手机。说实话，因为这个小男孩，我的心竟暖和起来了。

儿子乐乐和这小男孩一般年纪，被我们宠得不行，很自我，还是个小懒猪，双休日就赖在床上看电视，不到中午时间起不来。

好久，儿子一脸怨气地来了。"啥急事啊，老爸？"说着，立刻钻进了菜市场。

"就你娇贵，你看人家。"我手指着小男孩，对儿子说。

我认真地给儿子说着小男孩的故事。小男孩很不好意思，几次试图阻止我，我不让。起初儿子满不在乎，嘴里还不停嘟哝着抱怨和不满的话，很不屑的样子。慢慢地，我发现他的眼神起了变化。

"咦，怪了，我的车钥匙呢。"从菜市场出来的一个男人，翻检着口袋，着急得很。

"叔叔，你看这是不是你的车钥匙？"小男孩开心极了，扬起钥匙，飞快地上前。

男人一把夺过了钥匙，怒道："怎么回事，我的车钥匙怎么会在你手上，你个小偷！"男人扬起了宽大的手掌。

我飞速上前，摁住了男人扬起的手。

"叔叔，你能不能给我看看你的驾照。"小男孩很认真地说道。

我和男人都愣了下。

好细心、好机灵的小家伙。我心里赞了句。

"对，得让我们检查检查这到底是不是你的车。"这时，儿子也站在了小男孩一边。

我对男人说了小男孩雪天里为他守护摩托车的事。男人听了，很不好意思，尴尬地笑了笑。"瞧我这记性，又忘记拔下车钥匙了。"

说罢，男人很配合地从衣袋里掏出驾照，递给了小男孩。

小男孩一会儿看看照片，一会儿看看男人，很认真，俨然一个小交警。

我和男人都笑了。

"叔叔，再见！"小男孩对着已启动摩托车的男人大声说道。

"叔叔，再见！"儿子的声音。

怪了，这小子今天咋也懂得礼貌了。

走在回家的路上，我问儿子天冷吗？

儿子说："不冷，一点儿也不冷！"

说罢，儿子接过了我手中的菜，蹦跳着向前。

春天在哪里

文／唐丽妮

成小湘自从进了城，就没见过春天。

但成大湘和李芬芬不这样认为，夏热秋凉冬寒春暖分明着哩。他们在城里各个工地都干五六年了，一直过得顺顺当当的。前两年还把七岁的儿子成小湘送进城里的学校，现在成大湘又混上了小组长。这不是春天般欣欣向荣么？

"那你们在城里听过布谷唱歌么？见过蟋蟀么？捡过鸟蛋么？连条蚯蚓都……"成小湘感到很委屈，"呜呜"地哭了起来，突然大声说："同学们都不跟我玩！！"

成大湘和李芬芬对看一眼，都笑了。成大湘边收拾工具边说：

"这丁点破事也哭！不玩就不玩呗！读好你的书就成！你看高楼里的人也不理咱们，咱们不是一样活得甜滋滋的？天天有肉包子吃！"

"我也要到民工学校去！"成小湘用又瘦又硬的小脚板狠狠地踢了一脚木板床，工棚晃了一下。

"臭小子，那你还不如回村里读！"成大湘急着上工，很不耐烦，推着独轮车"吱吱咕咕"地上工地了。李芬芬交代一句："快吃快吃，吃完快上学。"也赶紧跟上去。

成小湘吃完早饭，没去学校，而跑到工地附近的垃圾堆旁。那里有蚯蚓！这是成小湘的秘密。他常来这里玩，把蚯蚓翻出来，又看着它们慌慌张张地往土里钻。成小湘就"嘿嘿"地笑，好像又回到了老

家竹林里，自己只穿着裤叉，挥着小锄头挖土，屁股后跟着一群小鸡小鸭。小鸡小鸭吵吵闹闹的，歪着小脑袋，盯着香喷喷的泥土里香喷喷的蚯蚓，一口啄下去，然后得意地扇着小翅膀。但成小湘今天没让蚯蚓逃走，全捉到矿泉水瓶里，大大小小装了大半瓶呢。

成小湘要把这瓶蚯蚓送给王雯雨。

王雯雨坐在他的前面，是一位老师的女儿，长得很漂亮，总是笑眯眯的，跟爷爷家的小猫一样可爱。但成小湘送她蚯蚓主要是因为王雯雨对他很友好，不像别的同学不跟他说话不跟他玩。王雯雨常常邀请成小湘参加她们的游戏，可因为别的同学都不喜欢跟他一个组，成小湘后来就不参加了。不过，成小湘记住了王雯雨的好，觉得应该为她做点事才对。昨天听说王雯雨周六要跟她爸爸到郊外钓鱼，成小湘就决定为她挖蚯蚓，乡下人都用蚯蚓作饵。

成小湘跑到教室的时候，第一节课预备铃已经响了，王雯雨端坐在座位上。成小湘跑到她面前，把瓶子塞过去。王雯雨举起来一看，瓶子里几十条软蠕蠕的红蚯蚓缠作一团，像一只张牙舞爪的多头怪兽。王雯雨尖叫起来，惊恐地扔掉瓶子。瓶子撞了一下桌角，滚到地上，蚯蚓便争先恐后地往外爬，又找不到柔软的泥土，就在坚硬的瓷砖上痛苦地扭来扭去，样子十分丑陋。王雯雨跑出教室，伏在栏杆上"呜呜"地哭，同学们也叫喊着跑到走廊外去。教室里只剩下愣愣的成小湘和他那几十条扭来扭去的蚯蚓。

第二天便是周六。成小湘破例没有去垃圾堆看蚯蚓，不起床，不吃早饭，板着小黑脸躺着，也不知在想些啥。就在他发呆的时候，有人在轻轻地敲门。

门外竟然是王雯雨和她爸爸！

成小湘的小黑脸刷地变白了，低着头喃喃地说："我爸我妈不在家。"

王雯雨却拉起成小湘的手说："成小湘，对不起！昨天是我不好！我爸爸说，蚯蚓是勤劳的松土机，是人类的好朋友，还是地球上的老寿星！我不应该害怕蚯蚓，更不应该责怪你！我要谢谢你，让我多认识了一种可爱的小动物！成小湘，我们一起去郊外钓鱼，好吗？"

王雯雨一口气说完，笑眯眯地等待成小湘回答。

成小湘抬头看王雯雨那又高又大的爸爸，得到了又肯定又亲切的微笑。

成小湘笑了。

成小湘的春天终于来到啦。

茶　道

文／林华玉

大清光绪年间，有好事者将原生于江南的绿茶引到山东地区，并获得成功，使得原本不习惯喝茶的山东人也对茶叶青睐起来，来客饭后必喝几杯。数年之后，山东地区种植的茶叶以叶片肥厚，味感醇厚，耐冲耐泡逐渐被全国广大市场所认可，并返销江南。在这样的背景下，山东就出现了第一批茶叶商店和茶叶商人，王万和与他的雪青茶社就是其中最有名的。

王万和是山东日照人，他爹也是个商人，常年奔波于南北方之间，每次从南方回来，他总要带回一些名茶，受父亲影响，王万和自幼就爱好品茶。长大做了一名茶叶商人后，他就将山东的茶叶贩到南方出售，然后又将南方的茶叶运到山东地区出售，走南闯北的，全国各地的名茶他几乎都尝个遍。每种茶的产地、口感以及茶的质量他都了如指掌，人送外号"茶精"，再加上万和为人正直，以诚信闻名，为此，山东的茶叶商人都相信他，每次南方新茶上市，他们都会委托王万和帮他们收购茶叶。

王万和有个嗜好，就是每次外出做生意，无论走到哪里，手里总是拿着一只特制的双层青花瓷杯，杯里泡着他喜欢喝的茶叶。无论人们招待他的茶有多好，他也总忘不了喝上几口自己的茶。

一年，山东几家茶行委托王万和去杭州采购茶叶，因为采购的量很大，所以就成了杭州茶商关注的焦点，他们都想与王万和做成这笔大买卖，他们纷纷送厚礼给他，但是王万和的态度却很坚决，那就是小动作一律不搞，礼物一概不收，到时候召开一次品茶大会，届时，只有他相中的茶叶，方能签约收购。

当地有一茶商张豪，初与王万和打交道，为了尽早将自己的茶叶打开山东市场，就亲请王万和进府，取出本地产的极品毛尖，用煮沸的无根之水冲泡，茶具则选用他收藏的景德镇御用制品，王万和看后品后啧啧赞叹，连说水好茶具好茶更好。然而他一转身，又将他那青花瓷瓶拿出，狠狠喝了几大口，之后就与张豪聊了几句题外之话，告辞而去，却没有说签约之事。

张豪不解，以为自己的茶叶不对王万和的口味，刚才王万和说的定是推诿之辞，他认定王万和刚才喝的定是上等好茶，就乘他外出之时，花钱买通他的随从，偷偷拿了些万和天天喝的茶与他，将其泡上一壶，请上几个同道行家，细细品尝。

一口茶才入口，众人的脸色就现出了异样的表情，原来，王万和喝的茶并不是什么西湖龙井、黄山毛峰，甚至连南方秋后的"大把抓"茶叶味道都不如，它又苦又涩，一丝香味都没有。王万和外号"茶精"，堪称品茶专家，什么名茶都入过他的口，可他为什么总喝这样的茶呢？

与同道商量之后，大家认为这种茶叶定是茶中极品，说不定北方人都好喝这样的茶叶，否则怎么会被王万和青睐。于是张豪就顺着万和的口味，聘请炒茶名家，连夜炒制出这种口味的茶叶，想挣一大笔钱。

第二天，品茶大会准时召开，面对众多茶商端上来的香茗，王万和从容不迫，一一细品，并逐一加以评点，当尝到张豪的茶叶时，王万和尝后脸上却现出失望之色，说此茶叶颜色枯黄，味道苦涩，难以下口，买卖不能成交。张豪心急，站起身气急败坏地说："那天我尝过你天天不离嘴的茶叶了，不就是这个味道吗？"

万和闻言又拿出青花瓷瓶，呷了一口后，笑着道："对，这确实是我喜欢喝的茶，它也确实就是秋后落于茶树下的老叶子炒制而成，几十年了，我只好这一口，就像洋人喜欢喝苦咖啡一样，但这只是我个人的习惯。"说到这里，王万和语气深沉的说："大家需要搞清楚的是，我来采购的茶叶，是要照顾千万人的口味，而并不是给我一个人喝的。"

父亲的收音机没有关

文／仲维柯

那年冬天特冷。

父亲在修"三八河"工地上冻伤了脚，待在家里养伤。那段时间，父亲床头上的收音机不停地响着。

我和弟弟都在村里上小学，因为天冷，下午都没上课。父亲先让我们练毛笔字，再背《三字经》，末了把我们叫到床前手把手教了会儿《珠算》。

　　天暗了下来,父亲便放了我们"圈儿",允许我们到外面随意耍去。

　　我和弟弟拿了弹弓,到村头老柳树下射鸟。风刮得柳树枝左右摇摆,连一只鸟也没有。

　　"哥哥,你说谁能把这老柳树拔下来。"

　　"不知道。"

　　"鲁智深呀,昨晚我在电视上看了,太精彩了。"

　　"今天还演呢,去不?"

　　"不,咱爸可不让看电视!"

　　等我到家时,身后的弟弟已不见了踪影,而父亲的收音机仍然响着。

　　拉开灯,拿出数学书,我预习明天老师要讲的"分数应用题",这时天完全黑了下来。

　　屋里没有生炉火,脚好像放在冰窖里一样,刺骨的痛。冬夜显得那样寂静,父亲收音机播放的声音传得很远。

　　看看床头上的小闹钟,已9点钟了,弟弟还没回来,可父亲的收音机还响着。

　　我不敢告知父亲,那样弟弟会挨打的!唉,父亲对我们兄弟俩太严了。

　　拿出语文书,我边抄《小英雄雨来》边等弟弟。

　　时针已指向11点,弟弟仍没回来!而父亲的收音机仍然响着。

　　村里只有两家有电视的。我轻轻开了门,悄悄去那两家找弟弟。

　　黑暗冰冷的冬夜里,路上一个人也没有。到了那两家,人家的大门早已关了;爬上墙头往里一看,漆黑寂静——人家早睡觉了。

　　"爸,弟弟还没来……看电视的地方也没人……"我拖着哭腔有些语无伦次。

　　爸妈房间里没有反应,而父亲的收音机仍然响着。

　　"爸爸——爸爸——"我走进父亲床前拼命地喊。

　　"嗯,怎么了?"——噢,原来父亲早已睡熟了。

　　我和妈妈又到村里弟弟常去玩的几家找,仍没有弟弟!当我们到家时,父亲拄着拐棍在院里等了好一阵了。

"没有？"

"没有！"

父亲的收音机仍然响着。

"看看厨房、夹道等放柴火的地方。"父亲好像想到了什么似的。

随着厨房灯亮起，传来了妈妈的一声尖叫："在这里！"

弟弟在厨房里。幼小的身体蜷缩在柴草丛中，冰冷冰冷的，双肩不停地抽搐着，红红的小手紧紧抱着头——耐着严寒他竟睡着了。

不顾我和妈妈的劝阻，父亲决意要亲自把弟弟抱进屋。

妈妈在屋里生了一大堆火，父亲把弟弟抱到火堆旁。

"爸爸，我再也不去看电视了……"弟弟梦中惊醒。

"孩子！……"父亲泪流满面。

从此以后，父亲在学习方面再没有责罚过弟弟，而弟弟学习更刻苦了。

臂 力

文／陈必铮

一个年轻力壮的士兵在军营里劈柴。

他碰上了一个又粗又大的木头墩子。

士兵双手抡起大斧劈下去，却连一条缝儿也没留下。他发狠拼命地劈，结果还是没能劈开来，反而把斧头震掉了。

汗流浃背的士兵喘着粗气，两条腿直发抖，他累得一点力气也没有了，抱头一屁股蹲了下来。

就在这时候，他突然听到了班长的命令：

"113——出列！"

士兵一跃而起。

班长威严地站在他面前，指着木头墩子吼道："部队被敌人包围了，我命令你，火速劈开这个路障，抢占前头的高地！"

生死鏖战关头，士兵热血沸腾，只见他冲上前去，高高地挥起斧头，叭！叭！叭！一斧紧接一斧——就像闪电劈雷似的——砍落下去，哈，那铁硬的木头墩子竟然从中间裂开，被劈成了两爿儿啦。

士兵惊奇地说："没想到我还有这么大的臂力啊！"

"应该说是潜力。"班长纠正说，"我们太需要把自己推上绝境，去将它逼出来噢。"

班长笑着走开了。

士兵还愣愣地站在那里。

当保安的二涛

文／赵明宇

二涛的高考成绩被县文教局副局长的小舅子顶替了，气得两天都没有吃一口饭。爹长长地叹了一口气说："孩子，吃一点东西吧。"二涛忽地坐了起来，把一碗玉米粥喝得光光的说，我要去当兵。

爹很高兴，买了一盒好烟，径直去了村长的家。

很快，爹又耷拉着脸回来了，说今年报名的人太多了，村长让咱明年再报名吧。

这天下午，二涛听人说连村里没有上过学的四梆子都要当兵了，心里觉着不是滋味儿，就自己去找村长。村长在家陪着乡里的干部喝酒，说名额有限啊，你先回吧，你的事情我想着呢。这时候就见四梆子的哥哥三梆子提着一只鸡、两瓶酒笑嘻嘻地来找村长。

二涛跟爹说："当不上兵，我该怎么办啊。"爹叹了一口气，又去了村长家，天黑了还不见回来。二涛再一次踏进村长家的门槛时，就见爹跪在村长面前。村长斜着眼，嘴里叼着香烟，吐出一团酒气，高一声低一声地在数落爹。二涛心里就燃起了一团火，拉起爹说："这兵咱不当了。"

正好，二涛的一个同学的舅舅在北京当保安，二涛就和同学一起报了名。

虽说是黑保安，给一个建筑工地站岗，但是一穿上保安服，戴上大檐帽，二涛就觉着和当兵一样的自豪。二涛还让人给自己照了一张相寄给爹。很快爹就回电话了，说孩子你真帅，爹天天看着你的照片哩，正托高媒婆给你说媳妇呢。

二涛一定要干出个人样来。他上班之前先把院子里的卫生打扫一遍，对出入的人员仔细询问登记。有一次，一辆新轿车向里闯，二涛一看牌子，不认识，就上前一步把车挡住了。司机骂他，找死啊你。二涛给他敬礼说："对不起，外来车辆一律不准入内。"司机还想闯，二涛站在车前像一座山，巍然不动，说："想进就从我身上轧过去。"

车门开了，是领导。领导朝着二涛笑笑说："新买的车，新来的司机，误会误会。"

领导又说："你这个小伙子蛮敬业的。"

有了领导的表扬，二涛很快被提拔为保安班的班长。二涛感动得掉下了一颗眼泪，就更卖力了。领导对二涛格外关注，还把二涛请到了办公室，给二涛倒了一杯茶，笑眯眯地说："小伙子，有什么想法尽管提出来。"二涛说："我就是要为公司站好岗。"

"很好很好。"领导重重地拍了拍二涛的肩膀。

要不是出了那件事，二涛就成为领导的好朋友了。那一天领导让二涛去他的办公室，一进门就见领导一脸的杀气。领导说："马上集合你的队伍，跟我去一号工地。"

十几名保安在二涛和领导的带领下来到了一号工地。工地上有一伙扛着行李卷的民工，有的蹲在地上吸烟，有的摆弄着手里的铁锹。

领导狠狠地把手中的烟蒂摔在地上向二涛发布命令说："把这伙人给我赶出工地。"

二涛用惊异的眼神看看民工，又扫视着一脸怒气的领导。领导有些急了，大声对二涛说："服从命令。"

民工们七嘴八舌地嚷开了，说来的时候说好的，干一天30元，为啥又要克扣俺们一半？

有一个民工的眼睛像喷火，说："拼就拼，谁怕谁啊？"

二涛愣住了。二涛说："领导，这事我不能干。"

领导急了，怎么？你拿着我的钱，是我养着你，你连我的话也不听了？

二涛说："这事儿，我不忍心做。"

领导说:"他们不干活儿,闹罢工,我白养他们？怎么了,你怕了？"

二涛说:"我怕个球,他们都是我的兄弟,有的我该管他们叫叔叔大爷。他们挣不到钱,咋回家过年？这事情我不能干,我不是你养的狗。"

领导的牙齿开始发抖了,"啪"的一巴掌掴在二涛的脸上。

二涛捂着脸,觉着火辣辣的发烧。二涛长这么大,除了爹打过他一次,还没有被人打过。二涛把巴掌抡圆了,打得领导眼前一片金光。

二涛是被关了一个月后放出来的。走出看守所的大门时,天上纷纷扬扬地飘起了雪花。

一床被子,一件换洗的衣服,还有吃饭用的茶缸,这就是二涛的全部家当了。二涛把东西装进蛇皮袋里,背着蛇皮袋来到火车站。上车时,那伙子民工赶过来送他。一个民工说:"伙计,你若不嫌累,明年跟我们一起干吧,天下的包工头不全是黑的。"

车开了,二涛透过车窗向这些不知名的民工弟兄们用力地挥着手。

老 娘 泪

文／李 远

有福18岁那年,在一个细雨蒙蒙的早晨,背上包裹,要到南方打工去。老娘倚在村口的枣树旁,眼泪汪汪……

有福在那里生活得很艰辛,工作也很卖力。他心中有一个打算,

等将来攒足了钱，回老家盖上几间新瓦房，再娶个媳妇，然后，好好地孝敬老娘。

每年的春节，有福都要回去，他很期盼春节的到来，因为只有这样才可以堂而皇之地回去看看老娘。尽管车站人山人海，但丝毫挡不住他归心似箭的心。

第三年，有福回去的时候，身边多了一个漂亮腼腆的姑娘。当他咧着大嘴，乐呵呵地站在老娘面前的时候，老娘高兴得合不拢嘴，似乎一下子年轻了许多，继而，又一个劲地直抹眼泪："要是你爹还在，那该多好呀……"

后来，有福应聘到了一个外资企业，当上了业务主管，成了白领阶层，学会了穿西服打领带，知道了咖啡的滋味。工作忙了，应酬多了，也买了房子，有了汽车。在每次酒醉之后的间隙，有福也会偶尔想起老娘。

有福也是个孝子，尽管春节，因为忙碌，而不再轻易回去，但并没有忘记家中年迈的老娘，时常把电话打到邻居家，喊来老娘拉拉家常，问寒问暖。每隔三个月，老娘就会及时收到有福邮来的一千元钱，老娘颤抖着双唇，从不言语，总是泪眼蒙眬……

当有福也有了儿子，也有了牵肠挂肚思念的时候，以及几天不见孩子，就神魂不定，犹如天塌下来一样的时候，有福突然清醒地意识到：自己是应该回去看看老娘了。

在一个阳光明媚的下午，有福和妻子，带着孩子，拎着大包小包的礼物，似乎从天而降出现在故乡院里的时候，老娘手中的东西，惊落在地，有福清清楚楚地看到：那是一双没有完工十分精致的虎头童鞋……

老娘是瘦了。三年不见，有福简直有点不敢相认。突然，他的鼻子酸酸的，妻子的眼圈也红红的。

老娘狠狠地揉揉眼睛，当她相信眼前的事情是千真万确存在的时候，她几乎是发疯地奔跑过来，一把抓住有福，用骨瘦如柴的双手，去轻轻捧着有福红光满面的脸，左右端详，回头，又瞅瞅儿媳妇，然后，夺过孩子，从脸上一直亲到脚后跟……

老娘回屋拿出一个崭新的存折，塞到孙子身上："有福，娘也不需要这些钱，平时积攒几个鸡蛋，就够我老太太开销了。你给娘的钱，娘分文没动，全部托人存在这个存折上，送给孩子，就算我给孙子的见面礼吧。"

"娘，别说了……"有福"扑腾"一声，跪在老娘的面前，紧紧地抱住老娘的双腿："娘，我对不起你，我们这次回来，就是要接你过去，我要你天天看见我，我也要天天能够见到你……"

老娘哭了，哭得一塌糊涂，滚烫的热泪落在有福的脸上，流到嘴里，有福品出其中的滋味，有喜悦，也有心酸……

母亲的奶油情劫

文／姚 讲

那年，我只有三岁，还没有上学。母亲和父亲一起在重庆做生意，我每天就端个小凳子紧随母亲身后，当个小跟班。

夏天，天气很热。母亲就给我四毛钱说："乖儿子，去买一块雪糕，一块白冰糕，冰糕给我，雪糕你自己吃。"（当时白冰糕一毛钱一块，雪糕三毛。）

我拿着钱就跑到卖冰糕的奶奶那里，买回一块奶香的雪糕和一块

冰甜的冰糕。然后迫不及待地舔一口雪糕，再舔舔嘴唇，真香，真甜！

我问母亲为什么不吃雪糕，母亲说她对奶油过敏，闻到奶油的味道就想吐。我就不再问了。下次母亲再让我去买冰糕的时候，我就能记住给自己买一块雪糕，给妈妈买块白冰糕。

香甜的雪糕伴随我度过了很多个炎热的夏天。

十二年后，我考上了县城的高中，父亲和母亲都很高兴。高中要住校，母亲就带我去超市准备住校用品。路过奶粉的柜台前，母亲顺手拿了两包"山城"奶粉放购物车里。我急忙说用不着买奶粉，我告诉母亲说在学校食堂可以打鲜牛奶，不用奶粉的啦！母亲没说话，就把奶粉又放了回去。回家的路上，母亲告诉我说她前几天去检查了身体，医生说她体质很弱，建议母亲每天喝一杯牛奶。我问母亲你不是说你对牛奶过敏吗？母亲问我啥时候说过？我咋不记得？我就把小时候买冰糕雪糕的事告诉给母亲听，母亲笑着说傻孩子，母亲的笑很慈祥，很温暖，有些幸福。

我突然发现自己犯了一个严重的错误，我提出来再去超市给母亲买奶粉却被她阻止了。"你读书还要花很多钱，还是省了吧。我没事的，坚持坚持就过了。"母亲说这话的时候很肯定，容不得半点怀疑和反驳。我很自责，觉得心里很难受，但我又不知道说什么好。母亲大概看出了我的心思，就笑笑说："乖儿子，等你大学毕业了，自己能挣钱的时候，再给我买奶粉吧！到时候多买点补补！"母亲的笑容里满是希望。我在心里告诉自己一定不能辜负母亲的期望。

几年后，我如愿考上了大学。

再过了几年，我大学毕业了，父亲母亲不再做生意，他们回老家种地去了。我要把他们接到城里，父亲母亲同时反对，说是乡下空气清新，说是习惯了乡下的生活，说自己种的菜吃着舒服云云，反正就是不愿意跟我进城，我也不好反对。

大学毕业那年的春节，我买了几大包年货回家，还特地给父亲买了瓶五粮液，给母亲买了两罐适合老年人的奶粉。

我把酒交给父亲，父亲就咧着缺了牙齿的嘴笑，笑得很灿烂；我把奶粉交给母亲，她竟然摇摇头，还一脸的无奈说："我是没办法喝这玩意的咯。我的胃坏了，一喝牛奶胃就疼。为此，老头子还专门陪我去大医院检查了，医生告诉我以后最多只能吃点奶糖，牛奶是一点都不能喝的，一喝就胃疼得厉害！"母亲是笑着说这话的，但是我分明感觉到了她的笑容有些牵强。

又过了两年，我要结婚了。那段时间，母亲的脸上每天都挂着天籁般的笑容，逢人就说我儿子要结婚啦，我要娶儿媳妇啦！巴不得全天下人都知道这事。

母亲还逢人就发喜糖，糖是母亲自己选的，有阿尔卑斯，有金丝猴，还有金帝、德芙等等。母亲给人发糖的时候，想起医生说过她虽然不能喝牛奶，但是可以吃奶糖。母亲心想自己儿子娶媳妇，大家都在吃糖，自己也得吃一颗，想着想着，她就顺手剥了个金丝猴奶糖扔嘴里，她嫌抿着吃太麻烦，就使劲嚼。也许是母亲年龄大了，或许是嚼糖太用力，或者是奶糖太黏了，母亲突然把大牙嚼掉一颗！疼得母亲直流泪。

母亲发誓不再沾跟奶油有关的东西，她说她这辈子和奶油就没缘分！母亲说这话的时候，堆了满脸的笑容，但我分明看到母亲的眼帘上还挂着几滴泪水。

从那以后，母亲就真的对奶油过敏了，一闻到奶油味儿就发吐，吐个不停。